BASTEI LÜBBE

Über das Buch:

Als ein gutaussehender, älterer Mann eines Tages in Abbys Redaktionsbüro erscheint und ihr erzählt, dass er und eine Frau namens Claire sich nunmehr seit 50 Jahren einmal im Jahr in dem Pavillon auf dem Marktplatz treffen, ist sie zu beschäftigt, um sich seine Geschichte länger anzuhören. Dennoch wartet sie am nächsten Tag darauf, dass die beiden auftauchen. Doch niemand kommt. Neugierig betritt sie den Pavillon und findet eine alte Tasche mit Kassetten und Erinnerungsstücken, die die ganze Geschichte von Claire und Martin erzählen: Ihre unterschiedliche Herkunft, ihre Liebe zueinander, die gemeinsame Flucht nach Europa, wo sie in London ein gemeinsames Heim aufbauen wollten, bis unerwartete familiäre Gründe Claire nach Hause rufen. Abby ist tief bewegt von dieser Geschichte und ahnt bis zum letzten Augenblick nicht, dass auch ihr Leben verändert wird.

Über die Autorin:

Emily Grayson lebt mit ihrem Mann und ihren Kindern in New York. Dies ist ihre erster Roman.

EMILY GRAYSON

Ein ganzes Leben lang

Aus dem Deutschen übertragen
von Cécile G. Lecaux

BASTEI
LÜBBE

BASTEI LÜBBE TASCHENBUCH
Band 14701

1. Auflage: April 2002

Vollständige Taschenbuchausgabe

Bastei Lübbe Taschenbücher ist ein Imprint der Verlagsgruppe Lübbe

Deutsche Erstveröffentlichung
Titel der englischen Originalausgabe: THE GAZEBO

Einbandgestaltung: Gisela Kullowatz
Titelabbildung: Immage Bank
Satz: KCS GmbH, Buchholz/Hamburg
Druck und Verarbeitung: Elsnerdruck, Berlin
Printed in Germany
ISBN: 3-404-14701-4

Sie finden uns im Internet unter
http://www.luebbe.de

Der Preis dieses Bandes versteht sich einschließlich
der gesetzlichen Mehrwertsteuer.

Kapitel I

Der Mann mit dem silberweißen Haar hatte bereits eine Weile in der Tür gestanden, als Abby ihn bemerkte. Wie lange, konnte sie nicht sagen. Er stand einfach da, als sie aufblickte – ohne angeklopft zu haben. Er hatte nicht am Empfang nach ihr gefragt, sonst hätte man ihr Bescheid gegeben. Und er hatte auch nicht nach dem Weg zu ihrem Büro gefragt, weil ihn sonst jemand begleitet hätte. Stattdessen hatte er sie ganz einfach gefunden, so als kenne er sich in dem Gebäude aus, und dann hatte er reglos und still auf der Schwelle gestanden, als sei er gewillt, ewig zu warten.

»Ja bitte?«, fragte sie und beugte sich an ihrem Schreibtisch wieder über ihre Arbeit.

»Verzeihen Sie die Störung«, sagte der Mann. »Aber ich habe da etwas, das Sie interessieren könnte.«

»Bedaure, aber ich habe keine Zeit für Sie. Ich bin beschäftigt.« Abby fuhr fort, die Korrekturfahne zu lesen und gab die Änderungen in den Computer ein. Sie wollte ja nicht unhöflich erscheinen, aber das hier war eine Zeitung, und es gab einen Redaktionsschluss. Wenn man unangemeldet im Büro eines Redakteurs auftauchte, konnte man nicht dessen ungeteilte Aufmerksamkeit erwarten. »Hat das nicht Zeit?«, fragte Abby, während sie konzentriert den Text auf Tippfehler hin überprüfte.

»Ich fürchte, nein«, entgegnete der ungebetene Besucher.

Sie blickte auf. Der Mann in der Tür trug ein leichtes Leinensakko und stellte gerade eine stark abgewetzte, aber hochwertige Aktentasche auf dem Boden ab. Er sah nicht aus, als käme er aus der Gegend, aber ganz sicher war sie sich nicht. Abby zögerte und wandte sich dann wieder ihrer Arbeit zu.

»Es dauert nur eine Minute«, fuhr der Mann fort. »Sie sind doch Abby Reston, oder?«

Sie nickte, hielt jedoch den Blick auf den Bildschirm gerichtet.

»Ich habe da eine Geschichte, die ich Ihnen gerne erzählen würde«, sagte er. »Es ist eine Geschichte, die Sie möglicherweise im *Ledger* veröffentlichen möchten. Eine interessante Geschichte, könnte man wohl sagen.«

Es war genau das, was sie vermutet hatte. Der *Ledger* war in der Gegend gewissermaßen eine Institution, da die Geschichte des Blattes bis zur Mitte des vergangenen Jahrhunderts zurückreichte. Seit sie vor sechs Monaten die Stelle der Herausgeberin übernommen hatte, hatten treue Leser ihr immer wieder »ganz wundervolle« Ideen für einen Artikel unterbreitet: verloren gegangene Eheringe, der Tod eines geliebten Schnauzers, Fehden zwischen Nachbarn. Gewöhnlich erwies sich das, was die Leute als perfekte Zeitungsstory betrachteten, als viel zu persönlich, zu speziell oder schlicht nicht interessant genug. »Sie sollten sich mit einem unserer Reporter unterhalten«, teilte Abby dem Fremden höflich mit. »Ich kann das arrangieren und Sie mit …«

»Nein«, fiel der Mann ihr ins Wort.

Abby blickte wieder von ihrer Korrekturarbeit auf.

»Diese Story muss von jemandem geschrieben werden, der wirklich etwas vom Schreiben versteht. Und ich glaube, dass Sie dafür genau die Richtige wären. Vielleicht könnte ich sie Ihnen ja erst einmal umreißen, und Sie entscheiden dann selbst.«

Sie blickte auf den Computerbildschirm mit dem ungeduldig blinkenden Cursor und dann wieder auf den Mann in der Tür. »Wenn Sie in ein, zwei Sätzen erklären können, worum es geht«, sagte sie schließlich seufzend.

Der Mann nickte. »Es ist eine Liebesgeschichte.«

»Nun, davon könnten wir in der heutigen Zeit mehr brauchen«, ermutigte ihn Abby und lehnte sich in ihrem Holzstuhl zurück, der knarrend protestierte.

»Die Geschichte handelt von mir selbst«, fuhr er fort. »Entschuldigen Sie, ich habe mich noch nicht vorgestellt. Mein Name ist Martin Rayfiel.«

Es schien, als erwarte er hierauf eine Reaktion von ihr. Sie schüttelte nur leicht den Kopf und zuckte die Achseln. »Müsste ich Sie kennen?«

Er lächelte leise. »Eigentlich nicht«, entgegnete er. »Früher war der Name hier einmal recht bekannt.« Dann straffte er die Schultern und kam zur Sache. »Ich werde mich kurz fassen.« Er holte tief Luft und fing an zu erzählen. »Ich treffe mich jedes Jahr am Abend des 27. Mai mit der Frau, die ich liebe, in dem Pavillon auf dem Marktplatz. Das ist der einzige Zeitpunkt, an dem wir zusammen sein können.« Er deutete mit dem Kinn auf das Fenster hinter Abbys Arbeitsplatz. Sie drehte sich in ihrem Stuhl und folgte seinem Blick, der über die Straße zum Marktplatz und schließlich zu dem Pavillon wanderte.

Dort saß ein kleiner Junge mit seiner Mutter und ließ unwillig deren Bemühungen über sich ergehen, ihm mit einem feuchten Taschentuch das Gesicht zu säubern.

»Einmal im Jahr«, griff sie das Gesagte auf, und er nickte. Dann kann es nicht seine Frau sein, dachte Abby. Eine Geliebte? Aber warum erzählte er dann ihr davon? Und warum sollte er Abby bitten, der ganzen Welt davon zu berichten – oder zumindest ganz Longwood Falls? Es war ihm gelungen, ihre Neugier zu wecken, doch sie wusste, dass dies noch nichts bedeutete: Es war ihr Job, neugierig zu sein. Die Frage war, ob sich außer ihr noch jemand für dieses scheinbar sehr persönliche jährliche Ereignis interessieren würde. Abby warf einen Blick auf den aufgeschlagenen Kalender auf ihrem Schreibtisch. »Morgen ist der 27.«, stellte sie fest.

Er nickte wieder. »Claire und ich treffen uns schon sehr lange am 27. Mai im Pavillon. Genau genommen seit 50 Jahren. Und wir haben kein einziges Jahr ausgelassen.«

Fünfzig Jahre. Abby war gerade erst 35 geworden. Sie konnte sich kaum vorstellen, so lange auf der Welt zu sein, geschweige denn, einen anderen Menschen so lange Zeit zu lieben. Sie musterte ihren Besucher aufmerksam, als würde sie ihn zum ersten Mal sehen. Martin Rayfiel war nicht jung, aber eine auffällige Erscheinung, die auf ihre ganz eigene Art jugendlich wirkte. Sein Haar war ein wenig zu lang und fast weiß, und es sah aus, als hätte er es sich mit einer ungeduldigen Geste aus dem Gesicht gestrichen. Er musste Ende sechzig sein, etwa in dem Alter, in dem ihr eigener Vater heute wäre. Und als sie sich Martin Rayfiel als jungen Mann vorstellte, das silberne Haar rabenschwarz, die markanten Züge glatt, die schlanken Finger das Gesicht der Frau liebkosend, in die er sich gerade verliebte, musste sie an ihren Vater denken. Oder nein, das stimmte nicht ganz, weil sie sich auf den vertrauten Zügen ihres Vaters keinen Ausdruck vorstellen konnte, der auch nur annähernd an Leidenschaft erinnert hätte, wie sehr er ihre Mutter bis zu seinem Tod vor sieben Monaten auch geliebt haben mochte.

»Entschuldigung. Abby?« Kim, die Rezeptionistin und Verantwortliche für den Anzeigenteil der Zeitung stand plötzlich hinter Martin Rayfiel in der Tür und trat unruhig von einem Fuß auf den anderen. Sie war eine nervöse, zierliche junge Frau, die viel zu viel Kaffee trank und einen rosafarbenen Reif im Haar trug. Martin trat beiseite, und Kim erklärte: »Müssen diese Formulare bis heute Nachmittag fertig sein?«

Abby wusste im Augenblick nicht, wovon Kim sprach, bat Rayfiel höflich um Verzeihung für die Störung und sagte Kim, dass sie gleich für sie da sei. »Es tut mir leid«, sagte sie dann noch einmal zu Martin. »Ich würde wirklich gerne den Rest Ihrer Geschichte hören, aber ...« Sie machte eine Geste, die Kim, den Computer und den ungeduldig blinkenden Cursor einschloss.

»Ist schon gut«, sagte Martin Rayfiel mit weicher Stimme. »Mein Timing war einfach nicht besonders.« Auch das schien ihn aus irgendeinem Grund zu belustigen. »Trotzdem vielen Dank. Ich habe es wenigstens versucht. Sie waren sehr freundlich, und das weiß ich zu schätzen.« Er nickte ihr zu, nahm dann seine Aktentasche und ging, verschwand so lautlos, wie er gekommen war.

Abby wollte ihn zurückrufen, aber was sollte sie ihm sagen? Auch wenn sie die Zeit aufbrachte, sich den Rest seiner Geschichte anzuhören, wusste sie nicht, ob sie für die Zeitung geeignet wäre. Doch es erschien ihr nicht richtig, diesen Mann einfach gehen zu lassen, der der ganzen Welt von einer Liebe erzählen wollte, die schon ein halbes Jahrhundert währte. Erst als Kim die Unterlagen auf ihrem Schreibtisch deponiert und das Büro wieder verlassen hatte, wandte Abby sich dem Fenster zu und blickte Martin Rayfiel nach. Er überquerte den Marktplatz und ging an dem Pavillon vorbei, ohne diesem auch nur einen Blick zu gönnen, sein Leinenanzug war leicht gebläht, so als könnte ein frischer Frühlingswind ihn in ein anderes Land tragen. Und da erst wurde Abby richtig bewusst, was sie ihm gern nachgerufen hätte.

»Alles Gute zum goldenen Jubiläum«, sagte sie leise.

Am nächsten Tag machte Abby Reston sich an das Layout für die nächste Ausgabe des *Longwood Falls Ledger*. Sie leitete eine Redaktionsbesprechung, schrieb einen Artikel zur aktuellen Debatte über die Schulgebühren, trank zu viel Kaffee, vergaß das Mittagessen, half sich mit zwei Müsliriegeln über das Tief am Nachmittag hinweg, um sich dann dafür zu hassen, dass sie sich Süßigkeiten einverleibt hatte anstelle des Salates, den sie am Morgen in dem winzigen Kühlschrank in ihrem Büro verstaut hatte, und um Punkt 17 Uhr drückte sie dann die Taste ihres Computers, mit der sie die Zeitungsausgabe des 28. Mai 1999 an die Druckerei weitergab und somit an die ganze Welt.

Heute war also der 27. Abby stand von ihrem Schreibtisch auf, streckte die Arme über den Kopf und fühlte, wie etwas in ihrem Inneren sich löste. Zum ersten Mal an diesem Tag dachte sie an den geheimnisvollen Mann, der sie am vergangenen Nachmittag aufgesucht und ihr von dem einen Tag im Jahr berichtet hatte, an dem er und eine Frau namens Claire sich treffen konnten. Abby blickte aus dem Fenster auf den weißen Pavillon in der Ferne, als rechne sie beinahe damit, Martin und Claire dort zu sehen. Aber dann fiel ihr wieder ein, dass er von »Abend« gesprochen hatte. Es war noch zu früh. Aber auch wenn es schon Abend gewesen wäre, wusste Abby nicht, was sie sich von dem Blick aus dem Fenster erhofft hätte, abgesehen vom Anblick zweier Menschen, die sich liebten – nicht gerade ein ungewöhnlicher Anblick auf dem Rasen eines Marktplatzes.

Also stand sie auf, verließ ihr Büro und hastete die drei Blocks weit zu ihrem kleinen mit Holzschindeln verkleideten Haus in der Alder Lane. Es war ein großer Luxus, an einem Werktag ihre Tochter besuchen zu können – etwas, das sie nie geschafft hatte, als sie noch Zeitschriftenredakteurin in New York gewesen war. Sie sperrte die Haustür auf und trat ein. Die sechsjährige Miranda saß am Küchentisch und bekam von der Haushälterin, Mrs. Frayne, zum Abendessen einen Teller mit panierten Hühnchenstücken in Form verschiedener Dinosaurier vorgesetzt.

»Sieh mal, Mami: Trizeratops«, verkündete Miranda, eins der Hühnchen-Nuggets in die Höhe haltend, und beugte sich dann über den Tisch, um ihre Mutter zu umarmen. Abby atmete tief den süßen Duft ihrer Tochter ein, eine Mischung aus Kakao und fruchtigem Kindershampoo.

Miranda erzählte von der Schule, und Abby hörte ihr aufmerksam zu. Mirandas Klasse hatte an diesem Tag einen Ausflug zu einer Milchfarm unternommen, und jedes der Kinder durfte sich am Euter einer gleichmütigen Kuh im Melken versuchen, wovon Miranda begeistert berichtete. Abby setzte sich und beugte sich vor, die Ellenbogen auf die Knie gestützt, als studiere sie das Gesicht ihrer Tochter, um es sich vor dem langen Abend in der Redaktion, der ihr bevorstand, einzuprägen. Miranda hatte viel von ihrem Vater geerbt: das rotbraune Haar, das an das Fell eines Irish Setters erinnerte und die dunkelbraunen Augen. Es war eine seltsame Art der Strafe, jedes Mal, wenn sie Miranda ansah, an Sam erinnert zu werden, aber es ließ sich nun einmal nicht ändern.

Abby hatte sich nie eingebildet, dass es leicht wäre, ganz allein ein Kind großzuziehen, aber womit sie nie gerechnet hatte, war, wie schwer es sein würde, jeden Tag aufs Neue so viele Stunden von ihr getrennt zu sein. Es kam ihr vor, als würden sie sich ständig nur voneinander verabschieden: eine weitere Sitzung, die Abby leiten musste, ein weiterer Termin. In New York City war es genauso schlimm gewesen. Nur an Wochenenden oder abends, nachdem Mrs. Frayne in ihre Wohnung in einem zwei Blocks entfernten Haus zurückgekehrt war, hatte sie wirklich Zeit für ihre Tochter. Dann machten sie es sich in Abbys großem Bett gemütlich und führten lange Gespräche miteinander. Abby flocht Mirandas Haar und las ihr leise vor. Für sie gab es nichts Schöneres als das.

Aber heute hatte sie nur einen flüchtigen Moment für Miranda, um sich den Bericht ihres Tages anzuhören, ehe sie in die Redaktion zurückkehrte. Sie legte ihrer Tochter eine Hand auf die Schulter und machte sich dann bereit, wieder zu gehen. »Bis später, Mami«, sagte Miranda lächelnd und neigte gleich darauf den Kopf, um in dem Buch neben ihrem Teller weiterzulesen, das von einem Mädchen und seinem zahmen Chamäleon handelte.

»Ach, Abby?«, sagte Mrs. Frayne. »Das hätte ich fast vergessen. Vorhin hat jemand aus New York angerufen. Sein Name war Nick, und er sagte, er wolle sich nur erkundigen, wie es Ihnen und Miranda so ginge.«

»Nick, der Doktor?«, wollte Miranda wissen und blickte offensichtlich interessiert von ihrer Lektüre auf. Abby nickte.

Nick Kelleher hatte mehrere Nachrichten für sie hinterlassen, seit sie hergezogen war, und zweimal hatten sie kurz miteinander gesprochen. Sie hatten einige Einzelheiten aus ihrem Leben ausgetauscht und ein wenig geflirtet, aber sie hatte ihn nie ernsthaft ermutigt, ihn nie glauben gemacht, sie sei an ihm interessiert. Trotzdem rief er aus irgendeinem Grund immer wieder an.

»Er klang sehr nett«, sagte Mrs. Frayne hintergründig.

»Er *ist* sehr nett«, entgegnete Abby, bevor sie sich abwandte und zur Tür ging, womit sie der Unterhaltung ein abruptes Ende bereitete. »Bis später«, verabschiedete sie sich von ihrer Haushälterin und ihrer kleinen Tochter, um diesen keine Gelegenheit zu geben, das Thema Nick zu vertiefen.

Aber auf dem Rückweg, als es dunkel wurde und der Arbeitstag für die meisten Menschen zu Ende ging, wenn auch nicht für sie selbst, machte Abby auf dem Rasen Halt. Zwar musste sie zurück an die Arbeit, aber möglicherweise war ihre Arbeit hier: eine Geschichte, die man ihr angetragen hatte, die Geschichte von Martin Rayfiel und einer Frau namens Claire. Eine Liebesgeschichte, hatte er gesagt.

Abby wählte eine Bank in der Nähe des Pavillons – nicht so nah, dass sie störte, aber nah genug, um in Kürze beobachten zu können, was ... Ja, was eigentlich? Ein heimliches Stelldichein? Ein Rendezvous? Der Pavillon schien völlig ungeeignet für etwas Unschickliches: dafür war er viel zu leicht einsehbar und wirkte viel zu altmodisch. Aber vielleicht war gerade das der Grund, weshalb die Wahl der beiden Liebenden auf ihn gefallen war. Wer würde argwöhnen, dass zwei Menschen, die sich am exponiertesten Ort der ganzen Stadt trafen, etwas zu verbergen haben könnten? Tatsächlich wurde Abby erst jetzt, da sie ihn genauer betrachtete, bewusst, wie wenig Aufmerksamkeit sie ihm bislang geschenkt hatte. Er war einfach *da.* Nie zuvor hatte sie die Feinheiten der Konstruktion – ein Achteck, wie sie feststellte – und des weiß gestrichenen Gitterwerks bemerkt, und auch nicht das Dach, das spitz zusammenlaufend in den Himmel ragte. Es war ein alltägliches Bauwerk, nichts Besonderes, und doch schien es mindestens zwei Menschen auf dieser Welt sehr viel zu bedeuten.

Abby lehnte sich auf der Bank zurück und wartete. Sie sah eine übergewichtige ältere Frau in einer Strickjacke und mit zu grellem Makeup und hoffte, dass es nicht Claire war. Sie war es nicht; die Frau ging an dem Pavillon vorbei. *Gott sei Dank*, dachte Abby. Dann näherte sich eine rothaarige hübsche Frau in einem Jogginganzug und setzte sich tatsächlich in den Pavillon, aber sie sah zu jung aus, als dass sie die Frau hätte sein können, mit der sich Martin Rayfiel seit 50 Jahren traf. Kurz darauf stießen zwei Freundinnen zu ihr, ebenfalls in Jogginganzügen, und die drei standen auf, machten ein paar Dehnübungen und liefen dann gemeinsam los. Danach schien sich niemand mehr für den Pavillon zu interessieren.

Plötzlich gingen sämtliche Straßenlichter um den Platz herum gleichzeitig auf, ein wenig später gefolgt von den Laternen entlang der Wege, die über den Platz führten.

Es war ein hübscher Anblick, und so war ganz Longwood Falls im Staate New York: idyllisch, sicher, heimelig und pittoresk, mit vielen Grünanlagen, Teichen und gewundenen Wegen, die gesäumt waren von niedrigen Zäunen. Und doch hatte das nicht gereicht, um sie hier zu halten. Wie so viele ihrer Freunde war Abby Reston im Sommer nach ihrem High-School-Abschluss ohne großes Bedauern in den Zug nach New York gestiegen.

Jetzt war sie zurück. Als ihr Vater im vergangenen Herbst unerwartet einem Herzanfall erlegen war, war Abby heimgekommen, um dem Begräbnis beizuwohnen und ihrer Mutter in dieser schweren Zeit zu helfen. Sie hatte Miranda und ihre Haushälterin mitgebracht, und aus Tagen waren Wochen geworden. Schließlich hatte sie beschlossen zu bleiben, und nachdem ihr der Posten ihres verstorbenen Vaters beim *Ledger* angeboten worden war, hatte sie ihre Wohnung im Big Apple gekündigt und war mit Miranda und der Haushälterin, die sich in der Stadt ohnehin nie wohl gefühlt hatte, hierher übergesiedelt, in ein völlig anderes Leben. Ihre Mitarbeiter waren der Meinung, dass sie zu viel arbeitete, und natürlich hatten sie Recht. Sie musste erst noch lernen, sich wieder an das gemächlichere Tempo einer Kleinstadt zu gewöhnen. Bei der Modezeitschrift in Manhattan, wo sie als Redakteurin tätig gewesen war, wurde regelmäßig bis Mitternacht gearbeitet, beinahe eine Ausrede für Mitternachtsparty-Atmosphäre bei Pizza und Wein, begleitet von endlosen Klagen und herzhaftem Gähnen. Damals hatte Mrs. Frayne oft bis tief in die Nacht bei Miranda bleiben müssen, um dann zu unmöglichen Zeiten mit dem Taxi heimzufahren, das Abby ihr bezahlte. »Sie arbeiten zu viel«, hatte die Haushälterin geschimpft, wenn sie um ein

Uhr früh in ihren Mantel geschlüpft war, ein Kommentar, den Abby sich regelmäßig von verschiedenster Seite hatte anhören müssen. Aber Abbys Arbeitseinstellung war zumindest teilweise erblich bestimmt. Ihr Vater hatte ihr seinen Arbeitseifer vererbt, und manchmal, wenn sie an demselben schweren Birkenholzschreibtisch saß, der 40 Jahre lang Tom Restons Arbeitsplatz gewesen war, fragte sie sich, ob ihr Vater in denselben Momenten wie sie Zufriedenheit empfunden hatte: in Augenblicken stiller Effizienz und angesichts einer ungeahnten Fülle zusammengetragener Fakten.

Das wäre eine Story nach seinem Geschmack gewesen, das wusste sie. Abby war überzeugt davon, dass ihr Vater die Geschichte zweier Liebenden, die sich seit fünfzig Jahren einmal jährlich trafen, gedruckt hätte. Er wusste, was die Leser ansprach. Ob es auch *ihn* selbst ansprach – oder ob er überhaupt in der Lage war, irgendetwas von einem anderem Standpunkt aus zu betrachten als dem eines Zeitungsredakteurs – das war eine völlig andere Frage. Einmal hatte Abby als Teenager ihre Mutter gefragt: »Wen hat Daddy mehr lieb, dich oder den *Ledger*?«

»Das ist eine schwierige Frage«, hatte ihre Mutter nach langer Überlegung erwidert. »Ich denke, er liebt uns beide, aber auf unterschiedliche Art.«

Die Antwort hatte Abby verblüfft. Sie hatte erwartet, dass ihre Mutter etwas Beruhigendes erwidern würde in der Art von: »*Mich* natürlich, auch wenn es deinem Vater manchmal schwer fällt, seine Gefühle zu zeigen.« Aber ihre Mutter hatte es vorgezogen, Abby eine andere, komplexere Wahrheit zu eröffnen und ihr damit eine fundamentale Lektion zu erteilen: *Frage nur dann, wenn du die Antwort wirklich hören willst.*

Die Frage, die sich Abby am Abend dieses 27. Mai stellen musste, war vor allem die, ob sie diese Geschichte in der Zeitung bringen wollte. Außerdem saß sie auf dieser Bank in der Nähe des Pavillons, um in sich hineinzuhorchen und zu ergründen, was diese Geschichte in ihr selbst auslöste – nicht in ihrer Eigenschaft als Redakteurin, sondern als Leserin. Sprach die Geschichte *sie* an? Löste sie ein Echo in *ihr* aus? Aber die Zeit verging, ohne dass sich Claire und Martin blicken ließen, sodass Abby zu dem Schluss kam, dass sie es nie mit Sicherheit wissen würde.

Inzwischen war es dunkel geworden auf dem Marktplatz. Die Sonne war zuerst hinter der Baumreihe am westlichen Ende des Platzes verschwunden und danach hinter einer Front von Schaufenstern. Martin hatte ihr erzählt, dass er und Claire kein einziges Rendezvous im Pavillon ausgelassen hatten, kein einziges in 50 Jahren. Abby wusste nicht, ob sie sich ärgern oder Sorgen machen sollte. Sie erwog flüchtig, die Polizei zu verständigen, aber was sollte sie melden? Sie kannte keine der beiden Personen. Vielleicht war einer von ihnen zu beschäftigt gewesen, und sie hatten sich heute Morgen darauf verständigt, ihr Treffen auf einen anderen Tag zu verschieben. Vielleicht hatte sie sie auch nur verpasst, während sie zu Hause war. Vielleicht hatten sie sich bereits getroffen und waren gemeinsam weggegangen. Oder das Ganze war von vornherein nur eine Ente gewesen. Aber daran mochte sie nicht so recht glauben. Martin Rayfiel hatte in den wenigen Minuten ihrer Unterhaltung einen ernsthaften und glaubwürdigen Eindruck gemacht: eine starke Persönlichkeit.

Abby erhob sich und blickte sich um. Sie war jetzt allein. Die Geschäfte, die den Platz auf allen vier Seiten säumten, hatten geschlossen; Rollläden und Gitter waren heruntergelassen. Sie schlenderte zu dem verlassenen Pavillon hinüber, stieg die beiden weißen Stufen hinauf und setzte sich. Sie versuchte, sich vorzustellen, wie Martin und Claire sich hier trafen, sich umarmten und dann auf den weißen Holzbänken Platz nahmen. Dann bemerkte sie, dass etwas unter der Bank versteckt war. Abby beugte sich vor und kniete sich dann hin, um den Gegenstand hervorzuziehen: Es war eine Aktentasche.

Sie zog den Koffer aus seinem dunklen Versteck und stellte ihn auf dem Boden des Pavillons ab. Die Aktentasche war alt und abgenutzt, aber sie war aus hochwertigem Leder und so gut verarbeitet, dass sie viele Jahre der Benutzung überstanden hatte. Sie strich mit den Fingern über das eingestanzte Monogramm: *M. R.* Das war Martin Rayfiels Aktenkoffer, den er bei seinem Besuch in der Redaktion am Vortag bei sich gehabt hatte. Hatte er ihn für Abby hier versteckt? Und wenn ja, warum? Sie warf einen Blick über den Platz; sie war immer noch allein. Sie zögerte noch einen Moment, ehe sie nach den Schlössern griff. Sie sprangen ganz leicht auf, und Abby klappte den Deckel hoch.

Der Koffer enthielt eine Reihe von Gegenständen, von denen zahlreiche im schwachen Laternenlicht schwer auszumachen waren und keiner ihr bedeutungsvoll erschien. Es schien sich um Dinge zu handeln, wie man sie in einer alten Kommode auf einem Dachboden finden mochte: alte Postkarten, Briefe, Restaurant-Speisekarten, verblichene Fotografien, längst vergessene Andenken. Sie fuhr leicht mit der Hand über den Inhalt der Aktentasche, als fürchte sie, eine nicht erkennbare Ordnung zu stören, bis ihre Finger schließlich auf einem Stapel Kassetten liegen blieben, die von einem dicken Gummiband zusammengehalten wurden. Sie nahm sie heraus und hielt sie ins Licht der Straßenlaternen, bis sie die Beschriftung der obersten Kassette entziffern konnte. Dort stand in eleganter Handschrift: *Für Abby Reston – bitte hören Sie sich die als Erstes an.*

Es verblüffte sie, ihren eigenen Namen zu lesen. Es war, als hätte jemand aus dem Halbdunkel heraus, das den Pavillon umgab, ihren Namen geflüstert, und im ersten Augenblick erwog sie, den Deckel des Koffers zuzuknallen und diesen wieder unter die Bank zu schieben, so als wäre sie nie hier gewesen, als hätte sie den Koffer nie entdeckt. Aber sie hatte ihn entdeckt und den Inhalt gesehen. Sie wog die Kassetten in der Hand, als wäge sie ihre Optionen ab. Sie hatte also Recht gehabt mit ihrer Annahme – er hatte den Aktenkoffer für sie im Pavillon hinterlassen; oder zumindest hatte er Vorsorge getroffen, dass wer immer ihn fand, wusste, für wen der Inhalt bestimmt war. Aber wollte sie wirklich in die Geschichte hineingezogen werden? Wenn sie die Kassetten mit ins Büro nahm und in den Recorder auf ihrem Schreibtisch schob, auf dem sie häufig Chet Baker, alte Beatles-Songs oder Etüden von Chopin hörte, würde sie bis über beide Ohren drinstecken – worin auch immer. Sie wollte wissen, wer Claire und Martin waren und warum sie heute nicht zum Pavillon gekommen waren. Aber wie sehr wünschte sie sich, das zu wissen? *Frage nur dann, wenn du die Antwort auch wirklich hören willst.*

Abby nahm die Aktentasche, als wäre es ihre, und trug sie über den Rasen in Richtung der inzwischen verlassenen Zeitungsredaktion. Ihre Mitarbeiter waren vernünftigerweise zu ihren Familien heimgegangen, zu einem warmen Abendessen, einem gemütlichen Schaukelstuhl und Freizeit fern von der Arbeit. In ihrem Büro zog sie an der Kette, die von der geschwungenen Schreibtischlampe herabbaumelte, und ein Lichtkreis fiel auf das Chaos auf ihrem Schreibtisch. Sie legte die Layout-Seiten beiseite und stellte den Aktenkoffer oben auf den Tisch, ehe sie zum Kühlschrank auf dem Flur ging und eine Flasche Gewürztraminer herausnahm, der dort mehrere Wochen in der Horizontalen gelagert hatte. Ein Geschenk eines zufriedenen Werbekunden, wenn sie sich recht erinnerte, dem Inhaber von Shur-Foot Shoes, Schuhen in Übergrößen. Sie holte einen Korkenzieher aus einer Schublade der winzigen Küche, nahm ein Glas vom Abtropfgestell neben dem Spülbecken und trug alles zurück in ihr Büro. Dort entkorkte Abby im Lampenlicht die Weinflasche, schenkte sich ein Glas ein und schob das erste Band in den Recorder.

»Hallo«, sagte Martin Rayfiels Stimme vom Band. »Wenn ich mich nicht irre, hören Sie sich dieses Band am Abend an, irgendwann nach Einbruch der Dunkelheit, nachdem Ihnen klar geworden ist, dass Claire und ich nicht mehr zum Pavillon kommen werden. Es tut mir leid, Sie enttäuscht zu haben«, fuhr Martin fort, »aber die Umstände sind sehr kompliziert und lassen sich nicht in zwei Sätzen zusammenfassen. Aber ich dachte mir, dass Sie sich vielleicht meine Geschichte über Claire und mich gern anhören würden. Ich hoffe, dass die Gegenstände im Koffer dazu beitragen werden, das Erzählte zu veranschaulichen, auch wenn einige davon Ihnen furchtbar sentimental erscheinen mögen und Sie sich fragen werden, warum ich sie all die Jahre aufbewahrt habe.«

Abby langte unter den Tisch, um sich die Schuhe abzustreifen, die sie achtlos zu Boden fallen ließ, und die Füße dann auf die Tischplatte zu legen. Der Klang der Stimme in der Stille ihres Büros nach Stunden hektischer Betriebsamkeit war seltsam beruhigend, und als Abby den ersten Schluck des kalten Weins trank und sich bequem in ihrem Stuhl zurücklehnte, wusste sie, dass es eine Stimme war, der sie die ganze Nacht zuhören konnte. Und das tat sie auch.

Kapitel II

Claire Swift trug nie eine Kopfbedeckung. Als sie noch ein junges Mädchen gewesen war, kam ihre Mutter ihr im Winter mit einer Wollmütze in der Hand nachgelaufen, die sie wild in der Luft schwenkte, aber Claire war bereits fort. So kam es, dass Martin sie immer, wenn er an sie dachte, hutlos mit schwingendem Haar vor sich sah. Bei ihrer ersten Begegnung sah er sie allerdings gar nicht.

Es war Freitag, der 27. Mai 1949, erinnerte sich Martin auf dem Band, und er und Claire waren beide 17 Jahre alt. Sie waren in derselben Ortschaft, Longwood Falls, aufgewachsen, führten aber innerhalb des kleinen Städtchens ein so unterschiedliches Dasein, dass sie nie ein Wort miteinander gewechselt hatten. Die Trennung war ebenso einfach wie radikal: Seine Familie war reich, Claires nicht. Sie lebte in einer Sackgasse mit kleinen bescheidenen Häuschen in der Innenstadt und besuchte die örtliche öffentliche Schule. Martin hingegen wohnte oben auf einem Hügel, in einem Wohnviertel namens The Crest, wo ausschließlich riesige prunkvolle Villen standen, und besuchte eine teure Privatschule für Jungen zwanzig Meilen entfernt. So wie diese Villen wirkte auch Martin ständig irgendwie abweisend und distanziert.

Aber anders als die anderen Bewohner von The Crest lehnte Martin die in seinen Kreisen übliche Abschottung ab und unternahm des öfteren Ausflüge in die Innenstadt, auch wenn seine Herkunft und seine graue, militärisch anmutende Schuluniform ihn zur Zielscheibe bissiger Bemerkungen machte. Bei dieser speziellen Gelegenheit kaufte Martin sich gerade nach der Schule eine Cola bei Beckerman's, der örtlichen Milchbar mit glitzernder Zapfanlage, schwenkbaren Barhockern und einer imposanten bunten Musikbox, als er die ersten vertrauten Kommentare hörte: Er sei schwul. Er solle sich nach The Crest zurückscheren, wo er hingehöre. Er solle sich auf seinen Thron schwingen und dort bleiben.

Es waren Jungs von der örtlichen High-School, mit denen er zuvor schon mehrfach aneinander geraten war, und es dauerte nicht lange, bis wieder die Fäuste flogen. Martin versetzte einem seiner Widersacher einen Haken, der mit einem hässlichen knirschenden Geräusch, ähnlich, als würde man in einen Apfel beißen, dessen Kiefer traf. Aber der Junge schlug zurück und traf Martin auf das Auge. Martin spürte, wie ein heftiger Schmerz seinen Kopf durchzuckte und ihm schwindlig wurde. Er sackte auf dem weiß gefliesten Boden zusammen und sah die silbernen Füße der festgeschraubten Hocker vor sich. Wie aus weiter Ferne hörte er, dass die Tür zuschwang; die Jungen waren fort. Beckerman selbst, ein ewig sorgenvoller Mann mittleren Alters, der sich ständig nervös die Hände an seiner weißen Schürze abwischte, half Martin auf und brach ein Stück Eis für ihn ab. Dankbar nahm Martin es entgegen und legte es auf sein bereits stark angeschwollenes Auge, ehe er, noch wackelig auf den Beinen, nach draußen in den Tag wankte.

Henry, der Chauffeur der Familie, wartete mit dem Bentley gleich um die Ecke; vermutlich lehnte er an der auf Hochglanz polierten Karosserie und rauchte. Aber Martin war der Gedanke unerträglich, sich nach Hause chauffieren zu lassen, wo seine Mutter ein lächerliches Aufheben um sein Veilchen machen und sein Vater ihm Vorhaltungen machen würde, weil er sich »auf eine primitive Prügelei mit irgendwelchen Proleten« eingelassen hatte.

Und so schlenderte Martin Rayfiel zum Marktplatz, dessen Rasen leicht unter seinen Füßen nachgab. Da es in der vergangenen Nacht geregnet hatte, war der mineralische Erdgeruch noch stärker als gewöhnlich. Sein Auge pochte von seinem eigenen Puls und vor Hitze, und irgendwie gelangte er zum Pavillon. Martin hatte der Pavillon schon immer gefallen, so wie er in der Mitte des Platzes thronte wie mitten im Nirgendwo. Jetzt stieg er die weißen Stufen hinauf und legte sich auf die Bank unter dem Dach, die Knie angezogen und der Kopf auf den glatten, lackierten Latten ruhend. Endlich allein, rückte er das Stück Eis auf seinem Auge zurecht und gestattete sich ein Stöhnen. »Toll«, murmelte er vor sich hin. »Ist das nicht wieder Klasse?«

»Da bin ich anderer Ansicht«, sagte eine Stimme.

Martin fuhr auf. Ihm saß ein Mädchen gegenüber, das in etwa so alt war wie er. Sie hatte die Arme über der Brust verschränkt und lächelte ihn an. Nein, sie grinste schadenfroh, und Martin wappnete sich für eine Beleidigung, eine sarkastische Bemerkung über seine Familie, sein Geld. Aber es kam nichts dergleichen. Durch das gesunde Auge sah er das Buch auf ihrem Schoß: *Treasures of European Sculpture* – »Schätze der europäischen Bildhauerei«. Sie war ein gut aussehendes Mädchen in einem pfirsichfarbenen Sommerkleid, mit langen Armen und Beinen und hellem, glatten Haar. Martin schämte sich, wie sich nur ein 17-jähriger Teenager mit einem zugeschwollenen Auge schämen kann, der in Anwesenheit eines Mädchens Selbstgespräche geführt hat.

»Weißt du«, sagte sie, »ich habe gehört, dass rohes Fleisch wirksamer sei als Eis.«

»Tatsächlich?«, entgegnete er. Sie nickte. »Danke für den Tipp.« Er erhob sich vorsichtig und versuchte, so etwas wie Würde auszustrahlen, indem er so tat, als täte es gar nicht weh und als könne er einfach mit federnden Schritten den Pavillon verlassen und den Rasen überqueren.

»Möchtest du es ausprobieren?«, fragte sie. »Ich wohne gleich um die Ecke; ich könnte dir eine Scheibe Steak geben.«

Er musterte sie argwöhnisch. »Du kennst mich doch nicht mal«, sagte er.

»Das stimmt.«

»Und trotzdem lädst du mich zu dir nach Hause ein?«

Sie nickte nur.

»Warum?«

»Weil du verletzt bist«, entgegnete sie schlicht.

Das Mädchen war nett, aber gleichzeitig spielte es auch mit ihm, wirkte irgendwie provokant. Die Mischung dieser Eigenschaften machte ihn neugierig, und zu seiner eigenen Überraschung erklärte er sich einverstanden, sie nach Hause zu begleiten. Das Haus war schockierend winzig und stand inmitten anderer ebenso kleiner Eigenheime. *Wo schlafen die nur alle?* fragte er sich, als er sich in dem kleinen, beengten Heim umsah.

Die Küche war klein, aber sehr sauber, und sie nahm

eine Scheibe rohes Fleisch für ihn aus dem Kühlschrank, ein billiges Stück, das noch in das Papier der Metzgerei eingeschlagen war. Sie forderte ihn auf, sich an den Tisch zu setzen, und er gehorchte widerspruchslos und drückte sich das Fleisch auf das Auge. Er konnte den Geruch des frischen Fleisches riechen, und das Blut ekelte ihn. »Ich habe mich geprügelt«, erklärte er ihr, obgleich sie nicht gefragt hatte. »Das heißt, genau genommen haben die sich mit mir geprügelt. Ich weiß noch nicht einmal genau, worum es eigentlich ging.«

»Ich weiß, warum«, entgegnete sie. »Das liegt daran, wer du bist.«

»Ach ja? Und wer bin ich?«

»Ich weiß deinen Namen nicht«, erwiderte das Mädchen langsam. »Aber ich habe dich schon mehrmals in der Stadt gesehen. In deinem silbernen Auto. Und mit deinen Eltern. Und ich weiß, dass das der Grund ist für das, was heute passiert ist. Die Leute sind neidisch.«

Er nickte. »Stimmt.«

»Das ist dir nicht zum ersten Mal passiert, habe ich Recht?«

Martin nickte.

»Warum kommst du dann weiter her?«, fragte sie. »Warum gehst du weiter dorthin, wo alle dich sehen und es immer wieder zum Streit kommen wird?«

Er dachte eine Weile darüber nach, ehe er antwortete. »Ich denke, das liegt auch daran, wer ich bin.« Ihr Gesichtsausdruck verriet leichte Verwirrung, aber er gab keine weitere Erklärung ab. Er wusste nicht, wie er in Worte fassen sollte, dass er immer wieder in die Innenstadt kam, wo er sich oft im Mittelpunkt sinnloser Faustkämpfe wiederfand, weil er nicht das abgeschottete Leben der anderen Bewohner von The Crest führen wollte.

Martin hatte es nie behagt, dort zu leben, in der ein wenig lächerlich anmutenden Villa mit den imposanten Säulen, die einem Kolonialhaus auf irgendeiner Plantage nachempfunden war. Die Fußböden aus fein gemasertem Marmor waren zu glatt, um auf ihnen vernünftig laufen zu können, und als Martin klein gewesen war und über sie hinweggeschlittert war, hatten seine Kinderfrau oder die Hausmädchen ihn ausgeschimpft. Seine Eltern beschäftigten ein ständig wechselndes Heer von Hausangestellten, deren Kommen und Gehen weitestgehend auf die unberechenbaren Launen von Martins Vater zurückzuführen war, Ash Rayfiel, dem herrischen und schwer zufrieden zu stellenden Hausherrn und Erben des Familienunternehmens, das Damenhüte herstellte.

So kam es auch, dass Martins Mutter Lucinda wohl mehr Hüte besaß als jede andere Frau auf der Welt. Der begehbare Schrank, in dem sie ihre Hüte aufbewahrte, war ausgebaut worden und wurde allgemein nur als »Hutzimmer« bezeichnet. Sie besaß hohe, flauschige Hüte, die aussahen wie ein Baiser und niedrige, kleine, schwarz-samtene Kopfbedeckungen, die auch für ein Staatsbegräbnis angemessen erschienen. Sie hatte einen auberginefarbenen Hut, der mit winzigen länglichen Perlen bestickt war, und einen breitkrempigen gelben von exakt der gleichen Farbe wie die Butterblumen auf dem Grundstück der Familie – und er zog in etwa genauso viele Insekten an, wann immer sie ihn trug. Lucinda Rayfiel war eine extrem unglückliche Frau, die sich intensiv mit ihren Hüten und ihrem Aussehen beschäftigte, um sich von ihrem Unglück abzulenken.

Das gesellschaftliche Leben der Rayfiels spielte sich weitgehend im Golf Club von Longwood ab, der auf einem vollständig eingefriedeten hügeligen Gelände gelegen war und dem sämtliche Bewohner von The Crest angehörten. Jeden Samstagmorgen kutschierte Henry den Familienwagen vorsichtig den Hügel hinunter und durch die Stadt zum Golfclub, wo Martins Vater dann auf dem Green einen Ball nach dem anderen schlug und fluchte, wenn ein Ball im Sandbunker landete, während seine Mutter einen Gin nach dem anderen in sich hineinschüttete und den Tag im Alkoholnebel an sich vorüberziehen ließ. Martin blieb derweil sich selbst überlassen.

Er hasste den Club. Die anderen Kinder dort kamen ihm versnobt und unangenehm vor, oder schlimmer noch, wie Tölpel. Sie waren Miniaturausgaben ihrer Eltern, und die Vorstellung, dass auch er eines Tages ein Abbild seines Vaters werden könnte, erschreckte ihn. Sein Vater war ein gut aussehender Mann, jedoch ungehobelt und unsensibel, ohne jegliches Gespür für Feinheiten. Er ärgerte sich dauernd über irgendetwas. Martins Mutter ihrerseits war eine ausgesprochen elegante Blondine, deren leicht schwammige Züge jedoch wahrer Schönheit im Wege standen. Martin war irgendwann zu dem Schluss gekommen, dass, wenn Rita Hayworth eine ältere Schwester gehabt hätte, diese so ähnlich ausgesehen haben würde wie seine depressive Mutter mit dem ewig verkniffenen Ausdruck um die weichen Lippen.

Martin ähnelte seinen Eltern nur entfernt. Er war in sich gekehrter als sie und wirkte immer ein wenig zerstreut. Er hatte glattes, lackschwarzes Haar und graue Augen mit winzigen Linien und Pünktchen in der Pupille, so als wären sie aus einem Stück des Marmorbodens seines Elternhauses gefertigt. Sein Körper war von einer Geschmeidigkeit, die es ihm ermöglichte, mit Leichtigkeit Zäune zu überwinden und schneller als jeder andere dorthin zu laufen, wo er hin wollte. Martin kam es vor, als liefe er ständig davon, als flüchte er stets von einem Ort zum anderen.

Und als er nun mit diesem Mädchen am Küchentisch saß, wurde ihm bewusst, dass er ausnahmsweise einmal nicht den Drang verspürte, davonzulaufen. Zu seiner eigenen Überraschung wollte er am liebsten den ganzen Nachmittag an diesem kleinen, wackligen Tisch sitzen. Sein Auge fühlte sich inzwischen ein wenig besser an, und er nahm das Steak herunter und legte es zurück auf das feuchte Einschlagpapier.

Plötzlich schwang die Küchentür auf, und ein Mann kam herein. Es war der Vater des Mädchens, gut aussehend, aber in einem T-Shirt mit dunklen Schwitzflecken unter den Armen. Auch verströmte er einen beißenden Geruch, der allerdings nicht nur von Schweiß herrührte. Martin fiel wieder dieser mineralische Geruch auf, den er bereits bemerkt hatte, als er den Rasen vor dem Pavillon überquert hatte: Erde und Lehm und noch etwas, das schärfer roch. Dann wusste er plötzlich, was es war: Farbe und Terpentin.

Der Mann musterte Martin mit unergründlicher Miene und nickte dann langsam zur Begrüßung. »Claire«, sagte er. »Würdest du mir bitte ein Bier geben? Und vielleicht könntest du mit dem Abendessen anfangen. Deine Mutter hat gesagt, sie hätte mir in einem Anfall von Verschwendungssucht ein kleines Steak gekauft.«

Ihr Name ist also Claire. Der Name passte, schlicht und ohne Schnörkel. Sie und Martin tauschten einen schuldbewussten Blick. Das Steak, mit dem er sein Veilchen gekühlt hatte, sollte nun gebraten und gegessen werden – ein leicht ekliger, aber auch komischer Gedanke. »Ich bin Martin Rayfiel«, stellte er sich Claires Vater vor.

»Der Sohn von Ash Rayfiel?«, fragte dieser, was Martin mit einem Nicken bejahte. »Ich habe schon für deinen Vater gearbeitet«, fuhr Claires Vater in neutralem Tonfall hinzu, aber Martin wusste dennoch, was er dachte. Zweifellos teilte er die Meinung aller anderen, dass Ash Rayfiel ein unangenehmer Mensch war und ganz sicher kein Freund der Arbeiter in der Stadt. Es hatte schon Proteste gegeben, es war die Rede gewesen von Maßnahmen gegen Martins Vater, aber aus diesen Ansätzen war nie etwas geworden, da dieser zu mächtig war.

Die Erwähnung seines Vaters hatte Martin ganz verlegen gemacht, und so versuchte er, das Thema zu wechseln. »Ihre Tochter hat mir heute geholfen«, erklärte er.

»Sie ist eben ein sehr hilfsbereiter Mensch«, antwortete Claires Vater. Dann nahm er die bernsteinfarbene Bierflasche beim Hals und verließ die Küche. Martin vermutete, dass er bestimmt schon in wenigen Minuten irgendwo – vermutlich auf dem Sofa im Wohnzimmer – mit hochgelegten Füßen eingeschlafen sein würde.

»Ich sollte besser gehen«, sagte Martin.

»Ja«, pflichtete Claire ihm bei. »Ich denke, du hast Recht.«

Aber er rührte sich nicht. Sie lächelten einander zu, weil keiner von beiden wollte, dass er ging, und sie es beide wussten. Dieses Mädchen mit dem hellen Haar, das ihm gegenübersaß und ihn über den Tisch hinweg belustigt anlächelte, machte ihn nervös. Sie spielte mit ihm, und dieses seltsame kleine Spielchen erregte ihn.

Das Gefühl, das ihn durchströmte, erinnerte ihn an etwas, das er vor zwei Jahren erlebt hatte. In seinem Elternhaus hatte eine Köchin namens Nicole Clément gearbeitet, eine Frau aus einer südfranzösischen Kleinstadt namens Lourmarin. Man konnte sie nicht wirklich als schön bezeichnen; ihre Hüften waren eine Spur zu füllig, und sie hatte widerspenstiges dunkles Haar, aber sie war aufmerksam und freundlich. Er hatte sich oft in ihrer Nähe aufgehalten, wenn sie in einem Kupferkessel mit Sauce oder Karottenstiften gerührt hatte, mit einer Hand, die schneller war als die eines Croupiers. Sie lehrte Martin alles, was sie über das Kochen wusste, und wenn seine Eltern nicht da waren, verbrachte er Stunden mit ihr in der Küche, umgeben von den Düften und Geräuschen und dem Dampf, der den Töpfen entwich, wenn man den Deckel einen Zentimeter weit anhob. Nicole Clément zeigte ihm, wie man Luftblasen aus Brotteig herausknetete und wie man ein perfektes Ei zubereitete. Martin wurde ein exzellenter Koch, der sich ebenso auf die französische wie auf die amerikanische Küche verstand. Aber während seine Mutter sich noch über sein Können amüsierte, fand sein Vater es weibisch und vertrat den Standpunkt, dass diese Fähigkeiten ihm im späteren Leben nicht weiterhelfen würden.

Eines Tages, als Martin 15 Jahre alt gewesen war und Nicole 26, hatte er neben ihr am Tisch gestanden und ihr geholfen, Kartoffeln in Scheiben zu schneiden. Plötzlich hatte er sie angeschaut und gesehen, dass Mehl ihr Haar bedeckte wie frischer Schnee. Und wie schmal und zart ihre Hände wirkten, die mit atemberaubender Geschwindigkeit das Gemüse schnippelten. Und ehe ihm selbst so recht bewusst war, was er tat, beugte er sich vor und küsste die Köchin hart auf den Mund. Sie riss die Augen auf, aber gleich darauf legte sie das Küchenmesser aus der Hand und erwiderte seinen Kuss selbstvergessen. Sie zog Martin in die Speisekammer, und dort auf dem Boden des kleinen Raumes, umgeben von Tomatenkonserven, Marmeladengläsern und Knoblauchgirlanden, entkleideten sie einander wortlos.

Als sie einige Zeit später wieder herauskamen – er hatte keine Ahnung, wie viel Zeit verstrichen war –, stopfte Martin sein zerknittertes weißes Hemd in die Hose, strich sich die schwarze Strähne aus dem Gesicht, die ihm immer wieder in die Stirn fiel, und atmete tief durch. In diesem Moment wusste er, dass er nie ein Hutmacher werden würde wie sein Vater und dass er nie ein unglückliches Dasein führen würde, in dem sich alles um Golfclubs und Geld drehte. Als er sich Nicole zuwandte, die gerade hastig ihre Schürze zuband, sah er, dass sie furchtbar nervös war. Offenbar fürchtete sie die Konsequenzen dessen, was geschehen war. Er trat auf sie zu und legte ihr eine Hand auf den Arm.

»Du brauchst dir keine Sorgen zu machen«, versicherte er ihr.

»Danke, Martin«, sagte sie lächelnd, wobei sie seinen Namen wie gewöhnlich französisch aussprach. »Du bist sehr süß, weißt du. Ein richtig guter Fang.«

Einen Monat später war sie fort. Nicole behauptete steif und fest, ihre Kündigung hätte nichts mit Martin zu tun, sie hätte vielmehr schreckliches Heimweh nach ihrer Familie in Lourmarin. Er war sich nicht sicher, ob er ihr glauben sollte oder nicht, aber sie weinte beim Abschied und versprach, ihm zu schreiben, was sie auch gelegentlich tat. Die neue Köchin war eine stämmige herrische Frau aus den Schweizer Alpen, die Marschlieder sang und jedes Gericht mit geriebenem Käse »verfeinerte«. Wenngleich Martin sich den einen oder anderen Kochkniff von ihr abschaute, wurden sie doch nie richtig warm miteinander.

Nach dem Erlebnis in der Vorratskammer wurde er noch stiller und nachdenklicher. An jenem Tag war ein völlig neues Gefühl in ihm aufgekommen, ein Gefühl, das heute, in einer anderen Küche am anderen Ende der Stadt, erneut in ihm aufgekeimt war. Plötzlich wünschte er, er könnte sich mit diesem Mädchen namens Claire in einen kleinen duftenden Raum zurückziehen und mit ihr das Gleiche tun wie seinerzeit mit Nicole. Er konnte sich vorstellen, sie zum Mittelpunkt seines Lebens zu machen, auch wenn er selbst nicht sagen konnte, warum.

Er erkannte, dass Menschen nicht genau gleich sein mussten, damit ein starker Strom von Gefühlen zwischen ihnen entstand. Seine Eltern verkehrten nur mit Leuten, die genauso waren wie sie; einmal hatte er gehört, wie seine Mutter sich leise und in bedeutungsvollem Tonfall mit einer Freundin im Club über eine Frau ausließ und meinte, diese sei »keine von uns«. Wie sich herausstellte, meinte sie damit, dass besagte Frau nicht wohlhabend war und somit unwürdig, dem Longwood Golf Club beizutreten.

Martin wollte mit diesem Mädchen Claire zusammen sein, das ganz offensichtlich auch nicht in die Kategorie »eine von uns« gehörte. Es gefiel ihm, dass sie anders war, dass die Dinge, die sie wusste, sich ganz offensichtlich nicht mit seinen eigenen Erfahrungen deckten. Und doch spürte er, dass sie sich auf seltsame Art ähnlich waren. Es war Zeit für ihn, zu gehen, aber er konnte sich nicht dazu entschließen. Er wollte den Augenblick des Abschieds hinauszögern, Zeit schinden, um noch ein wenig länger mit ihr in dieser einfachen kleinen Küche sitzen zu können. Und so kam es, dass er anstatt sich zu verabschieden, sagte: »Darf ich das Steak für deinen Vater zubereiten?«

Claire machte große Augen. »Du kannst kochen?«, fragte sie zweifelnd. Er nickte. »Das glaube ich nicht.«

»Es stimmt aber.«

»Du machst Witze, habe ich Recht?«, fragte sie, aber er schüttelte nur den Kopf. »Okay, wenn du willst«, sagte sie schließlich mit einer Geste, die die Küche einschloss und ihm bedeutete, dass er sich ganz wie zu Hause fühlen solle.

Er übernahm das Kommando und schnitt auf einem Brettchen, das so groß war wie seine Hand, Knoblauch und Butterwürfel. Als er Claire fragte, ob sie irgendwelche Kräuter zur Hand hätte, antwortete sie, dass in einem kleinen Garten neben dem Haus welche wüchsen. Sie ging nach draußen, um welche zu pflücken, die sie ihm anschließend überreichte. Er hackte Petersilie und wilden Thymian und mischte beides unter die Butter, die als Sauce für das Steak dienen sollte, das er gründlich unter fließendem Wasser wusch, nachdem es ihm als Kompresse für sein zugeschwollenes Auge gedient hatte. Als das Steak fertig war, betrachtete Claire es überrascht, denn es sah nicht nur köstlich aus, sondern war darüber hinaus kunstvoll auf dem Teller angerichtet. Schweigend brachte sie das Fleisch ihrem Vater, der es erfreut verspeiste und hinterher erklärte, das sei das leckerste, was sie ihm je gekocht habe.

Hinterher, als es in der Küche noch nach Knoblauch und Kräutern duftete und der Tag beinahe vorüber war, teilte Claire Martin mit, dass er jetzt gehen müsse. »Diesmal meine ich es ernst«, sagte sie. »Meine Mutter kommt bald mit meiner älteren Schwester Margaret von der Arbeit. Sie ist Verkäuferin in einem Textilgeschäft. Und im Gegensatz zu meinem Vater wird sie tausend Fragen stellen.«

»Ich wünschte, das würde sie tatsächlich«, erwiderte er leise. »Ich würde ihr alles verraten: meine Schuhgröße: elf. Intelligenz: ziemlich ausgeprägt. Meine ...«

»Geh«, wiederholte sie entschieden und hielt ihm die Küchentür auf.

»Claire«, sagte er unvermittelt. »Triff dich morgen mit mir im Pavillon.«

Plötzlich lächelte sie nicht mehr. »Nein«, sagte sie fest. »Das wäre sinnlos. Wir sind grundverschieden.«

»Na und? Bitte. Triff dich mit mir. Nur so.«

Sie richtete den Blick auf ihre Hände, verschränkte die Finger ineinander und fasste schließlich einen Entschluss. »Morgen nicht«, sagte sie. »Nächste Woche zur gleichen Zeit.«

»Gut. Nächste Woche«, stimmte Martin zu. Sie standen noch eine Weile schweigend in der halb offenen Küchentür, vor der ein Vorhang schwang. Er wollte den Nachmittag nicht im letzten Moment verderben. Es ist wie bei einem Rezept, dachte er: Wenn man zu lange rührt, verändert man die Konsistenz. Und so trat er ohne ein weiteres Wort durch die Tür und blickte auch nicht zurück.

Nächste Woche, sagte er sich, als er den Weg bis zu der kleinen Sackgasse hinunterging, die, wie ihm ein Blick auf ein Straßenschild verriet, Badger Street hieß. Ohne sich dessen bewusst zu sein, beschleunigte er den Schritt, bis er schließlich fast rannte. Nächste Woche, dachte er. *Nächste Woche.*

Der Chauffeur der Rayfiels, Henry, wartete mehrere Blocks entfernt am Wagen. Er rauchte und machte ein zutiefst besorgtes Gesicht. Er schnippte die Zigarette auf den Boden und trat den Stummel mit dem Schuh aus. »Alles in Ordnung?«, fragte er, als Martin neben ihm auf dem Beifahrersitz Platz nahm. Es war nicht das erste blaue Auge, das er an dem Jungen sah.

»Ja«, entgegnete Martin und lehnte den Kopf an die mit braunem Leder bezogene Kopfstütze, das eine Auge so dick wie eine Pflaume und vollständig zugeschwollen. Henry ließ den Motor an, lenkte den Wagen vom Fahrbahnrand fort und dirigierte ihn den Hügel hinauf zum Anwesen der Rayfiels.

Martin war die ganze Woche schrecklich zerstreut, schnitt sehr schlecht bei einer Englischklausur ab und machte im Chemieunterricht einen fundamentalen Fehler, der beinahe zu einer Schwefelexplosion geführt hätte. Der Schuldirektor, Mr. Croft, rief Martin in sein Büro, um »ihm die Leviten zu lesen«. Croft war ein sehr anständiger Mensch und stand kurz vor der Pensionierung, und Martin wollte ihn nicht enttäuschen. »Ich weiß, dass du im Herbst nach Princeton gehst«, sagte Croft, der an seinem Schreibtisch vor einer Wand saß, die mit Diplomen voll gehängt war. »Trotzdem musst du deinen bisherigen Notendurchschnitt halten.«

Seit seiner Begegnung mit Claire hatte Martin keinen Gedanken mehr daran verschwendet, dass er im September aus Longwood fortgehen würde, um das College zu besuchen. Er war an der Schule angenommen worden, die schon sein Vater und davor sein Großvater besucht hatten. Vom Tag seiner Geburt an hatte es als selbstverständlich gegolten, dass Martin eines Tages nach Princeton gehen würde, wo er demselben erlesenen Speiseclub beitreten würde, dem die Rayfiel-Männer schon immer angehört hatten, und auch sonst in allem ihrem Beispiel folgen würde: Er würde in der College-Mannschaft Football spielen, Wirtschaft studieren und mit einem bestimmten Typ Mädchen ausgehen, die alle reich und sterbenslangweilig waren, ein Pferdegebiss hatten und hysterisch lachten.

»Entschuldigen Sie, Mr. Croft«, sagte Martin nun zu dem Schuldirektor. »Sie haben natürlich Recht; ich war in den letzten Tagen nicht bei der Sache. Ich werde mich bemühen, in Zukunft wieder aufmerksamer zu sein.« Aber inzwischen bedrückte ihn die Aussicht, im Herbst aufs College zu gehen und diese Claire zurückzulassen, die er bisher noch nicht einmal hatte näher kennen lernen können.

Am nächsten Freitag ließ Martin sich nicht von Henry in die Stadt fahren. Stattdessen tauschte er nach der Schule seine Uniform gegen Hemd und Hose und machte sich allein und zu Fuß auf den Weg, ohne irgendjemandem zu verraten, wo er hin wollte. Leichtfüßig hastete er über den Rasen. Er fürchtete, dass sie nicht da sein würde, dass sie ihr Treffen vergessen hatte. Oder schlimmer, dass sie es nicht vergessen, aber ihre Meinung geändert und entschieden hatte, doch nicht zu kommen. Er wagte es kaum, zum Pavillon hinüberzusehen, aber schließlich tat er es doch.

Das verspielte achteckige luftige Bauwerk lag nur noch etwa zwei Dutzend Meter entfernt, und er konnte erkennen, dass sie bereits dort war und auf ihn wartete.

Kapitel III

Der reiche Junge mit dem blauen Auge trat völlig unerwartet in Claire Swifts Leben. Ihr war nie der Gedanke gekommen, dass sie sich verlieben könnte, solange sie noch bei ihren Eltern wohnte. Sie hatte sich immer vorgestellt, dass es irgendwann in ferner Zukunft passieren würde, weit weg von diesem viel zu kleinen Haus, in dem Intimsphäre ein Fremdwort war. Claire wusste von dem Augenblick an, da sie Martin zu sich nach Hause eingeladen hatte, um seine Verletzung mit einem Steak zu kühlen, dass sie in den hübschen Jungen verliebt war. Aber anfangs gestand sie sich ihre Gefühle noch nicht ein, versuchte sich selbst davon zu überzeugen, dass sie nur hatte hilfsbereit sein wollen, so wie ihre Eltern es ihr beigebracht hatten, und dass sie sich ebenso jedes anderen angenommen hätte, der mit einem Veilchen in den Pavillon gekommen wäre.

Aber als dann ihre zweite Begegnung unmittelbar bevorstand, war sie derart nervös, dass ihr ganz flau im Magen wurde. Schmetterlinge im Bauch, sagte man dazu, aber dieser Ausdruck erschien ihr zu oberflächlich, um das zu beschreiben, was sie empfand. Sie saßen eine Weile im Pavillon und schlenderten dann einen halben Kilometer weit bis zu einer Wiese, wo sie sich ins Gras setzten. Er wollte alles über sie wissen, und sie erzählte ihm von ihrer Familie, dass sie im Alter von acht Jahren beinahe an einer Hirnhautentzündung gestorben wäre und Bildhauerin werden wolle – sie hatte auf der Schule Kunst als Leistungsfach belegt und gewann regelmäßig beim jährlichen Kunstwettbewerb der Schule den ersten Preis. Er seinerseits erzählte von seinen Eltern, von seinem Traum, Koch zu werden, und davon, wie sehr es ihm widerstrebte, im September nach Princeton gehen zu müssen, um Wirtschaft zu studieren, während er viel lieber eine Kochlehre machen wollte. Sie tauschten eine Vielzahl von Einzelheiten aus und bombardierten einander geradezu mit Fragen, als wollten sie verlorene Zeit wettmachen.

Sie vereinbarten ein weiteres Treffen für den kommenden Nachmittag, diesmal an einem nahe gelegenen Teich, in dem sie schwimmen konnten, obwohl es eigentlich noch zu kalt war. Als sie am nächsten Tag um halb vier zum Teich kam, war er bereits dort und saß mit nacktem Oberkörper auf einem großen Stein am Ufer. Sie registrierte flüchtig seine langen Arme und die nackte Brust mit dem feinen dunklen Flaum. Bald darauf waren sie gemeinsam im kalten Wasser, die Füße im weichen Schlick. Sie froren so erbärmlich, dass sie am ganzen Körper Gänsehaut hatten und ihre zitternden Knie gegeneinander schlugen.

Nachdem sie gute fünf Minuten bibbernd im Wasser gestanden hatten, kam er näher und überschritt die unsichtbare Grenze, die jeder Mensch um sich herum zog. Aber sie wollte nicht, dass er sich wieder von ihr entfernte.

»Hallo«, sagte er zu ihr.

»Hallo«, entgegnete sie.

Sie wusste, dass er sie jetzt küssen würde, und zu ihrer Überraschung wurde ihr prompt wieder flau in der Magengegend. Sie war nicht sicher, warum sie solche Vorbehalte hatte, aber das gehörte zu ihrem Wesen. Claires Mutter war immer sehr gluckenhaft gewesen, war mit Wollmützen hinter ihr hergelaufen und hatte sie eindringlich vor Männern gewarnt. »Du darfst ihnen nicht über den Weg trauen«, hatte ihre Mutter gesagt. »Du bist ein hübsches Mädchen, und sie werden versuchen, dich mit Süßholzraspeln zu Dingen zu überreden, die du hinterher nur bereust.«

Und jetzt hallten die Worte ihrer Mutter in ihrem Kopf wider, obgleich sie das Letzte waren, woran sie jetzt denken wollte. Warum sollte sie Martin vertrauen? Dazu hatte sie wirklich keinen Grund. Claire wusste, dass sein Vater, Ash Rayfiel, im Ort den Ruf eines skrupellosen Geschäftsmannes hatte – tatsächlich hatte er ihren eigenen Vater bei der Bezahlung für den Bau einer Gartenmauer geprellt. Aber dieser Augenblick hier im stillen eiskalten Wasser hatte nichts mit Vernunft zu tun. Martin legte eine nasse Hand auf ihre Schulter und zog sie noch näher zu sich heran. Claire spürte sofort, wie ihr brennende SchaMr.öte ins Gesicht stieg.

Natürlich wollte sie ihn auch küssen, aber sie war erst 17, und ihre Gefühle machten ihr ein wenig Angst. Die Jungen in der Schule hatten schon immer schamlos mit ihr geflirtet, hatten sie eingeladen und ihr zugerufen, während sie beim Laufen und Ballspiel auf dem Sportplatz umhergerannt waren. Claire war mit einigen von ihnen im Kino von Longwood gewesen, darunter auch Roy Crenshaw, der sie während der Wochenschau oben in der Loge geküsst hatte. Roy war ein sehr von sich eingenommener Basketballspieler an der Longwood Falls High. Er sah gut aus, hatte welliges blondes Haar und einen Schlafzimmerblick, aber Claire hatte bei seinem Kuss nicht viel empfunden. Sie hatte sich nur gesorgt, dass sie jemand im Kino beobachten könnte, und sie hatte einen unangenehmen Buttergeschmack auf seinen Lippen und seiner Zunge geschmeckt, weil Roy zuvor ganze Hände voll Popcorn in sich hineingestopft hatte.

Aber als Martin sie im Teich küsste, fühlte sie so viel, dass sie gar nicht wusste, wie sie den Ansturm verkraften sollte. Martins Mund berührte den ihren, dann rückte er leicht von ihr ab, nur um sich ihr sofort von einem etwas anderen, um einige Grad verschobenen Winkel aus wieder zu nähern. Roy Crenshaw hatte nach einem penetrant nach Kiefernnadeln riechenden Haarwasser gerochen, das er sich offenbar allzu großzügig über das Haar gekippt hatte, aber Martin roch nach gar nichts. Ihm haftete nur der Geruch eines gut aussehenden Jungen in der Sonne an: ein unschuldiger Geruch vom Ende der Kindheit, vermischt mit etwas Provokanterem, Erwachsenerem. Süß und sauer, dachte sie schwindlig, während sie seinen Kuss erwiderte. Das war es also, worum sich alles drehte, all diese hoffnungslos romantischen Filme, die sie sich mit ihrer Schwester im Kino angesehen hatte, all das, was die Filmfiguren immer vorgaben, füreinander zu empfinden. Sie dachte an ihr eigenes Glück, ihn kennen zu lernen, dieses Gefühl kennen zu lernen. Es weckte etwas in ihr, das bisher tief in ihrem Inneren verborgen geschlummert hatte, schüttelte es wach, als wollte es sagen: Es ist so weit.

Martin und Claire fanden bald einen Weg, sich mindestens dreimal wöchentlich zu sehen, manchmal auch viermal. Auch nur ein Tag weniger, und in Claire stieg eine panikartige Sehnsucht auf. Aber auch wenn sie sich sahen, fühlte sie sich leicht durcheinander. *Ich bin total verrückt geworden,* sagte sie sich eines Nachmittags im Nähunterricht, als sie zu ihrem Entsetzen feststellte, dass sie eine Schürzentasche mit einer Zickzacknaht, die quer über den Stoff führte, ruiniert hatte. Dann endete die High-School für sie beide, und der Sommer brach an. Claire schlief jeden Morgen lange, manchmal sogar bis ein Uhr mittags. Sie blieb im Bett liegen und träumte von Martin, bis ihre Mutter besorgt an die Tür kam und fragte, ob sie krank sei.

»Mir geht es gut«, entgegnete Claire, aber ihre Mutter kam trotzdem herein und fühlte ihre Stirn.

»Also, Fieber hast du keins«, stellte ihre Mutter fest und musterte sie neugierig.

Einmal, als niemand daheim war, nahm Claire Martin mit nach Hause, um ihm eine ihrer kleinen Tonskulpturen zu zeigen, die den Kaminsims im Wohnzimmer zierten. Es handelte sich um ein sitzendes Mädchen, das in einem Buch las. Martin bewunderte die Figur und erkannte sofort, dass die Plastik Claire als Kind darstellte. Es war ihr größter Wunsch, Bildhauerin zu werden, aber ihre Eltern konnten es sich nicht leisten, ihr ein Kunststudium zu finanzieren. Sie wussten, dass Claire großes Talent besaß, aber sie hätten sie vermutlich auch dann nicht auf ein College geschickt, wenn es ihnen finanziell möglich gewesen wäre. Die Swifts waren sehr konventionelle Menschen und gingen ganz selbstverständlich davon aus, dass ihre Töchter nach ihrem High-School-Abschluss eine Stelle in Longwood Falls annehmen würden: vielleicht indem sie ihrem Vater bei leichteren Renovierungsarbeiten halfen, oder als Sprechstundenhilfe beim Doktor oder Zahnarzt. Genau das machte Claires große Schwester Margaret seit ihrem Abschluss; sie war Sprechstundenhilfe beim nicht mehr ganz jungen, vergesslichen Dr. Somers. Margaret machte es nicht unbedingt Spaß, den ganzen Tag hinter dem Schiebefenster aus Milchglas zu sitzen und sich das verschleimte Husten der Patienten im Wartezimmer anzuhören, gelegentlich die Wartezimmerlektüre auszutauschen oder den lethargischen Goldfisch zu füttern, der in einem Aquarium vor dem Fenster herumschwamm. Aber obwohl sich ihre Schwester nie beklagte, deprimierte Claire die Aussicht auf eine ähnliche Zukunft, vor allem jetzt, da sie Martin kennen gelernt hatte.

»Beantworte mir eine Frage«, sagte Martin unvermittelt an einem Nachmittag, den sie wie schon so viele davor auf der Wiese verbrachten. »Wenn du Geld hättest, völlig frei wärst und dich nicht um die Meinung anderer scheren müsstest, was würdest du dann mit deinem Leben anfangen?«

»Oh, ich würde reisen«, antwortete Claire, ohne zu zögern. »Ich würde nach Europa gehen, mir sämtliche Kunstschätze dort ansehen und anschließend ernsthaft Bildhauerei studieren.« Sie schwieg eine Weile, ehe sie fortfuhr. »Aber es ist lächerlich, auch nur daran zu denken«, sagte sie. »Ich habe ja nicht einmal einen Pass. Ich bin bisher kaum aus Longwood Falls hinausgekommen.«

»Europa ist ganz anders als Longwood Falls«, bemerkte Martin, der schon mehrmals mit seinen Eltern dort gewesen war.

»Und was würdest du tun?«, wollte Claire wissen.

»Ich würde mit dir gehen«, erwiderte er wie aus der Pistole geschossen. Hierauf schwiegen sie beide eine Weile. An all den Nachmittagen, an denen sie sich bisher getroffen hatten, hatten sie es vermieden, über ihre Zukunft zu sprechen, aber sie lag vor ihnen, ob es ihnen nun gefiel oder nicht. Im September würde Martin nach Princeton gehen, und Claire würde zurückbleiben, sich einen Job suchen und daheim ein ödes ereignisloses Dasein führen. Martins Leben hingegen würde sich weiterentwickeln, seine Zeit würde in Anspruch genommen werden vom Lernen, von Klausuren, hitzigen Footballspielen und Mädchen aus gutem Hause. Am Wochenende würde er dann mit diesen zierlichen Mädchen tanzen, die Zuchtperlenketten um den schlanken Hals trugen. Claire wusste nicht, was schlimmer war – die Vorstellung, ihn mit ihnen zu teilen oder ihn überhaupt mit irgendjemandem zu teilen.

Sie sprachen nicht viel über die bevorstehende Trennung im Herbst, ignorierten sie höflich, so als ob sie sich dann von allein in Luft auflösen würde. Martin verspürte nicht die geringste Lust, nach Princeton zu gehen; vielmehr wünschte er, er könnte irgendwo eine Lehre als Koch machen und Claire mitnehmen. Auch sie fühlte sich durch die Erwartungen und Ansprüche ihrer Eltern eingeschränkt. Vor allem ihre Mutter war immer wachsam und ängstlich, so als rechnete sie fest damit, dass ihrer jüngeren Tochter auf jeden Fall etwas Schlechtes widerfahren würde.

Claires Vater machte sich weniger Sorgen. Er war mehr von seiner anstrengenden und schwierigen Arbeit in Anspruch genommen. Lucas Swift war Landschaftspfleger und arbeitete seit Jahren vor allem für die Stadt. Seine

Aufgaben umfassten die Pflege und Bepflanzung der Grünflächen, Reparaturen an Bürgersteigen und Zäunen sowie die Instandhaltung des Pavillons in der Mitte des Marktplatzes. Erst kürzlich hatte er einen Vetter eingestellt, der ihm zur Hand gehen sollte, und inzwischen nannten die beiden Männer ihre Firma *Swift Maintenance*, ein Name, den sie selbst mit Hilfe von Schablonen auf beide Seiten ihres Wagens gemalt hatten. Die Arbeit wurde immer mehr, und Claires Vater kam jeden Abend völlig verschwitzt und kaputt von der Arbeit nach Hause und hätte sich am liebsten wie ein Hund zusammengerollt und geschlafen. Die Swifts mussten sich zwar abstrampeln, waren aber nicht direkt arm. Ab und an lag ein billiges Steak im Kühlschrank, und auch wenn es im Haus nicht unbedingt ausgelassen und fröhlich zuging, kamen doch alle gut miteinander aus. Sie waren keine von Tolstois glücklichen Familien, aber es ging.

Claire hatte Glück immer als ein trügerisches Konzept betrachtet, nicht als eine reale Möglichkeit. Darum hatte Melancholie ihr bisheriges Leben bestimmt. Doch jetzt, wenn sie mit Martin allein war, wusste sie, dass Glück nicht trügerisch war, sondern nur flüchtig. Sie hatte es beim Schopf gepackt und hielt es in Gestalt dieses Jungen mit den dunklen Haaren, dem verblassenden Veilchen und den ausdrucksvollen Händen ganz fest.

Claire und Martin fuhren fort, sich allerlei zu erzählen, darunter auch die intimsten Geschichten aus ihrem Leben; er vertraute ihr sogar das Zwischenspiel mit Nicole in der Vorratskammer an.

Obwohl sie keinem ihrer Freunde von ihren Gefühlen füreinander erzählten, und Claire auch ihrer älteren Schwester Margaret gegenüber schwieg, war es unausweichlich, dass die Romanze in einem kleinen Ort wie Longwood Falls früher oder später ans Licht kommen musste. Sie wurden einfach oft genug zusammen gesehen, und so begann eines Tages das Gerede, das sich ebenso bei den einfachen Leuten aus dem Umfeld der Swifts wie oben in The Crest ausbreitete.

»Was hat es auf sich mit deiner Tochter und diesem Millionärssohn?«, fragte eine Kassiererin bei Stover's Claires Mutter, Maureen Swift, rundheraus, als diese eines Nachmittags an der Kasse anstand. »Wenn du mich fragst, bringt das nichts als Ärger, aber es geht mich ja nichts an. Der Vater ist ein richtiger Tyrann, und die Mutter säuft, und jeder weiß, dass sie die schlimmsten Snobs in der ganzen County sind.«

Claires Mutter, die aus allen Wolken fiel, ließ sich nicht anmerken, dass sie von einer Freundschaft ihrer Tochter mit einem Jungen aus The Crest bislang nichts gewusst hatte. »Ach, das ist doch nur Gerede«, entgegnete sie, während sie eilig ihre Einkäufe in Tüten verstaute und das Wechselgeld einsteckte. Am Abend, als sie mit ihrer Tochter den Berg von Geschirr vom Abendessen spülte, stellte sie Claire zur Rede. Diese presste zuerst die Lippen zusammen und leugnete alles. Dann aber gestand sie ihrer Mutter die ganze Geschichte. Die Tradition, einer nachfragenden Mutter stets alles zu sagen, ließ sich nicht an einem Abend umstoßen.

»Ich liebe ihn, okay?«, platzte sie heraus.

»Nun, dann musst du eben lernen, dich zu *entlieben*, Claire«, erwiderte ihre Mutter. »Es würde zu viele Probleme aufwerfen, für die es keine Lösung gibt. Alle wären unglücklich darüber, und dir würde es letztendlich das Herz brechen.«

Claire trocknete wütend einen Teller mit dem dünnen rotweiß karierten Küchentuch ab. »Liebe funktioniert so nicht«, erklärte sie ihrer Mutter trotzig.

»Ich weiß sehr gut, dass die Liebe ihren eigenen Gesetzen folgt«, entgegnete Maureen ruhig. »Junge Leute glauben immer, sie wären die Ersten, die die Liebe entdeckt hätten, aber glaub mir, es gibt sie schon sehr lange, und es wird sie auch noch geben, lange nachdem du vom Angesicht der Erde verschwunden bist.« Sie legte eine kurze Pause ein, ehe sie fortfuhr. »Aber wenn sie zwischen zwei Menschen entsteht, die nicht zusammengehören, dann wird sie ihnen das Leben zur Hölle machen.«

»Es ist nicht die Liebe, die einem das Leben zur Hölle macht«, hielt Claire dem entgegen. »Du bist es.« Hierauf schleuderte sie das Küchenhandtuch auf den Tisch und stürmte davon auf ihr Zimmer.

Derweil wurde am selben Abend oben in The Crest Martin unmissverständlich eröffnet, dass er »dieses Mädchen« nie wieder sehen dürfe, von dem seine Eltern über eine gewöhnliche, aber reiche Witwe namens Velma Cornby im Golfclub erfahren hatten – eine Frau, von der Martin schon immer gemeint hatte, dass sie deshalb so klatschsüchtig war, weil ihr eigenes Leben so sterbenslangweilig war.

»Lass es mich noch einmal, klipp und klar sagen. Deine Mutter und ich verbieten dir, dich weiter mit diesem Mädchen zu treffen«, sagte Ash Rayfiel, nachdem er Martin in sein Arbeitszimmer beordert hatte.

Martin stand vor seinem Vater, der an seinem massiven Schreibtisch mit der blutroten Schreibunterlage saß und umgeben war von raumhohen Regalen voller Bücher, die er niemals lesen würde. Büchern, die allein durch ihre

Zahl dazu ausersehen waren, Besucher zu beeindrucken und sonst nichts. »Du *verbietest* mir, sie wieder zu sehen?«, fragte Martin, woraufhin Ash Rayfiel nickte. »Tut mir leid, aber ich dachte, die Phase der Verbote in meinem Leben wäre vorbei. Ich dachte, ich wäre inzwischen alt genug, meine eigenen Entscheidungen zu treffen.«

Sein Vater starrte ihn unverwandt an und schenkte sich dann einen Drink aus einer birnenförmigen Glaskaraffe ein. »Also gut, Martin«, sagte er. »Dann setz dich einen Moment und lass uns reden.« Er schenkte seinem Sohn einen doppelten Bourbon ein und stellte das Glas vor ihn hin. Martin hatte noch nie einen Drink mit seinem Vater getrunken. Sie setzten sich auf die steife Ledercouch, und Ash meinte schließlich: »Wenn du darauf bestehst, sie gegen unseren Willen weiter zu treffen, sollte ich wohl in gewisser Weise erleichtert sein.«

»Wie soll ich das verstehen?«

»Weil es beweist, dass du ein ganz normaler junger Mann bist«, entgegnete Ash. »Deine Mutter und ich waren etwas besorgt hinsichtlich deiner Entwicklung, wegen deiner Schwäche fürs Kochen und so.« Er trank einen großen Schluck. »Wenn du dich mit diesem Mädchen triffst, dann vermutlich deshalb, weil sie etwas sehr ... Süßes an sich hat, wenn du verstehst, was ich meine. Und die Süße des Nektars ist es doch, die zählt, nicht wahr?« Ash sah Martin an: »Er schmeckt gleich, egal ob bei reich oder arm, und was macht es schon, solange du sie nicht schwängerst, obgleich sich auch in diesem Fall ganz sicher etwas arrangieren ließe ...«

Martin stellte sein Glas ab und erhob sich. »Du weißt nicht das Geringste von Claire«, sagte er. »Oder von sonst etwas.«

»Oh doch, ich weiß viel mehr, als du denkst«, entgegnete Ash leise. »Aber das kannst du jetzt noch nicht erkennen. Eines Tages wirst du es vielleicht verstehen. Aber eins steht fest: Wenn du es zulässt, und genau das scheint ja deine Absicht zu sein, wird dieses Mädchen dein ganzes Leben ruinieren.«

»Danke für den Rat«, entgegnete Martin, wandte sich ab und verließ den unpersönlichen Raum mit den ungelesenen Büchern.

»Du hast also vor, dir von ihr dein Leben ruinieren zu lassen!«, rief Ash Rayfiel ihm nach, aber Martin antwortete nicht. »Gut! Tu, was du nicht lassen kannst!«, hörte er seinen Vater brüllen, als er die Treppe hinunterging.

Claire und Martin wurden im Laufe des Sommers vorsichtiger, trafen sich seltener und an Orten, an denen sie ziemlich sicher sein konnten, nicht gesehen zu werden. Sie trafen sich nicht länger tagsüber offen im Pavillon, auf der Wiese oder am Teich. Stattdessen verabredeten sie sich in den fernen Wäldern um Longwood Falls herum, wo sich Fuchs und Hase gute Nacht sagten und sich nur selten ein Mensch blicken ließ. Der Wald war sehr dicht, und in der Luft tanzten Mücken. Gewöhnlich zogen sie sich in ein Gewirr aus Ästen und Blättern zurück. Im Wald war es dunkler als dort, wo sie sich bislang getroffen hatten, da dichtes Laub die Sonne verdeckte. Der Wald war wie ein dunkles, verbotenes Schlafzimmer. Manchmal posierte Martin dort auf Claires Bitte hin, zog sein Hemd aus und ließ sich von ihr in rotem Ton nachbilden, den sie in einer Büchse mitgebracht hatte.

Claire war nicht glücklich über ihren neuen Treffpunkt, und das sagte sie Martin auch. Es störte sie, dass sie und Martin so weit ausweichen mussten, um sich zu treffen, dass sie nicht Hand in Hand durch die Stadt schlendern konnten wie andere glückliche frisch verliebte Paare. Und das alles nur wegen des Geldes. Sie war nicht an Martin Rayfiels Vermögen oder seinem gesellschaftlichen Status interessiert, auch wenn manche ihr das unterstellten. Sie trachtete nicht danach, in die feinen Kreise einzuheiraten, um ihrem Leben zu entfliehen, in dem der Vater seinen Lebensunterhalt damit verdiente, dass er Hecken schnitt, Bürgersteige instand setzte und Pavillons strich. Ihr ging es nicht darum, die Ehefrau eines reichen Mannes zu werden und den Rest ihres Lebens etabliert und ohne finanzielle Sorgen zu sein. Sie fühlte sich nicht wohl bei dem Gedanken, dass einige bornierte Stadtbewohner behaupteten, sie suche auf diese Weise nach einem Ausweg aus ihrem armseligen Dasein, in das sie hineingeboren war. Nur wenn sie und Martin allein waren, rückten die Gerüchte und boshaften Kommentare in den Hintergrund, verblassten zu einem fernen, bedeutungslosen Gemurmel.

Und dann war der Sommer plötzlich fast vorbei, und eine neue Dringlichkeit prägte ihre gemeinsame Zeit. Eines Tages Ende August, als sie zusammen auf dem Waldboden lagen, drehte Martin sich ihr zu, stützte sich auf einen Ellbogen und verstummte. »Was ist denn?«, fragte sie.

»Weiß du, was ich möchte? Einen ganzen Tag mit dir zusammen sein. Irgendwo anders. Irgendwo, wo es keine Kletten und Dornenranken gibt.«

»Und wo soll das sein?«, wollte sie wissen.

»Im Lookout.«

Claire setzte sich auf und starrte ihn an. »Dort können

wir nicht hingehen«, sagte sie. Das Lookout war eins dieser zweistöckigen Motels an der Route 9, von dessen Fassade die Farbe abblätterte und dessen Pool seit Jahren mit Müll und Spinnweben statt mit Wasser gefüllt war.

»Es wird schon gehen«, sagte er. »Vermutlich sieht es innen hübscher aus als von außen. Ich möchte nur mit dir zusammen sein. Wir brauchen ja nichts zu tun, was du nicht möchtest.«

Sie wandte sich von ihm ab. Die Wahrheit war, dass auch sie sich wünschte, mit ihm irgendwo anders als unter freiem Himmel zusammen zu sein. Sie wollte mit ihm schlafen. Aber das verstieß gegen alles, was man sie gelehrt hatte, alles, was sich für ein 17-jähriges Mädchen 1949 gehörte. Ihre Eltern – vor allem ihre Mutter – wären entsetzt gewesen von ihren Sehnsüchten. Hätte ihre Mutter davon gewusst, hätte sie geweint und sie angefleht, es sich noch einmal zu überlegen. Vermutlich wäre sie ihr mit einer Wollmütze den ganzen Weg bis zu diesem schäbigen Motel nachgerannt.

Aber Claire schob den Gedanken an ihre Mutter entschlossen beiseite. Mit unsicherer Stimme, und ohne Martin anzusehen, sagte sie: »Ist schon gut; ich bin nicht schockiert. Ich will auch mit dir zusammen sein, weißt du.«

»Dann verstehst du, was ich meine?«

Nach einer Weile nickte sie. »Du verblüffst mich immer wieder«, sagte Martin kopfschüttelnd.

Am folgenden Samstag trampten sie zum Motel und wurden von einem Milchlaster mitgenommen. Steif saßen sie inmitten von Milchkästen hinten auf der Ladefläche, umgeben von klirrenden Flaschen. Claire trug ein kakaofarbenes Kleid, das ihre Mutter für sie genäht hatte.

Sie hatten sich als Ehepaar ausgegeben. »Frisch verheiratet«, hatte Martin übermütig gesagt und sich einen von Claires billigen silbernen Ringen angesteckt. »Wir sind die Harrisons aus Saratoga Springs«, improvisierte er. »John und Alice. Wir haben in Saratoga im Adelphi Hotel geheiratet. Eine sehr kleine Hochzeit, nur 200 Gäste oder so.«

»Und was sollen wir sagen, was wir in diesem grässlichen Motel machen, wenn uns jemand fragt?«

»Ach, wir erkunden den Norden des Staates New York«, erklärte Martin. »Wir reisen umher wie ein ganz normales verliebtes Pärchen und genießen es, uns eine Weile treiben zu lassen, ehe der Ernst des Lebens beginnt. Wir übernachten in kleinen Motels – solchen mit defekten Buchstaben in der Neonreklame.«

Beim Lookout war das erste O ausgefallen. Claire sagte kopfschüttelnd: »Also gut, John. Gehen wir ins Lookout.«

»Danke, Alice. Du wirst es nicht bereuen.«

Sie hatten beide der Glaubwürdigkeit halber einen kleinen Koffer bei sich, da die Harrisons wohl kaum ohne Gepäck reisen würden. Claire hielt ihren sittsam auf dem Schoß auf der holprigen Fahrt hinten auf dem Laster. Der Koffer enthielt ein Baumwollnachthemd mit Spitzensaum, auch wenn sie wusste, dass sie es nicht anziehen würde. Der Fahrer des Trucks ließ sie direkt an der Kieszufahrt des Motels absteigen. Auf dem Parkplatz standen ein paar Autos, und das Motel sah nicht übermäßig zwielichtig aus, aber Claire fürchtete sich dennoch ein wenig. Am Empfang trugen sie sich mit ihren falschen Namen ins Gästebuch ein, und die alte Frau mit dem Haarnetz ließ keinen Argwohn erkennen. Es interessierte sie nicht, wer hier abstieg, solange derjenige seine Rechnung bezahlte und nicht das Mobiliar zerstörte.

»Ach, eins noch«, sagte Martin zu der Frau am Empfang. »Gibt es vielleicht ein Zimmer mit einer Kochgelegenheit?«

Sie machte ein überraschtes Gesicht. Danach hatte offenbar noch nie jemand gefragt. »Das kostet 75 Cent extra«, antwortete sie geschäftstüchtig, und er erklärte sich mit dem Aufpreis einverstanden. Die Frau schob einen Zimmerschlüssel über den Tresen, und das war's. Schweigend gingen Martin und Claire wieder nach draußen und stiegen die wacklige Holztreppe zu Zimmer 18 hinauf.

Die Tür war in einem hässlichen Türkis gestrichen, und das auch noch streifig und mit zahlreichen Farbnasen. Claire dachte automatisch, dass ihr Vater die Tür viel schöner hinbekommen hätte, so wie er den Pavillon und einige Zäune in der Stadt in Schuss hielt. Im Inneren war der Raum düster und muffig, als hätte seit Wochen niemand mehr dort übernachtet. Das Bett war durchgelegen, sah aber ansonsten einigermaßen sauber aus.

Claire fragte sich, wie sie es so weit hatte kommen lassen können, und dachte daran, wortlos kehrtzumachen und zu gehen. Hier war alles so fremd. Aber dann kam Martin zu ihr, ihr stieg wieder dieser süßsaure Geruch in die Nase, sie fühlte den inzwischen vertrauten Griff seiner Arme um sich, und ihr wurde bewusst, dass *er* ihr vertraut war. Sie hatte sich bereits eingeprägt, wie er sich anfühlte, wie seine Stimme klang, was ihn beschäftigte. Er war kein Fremder, und darum sagte sie sich, dass das Gefühl der Fremdheit in diesem Motelzimmer unnötig war.

Wortlos zog sie sich im schwachen Licht des Zimmers aus, und er beobachtete sie dabei. »Du bist wunderschön«, sagte er, entkleidete sich dann ebenfalls und schlug die blaue Bettdecke zurück. Gemeinsam schlüpften sie zwischen die Laken. Im Bett war es kalt wie damals im Teich. In dem Zimmer war es sehr still und sehr dunkel, obwohl es erst Mittag war. Es kam ihr vor, als wären sie zwei Schwimmer in einem trüben Gewässer. Er küsste sie auf die Mulde oberhalb ihres Schlüsselbeins, und seine Lippen wanderten abwärts, bis sie plötzlich auf ihrer Brust lagen. Claire atmete tief ein und fühlte, wie ihr ganzer Körper sich versteifte, wie sich jeder Muskel anspannte, aber dann sagte sie sich: *Ich bin Mrs. John Harrison, eine verheiratete Frau*. Seine Lippen verweilten auf ihrer Brust. Claire hörte sich stöhnen; war das wirklich sie gewesen?

Sie waren beide nackt, und warme Haut traf auf warme Haut, helle Gliedmaßen auf dunklere. Dann kam der unausweichliche Schmerz, kurz und stechend, sie wandte für einen Moment den Kopf ab, doch dann war er vorbei, und was blieb, war ein Gefühl, als würde sie in glasklarem Wasser treiben. Martin blickte auf sie herab. Das dunkle Haar fiel ihm ins Gesicht.

»Ich liebe dich, weißt du«, flüsterte er.

»Ich liebe dich auch«, entgegnete sie ebenso leise.

»Wir werden immer zueinander gehören.« Sie wusste, dass es eine unausgesprochene Fortsetzung seines Satzes gab, dass er tatsächlich meinte: Wir werden immer zusammen gehören, *auch wenn wir getrennt sind*.

Später, als sie eine Weile still beieinander gelegen hatten, stand Martin nackt vom Bett auf und ging zu seinem kleinen Koffer hinüber. »Was machst du?«, fragte sie. Sie hatte sich vorgestellt, dass sie noch eine Weile nebeneinander liegen würden. Aber er nahm verschiedene Gegenstände aus seinem Koffer und trug sie zu den zwei Herdplatten in der Kochnische, für die er 75 Cents extra bezahlt hatte. Eine Zwiebel, ein paar Eier, die er jeweils in ein Taschentuch eingeschlagen hatte, damit sie nicht zerbrachen, ein wenig Butter, ein Stück harter Landkäse, eine Käsemühle, Salz- und Pfefferstreuer aus massivem Silber, mit einem eingravierten R auf jeder Seite, und schließlich eine kleine Pfanne.

Claire beobachtete verblüfft, wie ihr nackter Liebhaber dastand und mit geschickten Fingern ein Omelette zubereitete. Als das Ei fertig war, ließ er es aus der Pfanne auf einen Teller gleiten und brachte es ihr. Aneinander gelehnt aßen sie das köstliche Omelette und wünschten, sie könnten die Zeit anhalten, und es würde immer so bleiben, sie beide unter der dünnen blauen Decke in einem einfachen Zimmer eines schäbigen Motels mit einem defekten Buchstaben in seinem Neonschild.

Martin wurde an einem verregneten Sonntagmorgen nach Princeton gefahren. Der Kofferraum war voll gestopft mit Martins Koffern und seiner Schiffstruhe. Martin saß mit seiner Mutter im Fond. Sie trug einen grünen Hut, der ihn an einen Kohlkopf erinnerte. Der Bentley hatte kaum die Auffahrt der Rayfiels verlassen, als sie sich auch schon einen Drink aus der kleinen Bar der Luxuskarosse einschenkte. Sein Vater hatte es abgelehnt, den Sohn zum College zu begleiten; er hatte behauptet, er wäre aufgrund geschäftlicher Verpflichtungen, die schon seit geraumer Zeit festgestanden hätten, verhindert, aber Martin wusste sehr gut, dass der wirkliche Grund der Disput war, den sie im Sommer in Ashs Arbeitszimmer gehabt hatten.

Auf der Fahrt blickte Martin verdrossen aus dem Fenster, während seine Mutter eine Zigarette nach der anderen rauchte und sich über die nachlassende Exklusivität der neuen Mitglieder im Golf Club beklagte. Am frühen Nachmittag fuhr die lang gestreckte Limousine durch die schmiedeeisernen Tore Princetons. Das Glockenspiel des Colleges ertönte irgendwo in der Ferne, und überall sah man junge Männer, die in Begleitung ihrer Eltern den Campus erkundeten.

In dem streng wirkenden imposanten Backsteingebäude, in dem er die nächsten Jahre wohnen würde, lernte Martin seinen Zimmergenossen kennen, einen Jungen aus Durham, North Carolina, mit knochigem Gesicht und schlechter Haut. Er hieß Everett P. Hudson Jr. Die beiden jungen Burschen packten ihre Koffer aus, und Martins Mutter versuchte, sich nützlich zu machen, indem sie hier und da etwas verrückte, Martins Kopfkissen ausschüttelte und ähnliche unnötige Handgriffe vornahm. Kurz darauf verabschiedete sie sich und murmelte etwas von einem Galadinner mit anschließender Tanzveranstaltung an diesem Abend im Club. Sie küsste ihren Sohn auf die Wange, wobei ihre Lippen kaum seine Haut berührten, und zum ersten Mal realisierte er, dass ihre Liebe schon immer von dieser Art gewesen war: wohlmeinend, aber irgendwie vage und das Ziel stets knapp verfehlend.

Später, als Everett sich allein zur Sherry-Stunde für die Neuankömmlinge begeben hatte, nachdem er vergeblich versucht hatte, seinen Zimmergenossen zum Mitkommen zu bewegen, saß Martin allein auf der gestreiften Matratze seines Bettes, betrachtete die Stuckverzierungen an der Decke und starrte dann auf den Campus mit seinen gotischen Türmen, der Arroganz und Wichtigkeit ausstrahlte. In genau diesem Moment befand sich irgendwo auf diesem Campus Albert Einstein und dachte sich hochbrisante Gleichungen aus – oder er duschte einfach nur. Martin fischte seine Schlüssel und etwas Kleingeld aus der Tasche seines Jacketts und streifte dabei ein zusammengefaltetes Stück Papier. Überrascht zog er es heraus und betrachtete es stirnrunzelnd.

Es handelte sich um einen unbeschrifteten Umschlag, aber als Martin ihn dichter vor die Augen hielt, stieg ihm ein unverwechselbarer Geruch in die Nase: *Claire*. Die Seife, die sie benutzte, duftete nach Zitrusfrüchten, nach Zitronen und Orangen. Hastig riss er den Umschlag auf und begann zu lesen.

Martin,
wo bist du gerade? Sitzt du neben deiner Mutter im Wagen? Oder bist du bereits in deinem Zimmer in Princeton? So oder so, ich kann einfach nicht begreifen, dass du tatsächlich nicht mehr hier bei mir bist. Werden wir je nach Europa fliegen? Ich liebe dich,

Claire

Martin starrte auf die Zeilen und stellte sich vor, wie sie daheim in ihrem winzigen Schlafzimmer saß und ihm schrieb. In den nächsten Wochen schrieb sie ihm viele weitere Briefe, die meisten davon länger, detaillierter, und er beantwortete sie sofort. Martin bemühte sich zwar ernsthaft, sich auf sein Studium zu konzentrieren; er besuchte viele Vorlesungen und belegte europäische Geschichte, Einführung in die Poesie, Pflanzenbiologie und Latein als Fächer. Doch Claires Briefe interessierten ihn viel mehr als seine Studien. Hier war er ständig von jungen männlichen Stimmen umgeben: in den Vorlesungsräumen mit den hohen Decken, in seinem Dinnerclub, wo ihnen das Essen von schweigenden schwarzen Obern serviert wurde, und am Abend, wenn die jungen Männer sich in den Schlafräumen versammelten, um in Unterwäsche Poker zu spielen und Zigarren zu rauchen, teuren Scotch in sich hineinzuschütten und schmutzige Reden über Frauen zu halten. Martin beteiligte sich am Kartenspiel und war recht beliebt, galt aber als undurchsichtiger Charakter, was ihm nur recht war.

Er verbrachte die Weihnachtsfeiern daheim und kehrte dann in den Sommerferien erneut zurück nach Longwood Falls, und obwohl er in diesen Wochen eine Menge Stoff zu lernen hatte, verbrachte er seine meiste Zeit mit Claire. Er wusste, dass seine Noten darunter leiden würden, aber das kümmerte ihn nicht. Claire hatte inzwischen eine Stelle als Sprechstundenhilfe bei einem Zahnarzt namens Dr. Mantell angenommen. Ihr Chef war nett zu ihr, aber sie verabscheute die Arbeit. Patienten kamen mit Zahnschmerzen und gingen wieder mit von den Spritzen betäubten Lippen und Zungen. Das war kein Leben für Claire, aber im Moment musste sie sich damit abfinden.

Während Martins Ferien fuhren sie mehrmals zusammen zum Lookout Motel. Manchmal saßen sie auch im Pavillon, und in der Weihnachtszeit liefen sie auf dem zugefrorenen Teich Schlittschuh. Claire hatte sich in den Monaten der Trennung nicht verändert. Und obwohl

Princeton einiges zu bieten hatte, konnte es Martin nicht die beiden Dinge geben, die er sich am meisten wünschte: mit Claire zusammen zu sein und Koch zu werden. Trotzdem fand er sich damit ab, die College-Jahre durchzustehen und tröstete sich damit, dass er zumindest den ganzen Sommer mit Claire verbringen konnte. Auf diese Art brachte Martin drei Jahre in Princeton hinter sich.

Einen Tag vor den Prüfungen in seinem vorletzten Studienjahr legten Martin und sein Zimmergenosse Everett P. Hudson Jr. gerade ihre Schuluniformen an, als Everett sich plötzlich Martin zuwandte und nachdenklich sagte: »Du bist nie wirklich hier gewesen, habe ich Recht?«

Martin musterte ihn aufmerksam. »Was meinst du damit?«

»Dass deine Gedanken an einem anderen Ort sind«, entgegnete Everett und band seine Krawatte mit den winzigen orangefarbenen Princeton-Tigern. »Irgendwo, wo es schöner ist.«

Martin nickte. Heute war der 27. Mai 1952. Es war auf den Tag genau drei Jahre her, dass er und Claire sich im Pavillon kennen gelernt hatten. Er wusste, dass sie an diesem Tag zusammen sein sollten, so wie sie es in den vergangenen zwei Jahren gewesen waren. Sie sollten am heutigen und auch an sonst jedem Tag zusammen sein. Sie sollten nach Europa reisen, um sich dort gemeinsam die Schönheiten des alten Kontinentes anzusehen. Drei endlos lange Jahre hatte er sich durch das Studium gequält und furchtbar unter der Trennung gelitten, und plötzlich wusste er, dass es Zeit war für eine Veränderung. Er wollte nicht noch ein Jahr von ihr getrennt sein.

In wenigen Stunden sollte er mit dem ersten Teil der Prüfungen beginnen und seine umfangreichen Antworten in die blauen Hefte schreiben, die jedem Studenten ausgehändigt wurden. Das Ganze war sinnlos, da er ohnehin kein Gelehrter werden würde und nach dem College weder Jura noch Wirtschaftswissenschaft studieren wollte. »Bis nachher«, sagte er zu seinem Zimmergenossen, verließ das Zimmer und ging hinaus auf den Campus.

Dort war es unnatürlich still; alle waren drinnen und lernten. Martin ging immer weiter, bis er schließlich zum Sportgelände gelangte, mit dem Spielfeld in der Mitte, auf dem sein junger Vater einst einem Football nachgejagt war so wie viele Jahre vor ihm bereits sein Großvater. Martin ließ sich ins Gras sinken, und da erst bemerkte er den Mann. Er schlenderte über die Aschenbahn, die Hände auf dem Rücken verschränkt – ein verknitterter alter Mann in einer marineblauen Strickjacke, mit wirren langen weißen Haaren und einem ebensolchen Schnauzbart. Es schien, als wäre er tief in Gedanken versunken. Martin erkannte Albert Einstein sofort.

Er stellte sich vor, wie er den brillanten weltberühmten Physiker ansprach und ihm sein Herz ausschüttete. Vielleicht wusste Einstein ja ein paar tröstende Worte, etwas Philosophisches und Transzendentales, das Martins Probleme in die richtige Perspektive rücken würde. Aber Professor Einstein entfernte sich bereits von ihm, die Hände nun in den Taschen vergraben, ganz vertieft in hoch komplizierte Gedankengänge, die Martins Horizont bei weitem überstiegen.

Martin blickte ihm nach. Dann erhob er sich abrupt und rannte los, fort von Einstein, fort vom College, über den gepflegten Rasen des Spielfeldes und auf direktem

Wege zum Büro der Western Union in der Stadt, wo er mit leicht zitternden Händen folgendes Telegramm an Claire Swift aufsetzte:

KOMME ENDGÜLTIG ZU DIR NACH HAUSE STOP TREFFEN UNS UM ACHT AM PAVILLON STOP MARTIN.

Am Abend dieses 27. Mai 1952, einem windstillen Abend im Norden des Staates New York, stieg Martin in Longwood Falls aus dem Zug, durchquerte den menschenleeren Bahnhof und ging zielstrebig zum Pavillon auf dem Marktplatz, wo Claire ihn bereits in einem ärmellosen butterfarbenen Kleid erwartete. Er vergrub das Gesicht an ihrer Schulter. »Endgültig?«, fragte sie leise, und er nickte nur.

Kapitel IV

Abby drückte die »Pause«-Taste des Kassettenrecorders, womit sie Martin Rayfiels Bericht mitten in einem Satz unterbrach. Sie saß bereits seit fast einer Stunde mit hochgelegten Beinen reglos an ihrem Schreibtisch, und als sie sich nun in ihrem Stuhl aufrecht hinsetzte, fühlte sie sich leicht schwindlig – ob nun von dem Wein oder der einlullenden Stimme Rayfiels, vermochte sie nicht zu sagen.

Abby rückte dichter an den Schreibtisch heran, um sich die Fotos anzusehen, die zuoberst in Martin Rayfiels offener Aktentasche lagen. Als Erstes sah sie eine alte verblasste Schwarzweißfotografie eines scheu dreinblickenden hübschen jungen Mädchens; auf der Rückseite stand in Schönschrift: »Claire 7/12/49«. Als Nächstes fand sie ein Bild eines Jungen auf der Schwelle zum Erwachsensein. Sie wusste, dass es sich um Martin handelte, und er war als junger Mann genauso attraktiv gewesen, wie sie ihn sich vorgestellt hatte. Auf dem Foto stand er mit verschränkten Armen an den Kotflügel eines silberfarbenen Autos gelehnt, groß, schlank, mit schwarzem Haar und ganz offensichtlich tief unglücklich. Und das war auch kein Wunder: als Abby das Foto herumdrehte, las sie »Martin an seinem ersten Tag in Princeton, 1949«.

Abby nahm noch einige weitere Aufnahmen aus dem Koffer: Martin vor seinem Elternhaus, Claire mit ihrer Schwester Margaret in ihrem kleinen Garten, aber kein einziges Foto von Claire und Martin zusammen – zumindest nicht in dem Stapel, der ganz oben in dem Aktenkoffer lag. Natürlich nicht, sagte sich Abby; es gab niemanden, der ihre Beziehung guthieß, niemanden, mit dem sie darüber sprechen konnten, keinen Freund, dem sie die Kamera mit der Bitte in die Hand drücken konnten, ein Bild von ihnen beiden zu machen.

Abby fuhr fort, die oberste Lage von Gegenständen und Unterlagen durchzusehen. Sie fand den Brief, den Claire in seine Jacketttasche geschmuggelt und den er an seinem ersten Tag in Princeton gefunden hatte. Die Schrift war genau so, wie sie sie sich vorgestellt hatte: ordentlich, gerundet und sehr feminin. Abby hob das Papier an die Nase und hätte schwören können, auch nach all den Jahren noch einen Hauch von Zitrusseife zu riechen. Sie legte den Brief und die Fotos beiseite und nahm als Nächstes einen Stapel alter rosafarbener Durchschläge aus der Aktentasche: Quittungen des Lookout Motels aus den Jahren 1949, 1959, 1951 und 1952 auf den Namen Mr. und Mrs. John und Alice Harrison aus Saratoga Springs, New York. Das Motel gab es nicht mehr. Abby konnte sich noch daran erinnern, dass es vor ein paar Jahren abgerissen und durch eine große Apartmentanlage ersetzt worden war. Dann fand Abby auch das Telegramm von Martin an Claire vom 27. Mai 1952, die Ränder zerfranst und das Papier so brüchig wie Pergament.

Und dann, direkt unter dem Telegramm, entdeckte sie zwei verblasste graue Tickets – oder genauer Tickethälften. Abrisse. Die Schrift auf den Abschnitten war kaum noch zu lesen, und Abby musste die Augen zusammenkneifen, um wenigstens ein paar Wörter entziffern zu können. *Idlewild*, las sie, und *Orly*, und *28. Mai 1952*. Sie waren also doch noch nach Europa gekommen. Erst jetzt wurde Abby bewusst, wie sehr sie gehofft hatte, dass ihr Traum sich erfüllen würde. Sie waren wirklich in ein Flugzeug gestiegen und nach Europa geflogen, aufgeregt, glücklich und voller Angst.

Abby kannte diese Verwirrung der Gefühle, die mit einem neuen Lebensabschnitt einherging. Sie hatte schon einmal das Gleiche empfunden, ohne dass sie hierfür auf einen anderen Kontinent hatte reisen müssen. Neun Jahre zuvor hatte sie bei einer gut besuchten Vernissage in New York einen sehr großen Mann an einer Wand lehnen sehen, neben einem abstoßenden Gemälde eines schreienden Affen. Er hielt einen Plastikbecher mit billigem Wein, der typisch war für Vernissagen, in der Hand und unterhielt sich entspannt mit einer Gruppe von Leuten. Sie musterte ihn – sein rotbraunes Haar und die Augen gleicher Farbe, die Art, wie er die anderen zum Lachen brachte –, und dann bemerkte er, dass sie ihn musterte, und schon kurz darauf bahnte er sich durch die Menge einen Weg auf Abbys Seite des Ausstellungsraumes. Einige Sekunden standen sie Seite an Seite schweigend da und gaben vor, die Gemälde zu betrachten.

»Und«, fragte er schließlich, »mögen Sie schreiende Affen?«

Er war ein Kunsthändler aus Los Angeles und sie aufsteigende Redaktionsassistentin, und Abby hatte sich gesagt: *Das ist es.* Und Sam Bachman war tatsächlich der Richtige gewesen, zumindest für eine Weile. Sie mussten um ihre Liebe nicht kämpfen. Die Liebe war sehr bald gekommen, ganz selbstverständlich. Glücklich hatten sie sich mehrmals täglich am Telefon versichert, dass sie sich liebten, und später hatten sie es sich dann fast jeden Abend persönlich gesagt, als sie in derselben Stadt gewohnt hatten. Und wenn sie es sich nicht mündlich hatten sagen können, hatten sie sich kleine Zettel geschrieben. »Ich liebe dich«, stand auf dem Briefchen in der Bonbonniere, »Ich liebe dich« hieß es auf dem Zettel in der Seifenschale, »Ich liebe dich« auf dem Briefchen in ihrem Portemonnaie, und als Abby auf die zwei gemeinsamen Jahre zurückblickte und versuchte, auszumachen, was schief gelaufen war – weshalb sie all das geglaubt hatte –, fragte sie sich, was sie anders hätte machen können in Anbetracht so eklatanter Beweise.

Aber letztlich war das alles, was übrig geblieben war: ein Stapel Beweisstücke, ein Berg von Papier, der überzeugend gewesen wäre, wenn es nur um Vernunft gegangen wäre. Einen verrückten Augenblick lang hatte sie, als sie mit Sam im Wohnzimmer ihrer Zweizimmerwohnung im 14. Stock des anonymen Hochhauses im Westen einer hektischen Stadt saß, daran gedacht, die ganzen Zettel zu holen, die sie nebenan in einem großen Schuhkarton aufbewahrte, ein Karton voll mit seinen Liebesbeweisen. Sie wollte die kleinen zusammengefalteten Zettelchen auskippen und sagen *Siehst du? Siehst du das?* Als würde allein die Masse dieser greifbaren Beweise genügen, um ihn dazu zu bewegen, seine Meinung zu ändern und bei Abby zu bleiben und dem Baby, das sie in acht Monaten bekommen würde.

Stattdessen hatte sie stumm dagesessen und ihm zugehört. »Wenn du dich für das Kind entscheidest, ist es aus zwischen uns«, sagte er. »Es tut mir leid, aber dann will ich nichts mehr mit dir zu tun haben.« Sam war plötzlich ein Fremder, der steif und unbewegt auf ihrer Couch saß. In einem Moment war der ganze Charme des hochgewachsenen Mannes, der an der Wand der Galerie gelehnt und alle zum Lachen gebracht hatte, verflogen: Übrig geblieben war ein kalter und unbeugsamer Mann. »Ich bin noch nicht bereit, Vater zu spielen. Wenn du dich bereit fühlst für die Mutterrolle, bitte. Das ist deine Entscheidung. Aber ich will mit dem Kind nichts zu tun haben.«

Das Kind. Sam hatte das potenzielle Baby aus dem schuldlosen Säuglingsstadium in den schon etwas problematischeren Stand der Kindheit erhoben, und in diesem Moment hatte Abby resigniert. Sie konnte ihm so viele Liebesbeweise vorhalten, wie sie wollte, es würde doch nichts an seiner Antwort ändern. *Nein.* Sam stand auf, sagte »Denk darüber nach«, wandte sich ab und verließ ihre Wohnung. Abby blieb noch einige Minuten sitzen, wo sie war, unfähig aufzustehen, eine Freundin anzurufen, zu weinen oder sonst etwas zu tun. Sie war ungewollt schwanger geworden und stand noch ganz am Anfang der Schwangerschaft, und doch fühlte sie bereits Veränderungen tief in ihrem Inneren. *Denk darüber nach* hatte Sam gesagt, und das tat sie. Sie würde dieses Baby bekommen, dieses Kind, aus dem Miranda Rose Reston geworden war. Aber Sam hatte sie für immer verloren, eine Tatsache, die Abby auch nach über sechs Jahren noch nicht ganz begreifen konnte. Sie hatte ihn geliebt, hatte ihn zum Mittelpunkt ihres Lebens gemacht, und dann war der plötzlich weg, einfach so.

Abby betrachtete das Foto des jungen, traurigen Martin, der Claire an seinem ersten College-Tag schrecklich vermisste, und sie dachte an den Mann, der am Vortag hier in ihrem Büro gewesen war. Es war derselbe Mann, und doch … Wie war das möglich? Sie dachte auch an ihren eigenen Vater. Damals war er noch ein etwas distanzierter junger Mann in einem weichen Flannellhemd, und jetzt war er für immer fort. Abby griff noch einmal nach dem Foto von Claire, das in jenem weit zurückliegenden Sommer aufgenommen worden war, und sie schaute in die Augen eines Mädchens, das längst zur Frau herangewachsen und inzwischen so wie Martin Rayfiel in die Jahre gekommen war.

Aber immer noch verliebt. Und genau das war der Unterschied zwischen der Liebesgeschichte, die sich ihr in der vergangenen Stunde eröffnet hatte, und allem, was Abby in ihrem eigenen Leben je erleben würde. Sie wusste, wie ihre Geschichte enden würde. Wenn sie in die Gesichter des Mannes und der Frau auf den Fotos schaute, die nebeneinander auf ihrem Schreibtisch lagen, las sie dort etwas, das sie nicht in den Augen des Mannes gelesen hatte, den sie bei einer Vernissage in New York kennen gelernt hatte: *In fünfzig Jahren werde ich dich noch immer lieben.*

»Mrs. Frayne?«, sagte Abby wenig später ins Telefon. »Hier im Büro hat sich etwas Unerwartetes ergeben.«

»Sagen Sie nichts«, entgegnete die Haushälterin. »Ich soll mir das Gästezimmer zurecht machen und mich darauf einrichten, die Nacht zu bleiben.«

»Würde es Ihnen sehr viel ausmachen?«

»Die ganze Nacht?«

Abby warf einen Blick auf den Stapel Kassetten auf ihrem Schreibtisch und auf die vielen Fotos in der Aktentasche. »Möglicherweise«, antwortete sie mit einem Hauch schlechten Gewissens in der Stimme.

Nachdem sie aufgelegt hatte, schaltete Abby das Band wieder an, und als Martins Stimme weitererzählte, spielte sie mit den Fotos von Claire und Martin auf ihrem Schreibtisch und schob sie dichter zusammen, bis sie sich berührten.

Martin und Claire brannten nicht durch. Sie taten etwas viel Gewagteres, jedenfalls für Longwood Falls im Jahr 1952: Sie reisten zusammen als unverheiratetes Paar nach Europa – nicht mehr Mr. und Mrs. Harrison, aber auch noch nicht Mr. und Mrs. Rayfiel.

Der Plan, den sie ausgeheckt hatten, war simpel und scheinbar idiotensicher. Am nächsten Tag wollte Martin einen Gegenstand aus dem Safe der Familie holen, – etwas, das ihm gehörte und das er in Europa verkaufen konnte. Von dem Erlös würden sie dann mehrere Monate leben können. Claire würde ihre Geburtsurkunde und das Passantragsformular, das Martin ihr besorgt hatte, zur Bank bringen, um die Dokumente dort notariell beglaubigen zu lassen, damit sie sich in New York einen Pass besorgen und noch am selben Abend nach Europa weiterfliegen konnte. Die Tickets würde er von dem Geld bezahlen, das er auf seinem Konto hatte. Wenn Martin dann im Herbst 21 und somit volljährig wurde, würde er sein Erbe antreten, und von diesem Geld konnten er und Claire so lange leben, wie sie wollten. In Europa konnte Martin dann eine Ausbildung zum Koch machen und sich in Restaurantküchen verschiedenster Städte umschauen, und Claire konnte Bildhauerei studieren. Das Leben, das sie sich vorstellten, würde keine klar definierten Grenzen kennen.

»Da ist noch eins«, sagte sie, als sie im Pavillon saßen

und Pläne schmiedeten. »Was ist mit Heiraten? Wir haben bisher noch nicht groß darüber gesprochen.«

Martin musterte sie sichtlich verblüfft. In sanftem Tonfall entgegnete er, dass für ihn feststünde, dass sie früher oder später heiraten würden, dass er hierzu jedoch keine unmittelbare Veranlassung sähe. Ihm gefiel der Gedanke, nicht gleich zu heiraten, sondern stattdessen ein Leben zu führen, das nach den Maßstäben der Zeit unkonventionell war. »Wir heiraten, sobald wir beschließen, uns irgendwo fest niederzulassen«, sagte er. »Bist du damit einverstanden?«

Sie bejahte seine Frage zwar, fühlte sich jedoch nicht wirklich wohl dabei. Es war, als würden Bruchstücke der Persönlichkeit ihrer Mutter in ihr durchbrechen. Sie war gewillt, mit ihm nach Europa zu gehen – etwas, wovon sie immer geträumt hatte, aber sie fürchtete sich auch davor. Sie wusste nicht, wie sie sich von ihren Eltern und ihrer Schwester verabschieden sollte. Sollte sie sie alle in dem winzigen Wohnzimmer versammeln und ihnen die Nachricht feierlich verkünden? Nein, sicher wäre es besser, einfach zu gehen und eine Nachricht auf dem Küchentisch zu hinterlassen, in der sie alles erklärte und sie bat, sich keine Sorgen um sie zu machen, was sie natürlich doch tun würden. Sie war kein Kind mehr, sondern eine Frau von zwanzig Jahren, warum also hatte sie solche Gewissensbisse?

An diesem Abend mussten sich Claire und Martin noch einmal trennen, am folgenden Tag würden sie gemeinsam mit dem Zug nach New York fahren, um am Abend vom Flughafen Idlewild aus nach Europa zu fliegen. Nachdem sie auseinander gegangen waren, fuhr Martin nach Hause, wo seine Eltern schockiert waren, ihn zu sehen. Um eine Szene zu vermeiden, log er und erzählte ihnen, er hätte seine sämtlichen Prüfungen bereits am Vortag abgeschlossen.

Seine vom Alkohol benebelte Mutter schien ihm zu glauben, und sein Vater hob nur die Augenbrauen, ohne etwas zu sagen. Aber spätabends, als Martin in seinem Zimmer saß, hörte er schwere Schritte auf der mit Teppichboden ausgelegten Treppe. Er blickte auf; sein Vater lehnte in der Tür des Kinderzimmers seines Sohnes und ließ den Blick über die alten gerahmten Drucke von Urwaldtieren an den Wänden gleiten, über die Schwimm- und Baseballtrophäen auf dem Regal, alles Dinge, die Martin vorkamen wie Relikte der Kindheit eines anderen. »Also«, fragte Ash Rayfiel. »Wie sind deine Examen gelaufen?«

»Ganz gut«, entgegnete Martin steif.

»Freut mich, das zu hören. »Ich kann mich noch gut erinnern, wie schwierig sie waren. Stundenlang musste man an einem Pult sitzen, umgeben von anderen schrecklich nervösen jungen Männern, und im ganzen Saal war nur das Kratzen von Federn auf Papier zu hören.«

»Genau«, sagte Martin und blickte zu Boden.

»Sieh mich an, Martin«, befahl sein Vater, und Martin hob gehorsam den Blick.

»Du bist ein krankhafter Lügner«, sagte Ray Ashfiel ruhig. »Aber ich nehme an, das stört deine kleine Freundin nicht. Das passt gut zu ihren eigenen charakterlichen Schwächen. Was interessiert es sie, dass du am Prüfungstag aus dem College weggelaufen bist und gelogen hast um deiner egoistischen unbedeutenden Bedürfnisse willen? Ich schätze, das einzige, was sie interessiert, ist das Geld. Ich ziehe den Hut vor ihrer Hartnäckigkeit.«

»Du irrst dich«, entgegnete Martin.

»Ach ja? Du musst der Wahrheit ins Auge sehen. Dieses Mädchen hat dir nichts zu bieten. Nichts. Sie ist ein junges Ding, das sich einbildet, es wäre zu etwas Besserem bestimmt, nur dass sie leider die Tochter eines Landschaftspflegers ist. Also setzt sie sich in den Kopf, dass du für sie das Mittel zum Zweck bist, dass sie durch dich in den Genuss eines völlig anderen Lebens kommen kann. Darum setzt sie alles daran, dich an sich zu binden. Und da du unerfahren und naiv bist und offenbar verrückt nach ihrer Muschi, schluckst du den Köder.«

Martin saß sehr still und stocksteif auf seinem Stuhl. Dann, als sein Vater fertig war, fragte er: »Was ist passiert, dass du so misstrauisch geworden bist? Warst du von Geburt an so, oder ist das Wasser hier in unserer Stadt vergiftet?«

Sein Vater musterte ihn belustigt. »Schwer zu sagen.« Dann wechselte er das Thema. »Der Dekan von Princeton hat mich angerufen«, sagte er. »So habe ich die Wahrheit erfahren. Deine Mutter weiß bislang noch nichts. Sie war im Club, als der Anruf kam, sie ahnt also noch nichts von deinen Lügen.«

»Wann wirst du es ihr sagen?«, fragte Martin.

»Das habe ich noch nicht entschieden«, entgegnete Ash. »Bald. Es wird ihr das Herz brechen, wie du dir sicher denken kannst.«

»Ich denke, etwas Wodka wird ihr schnell über den Schmerz hinweghelfen.« Martin bedauerte seine grausame Bemerkung sofort.

Ash musterte seinen Sohn aufmerksam. »Du hast die Wahl«, fuhr er fort. »Du kannst weiter diesem selbstzerstörerischen Weg folgen, oder du kannst am Morgen nach

Princeton zurückfahren. Mir wurde gesagt, dass man dich nicht bestrafen wird und du die Prüfungen am Nachmittag im Büro des Dekans nachholen kannst. Vorausgesetzt, du meldest dich dort Punkt 15 Uhr und legst angemessene Zerknirschung an den Tag.«

»Wie hast du den Dekan dazu gebracht, sich darauf einzulassen?«, fragte Martin verächtlich. »Hast du versprochen, die gesamte Fakultät bis ans Ende deiner Tage mit Hüten zu versorgen?«

»Es spielt keine Rolle, wie ich es erreicht habe«, erwiderte Ash heftig. »Jedenfalls erspart es der Familie große Schande. Und nur das allein zählt.« Dann wandte er sich ab und ging zurück nach unten.

Martin ging zu seinem Bett hinüber, in dem Bewusstsein, dass dies seine allerletzte Nacht in diesem Haus sein würde. Als er sich hinlegte, an die Decke starrte und seine Zehen das geschnitzte Fußteil des Bettes berührten, stimmte ihn der Gedanke daran, dieses viel zu große Haus und dieses zu kleine Bett zu verlassen, überraschend traurig. Es hatte ihm hier nie gefallen, und jetzt ging er fort; das sentimentale Bedauern schien aus dem Nichts zu kommen, hielt ihn aber dennoch die halbe Nacht wach.

Er stellte sich vor, wie am Fuß des Hügels in der Badger Street Claire die letzten Stunden ihres Daseins als von den Eltern behütetes Mädchen erlebte. Sicher packte sie in dem Zimmer, in dem sie seit ihrer Geburt schlief, verstohlen Kleidungsstücke und die Geburtsurkunde in ihren alten Koffer. Auf dem Bett hockten ein paar Plüschtiere, mit denen sie als Kind gespielt hatte. Sie alle waren im Laufe der Jahre immer wieder geflickt worden, und ganz gleich welcher Farbe sie ursprünglich gewesen waren, inzwischen hatten sie alle das Grau von Schneematsch angenommen, der den Boden bedeckte, wenn nach einem langen Winter der Frühling in Longwood Falls Einzug hielt. Claire würde dieses Zimmer zurücklassen, das sie früher mit ihrer Schwester geteilt hatte. Auf der Frisierkommode stand noch Margarets Sammlung von Parfums und Haarbürsten, an denen noch feine, helle Haare hingen, sowie diverse Lippenstifte, die längst aufgebraucht waren. Lucas und Maureen Swift würden sehr unglücklich sein über den Verlust ihrer jüngeren Tochter. Aber es war ja nicht so, als wäre Claire tot. Sie würde lebendiger sein als je zuvor. Sie würde ein ganz neuer Mensch werden.

Um neun am nächsten Morgen, nachdem Martins Vater in die Firma aufgebrochen war, und während seine Mutter noch schlief, trafen sich er und Claire an der Hecke vor der Villa oben auf dem Hügel. Er hatte sie gebeten, um diese Zeit dorthin zu kommen, ohne ihr zu sagen, warum, und trotz ihrer Vorbehalte hatte sie sich einverstanden erklärt.

»Ich muss dir etwas sagen.« Mit diesen Worten empfing sie ihn, noch ehe er ein Wort hervorgebracht hatte. Sie hielt den Blick auf ihre Hände gerichtet. Unter mehreren Fingernägeln sah er Ränder von rotem Ton. »Ich konnte meine Geburtsurkunde nicht finden. Ich war sicher, dass sie bei den Unterlagen meiner Eltern im Schrank in der Diele wäre, aber da war sie nicht, und ich konnte sie ja schlecht danach fragen, weil sie sonst Verdacht geschöpft hätten, und ich ...« Sie verstummte, unsicher, wie sie den Schock mildern sollte.

Martin legte ihr die Hände auf die Schultern und umarmte sie. »Schon gut«, sagte er und merkte, dass sie weinte. Er fühlte, wie ihre Schultern an seiner Brut zuckten. »Schon gut, wir denken uns etwas aus.«

»Ich mag es, wie du das sagst«, schluchzte sie. »Dass du *wir* sagst.«

Aber auch wenn sie jetzt »wir« waren, würde es nicht so leicht werden, nach Europa zu fliegen, wie sie es sich vorgestellt hatten. Martin und Claire betraten das Haus durch den Dienstboteneingang, wo die dicke Schweizer Köchin ein Stück Käse von der Größe eines Wörterbuches rieb. Als sie vorbeigingen, musterte die Köchin sie aus zusammengekniffenen Augen, fuhr aber mit ihrer Arbeit fort. Ihr massiger Arm bewegte das riesige Stück Käse so energisch auf und ab, dass die Späne nur so in die Schüssel flogen. Martin führte Claire aus dem Dienstbotentrakt über die Marmorhalle, die schimmerte wie ein dunkler See, in das mit Kirschholzmöbeln eingerichtete Esszimmer.

»Was machen wir hier?«, fragte sie leise, aber er legte nur einen Finger auf seine Lippen. An einer Wand des Raumes mit dem langen, imposanten, auf Hochglanz polierten Tisch in der Mitte, hing ein Frederic-Remington-Gemälde eines längst verstorbenen Mannes auf einem längst verendeten Pferd. Martin nahm das Bild vorsichtig vom Haken. »Lieber Gott, du willst es stehlen?«, hauchte Claire schockiert, aber er schüttelte den Kopf und lächelte. Unter dem Bild kam ein Safe zum Vorschein. Martin gab flink die Kombination ein, drehte dann den Griff des stahlgrauen Tresors, und die Tür schwang auf. Im Inneren des kleinen dunklen Fachs befanden sich Aktien und Obligationen sowie mehrere Bündel Geldscheine. Seine Finger schlossen sich um den Gegenstand, den er gesucht hatte: das goldene Wappen der Familie Rayfiel, eingefasst von Diamanten und Lapislazuli. Es war ein protziges und hässliches Ding, etwa 15 mal 20 Zentimeter groß, das Martins Urgroßvater Simon Rayfiel vor langer Zeit in Auftrag gegeben hatte. Ursprünglich hatte es als Wandschmuck gedient, nun war es dazu bestimmt, einem Museum als Ausstellungsstück zur Verfügung gestellt zu werden. Es gehörte seit seiner Geburt Martin, obgleich er nie einen Gedanken daran verschwendet hatte.

Aber jetzt nahm er das Wappen an sich und hielt es in der offenen Hand. Wenn sein Vater seinen Willen mit Geld durchsetzt, konnte er das auch. Es würde ein lautloses Katz-und-Maus-Spiel zwischen Vater und Sohn werden, ein Dialog ohne Worte.

Claire starrte den Wandschmuck mit großen Augen an. »Ich habe in meinem ganzen Leben noch nie etwas Vergleichbares gesehen«, sagte sie leise.

»Das kann ich mir denken. Ist es nicht unsagbar hässlich?«, entgegnete er, ließ das Wappen in seine Tasche gleiten, schloss den Safe und hängte das Gemälde zurück an seinen Platz. Dann, als er und Claire gerade den Raum verließen, hörte er ein Geräusch auf dem Flur.

Er wandte sich um und sah seine Mutter. Sie trug einen langen Brokat-Morgenmantel, dessen Gürtel nur lose geknotet war. Ihr Haar war ungekämmt, und ihre Augen waren verquollen. Sie sah zerbrechlich und verlebt aus; der Alkohol hatte sie verändert, und Martin konnte sich nur an wenige Gelegenheiten erinnern, bei denen sie nicht ein Glas in der schlaffen Hand gehalten hatte.

»Martin?«

Plötzlich kam ihm eine Erinnerung, eigentlich nur ein Bruchstück, aus seiner frühen Kindheit: Seine Mutter umarmte ihn, bevor sie und sein Vater am Abend in den Club aufbrachen. Er erinnerte sich noch an den Schimmer ihrer Perlen und konnte ihre warme Hand auf seinem Kopf fühlen. Für ihn war sie damals die schönste Frau auf der Welt gewesen.

»Was machst du denn, Schatz?«, fragte sie.

»Das hier ist meine Freundin Claire«, sagte er sanft, ohne auf ihre Frage einzugehen. »Wir haben ein paar Dinge zu erledigen.«

»Oh, ich verstehe«, sagte seine Mutter, aber natürlich verstand sie gar nichts, und ihre Stimme klang verkatert und verloren. Sie musterte Claire eine Weile eindringlich. »Sie ist sehr hübsch, Martin«, sagte sie leise, so als wäre Claire gar nicht anwesend.

»Ja, nicht wahr?«, entgegnete er, und dann gingen sie.

Das schwierigste Problem lag noch vor ihnen: Sie mussten erreichen, dass Claires Passantrag ohne Geburtsurkunde notariell beglaubigt wurde. Gemeinsam gingen sie zur Hudson Valley Bank, und Martin verlangte den Direktor zu sprechen, einen gewissen Mr. Clendon. Er erklärte ihr Anliegen, zeigte Clendon die Formulare und erklärte ihm, dass Claires Geburtsurkunde unauffindbar wäre. Der Bankdirektor prüfte die Formulare eine Weile eingehend durch seine randlose Brille und schüttelte dann den Kopf. Hüstelnd teilte er ihnen mit, dass die Papiere ohne Vorlage der Geburtsurkunde unmöglich beglaubigt werden könnten.

Martin flehte den Banker an, dieses eine Mal eine Ausnahme zu machen. »Hören Sie, das Mädchen ist eine Freundin von mir«, sagte er. »Kommen Sie schon, Sie kennen meine Familie, Sie kennen mich, können Sie nicht dieses eine Mal die Papiere beglaubigen, auch ohne Vorlage der Geburtsurkunde?«

Aber der Mann blieb hart. »Das wäre gesetzwidrig«, erklärte er und schürzte die Lippen. »Aber vielleicht sollte ich deinen Vater anrufen und die Angelegenheit mit ihm besprechen.«

Martin lehnte dankend ab und führte Claire eilig aus der Bank. Da sie nicht wussten, wo sie sonst hin sollten, gingen sie zur Wiese und legten sich fassungslos ins Gras. »Ich möchte, dass du weißt, wie leid mir das alles tut«, sagte er schließlich. »Ich habe dir gesagt, dass wir nach Europa reisen können. Du warst bereit dazu, und ich habe dich enttäuscht. Ich habe mich nicht ausreichend vorbereitet; ich habe nicht damit gerechnet, dass wir an so etwas scheitern würden.«

»Es ist okay, Martin, wirklich«, sagte sie. »Es ist ja auch meine Schuld. Ich habe mich in Bezug auf den Aufbewahrungsort meiner Geburtsurkunde geirrt.«

»Es ist nicht deine Schuld.«

»Wir haben es versucht«, sagte Claire, »und es hat nicht funktioniert.« Dann fügte sie hinzu. »Vielleicht ist das ein Zeichen. Ein Omen, dass wir nicht gehen sollen.«

»Ein Omen?«, wiederholte er. »So etwas wie Omen gibt es nicht.« Er rückte näher an sie heran. »Bitte mach jetzt keinen Rückzieher«, flüsterte er. »Bitte.« Sie antwortete nicht. »Sieh mal, lass mich noch eins versuchen. Würdest du hier auf mich warten?«

Nach kurzem Zögern nickte sie. »Wo willst du hin?«

»Zu einem Freund«, entgegnete er nur.

Als Martin einige Zeit später zurückkam, hatte er einen gleichaltrigen großen Mann mit rastlosen Fingern und einem nervösen Gesichtsausdruck bei sich. »Claire«, sagte Martin, »das ist die Person, von der ich dir erzählt habe. Ich habe ihn immer Hush genannt, weil er der stillste Mensch ist, den ich je gekannt habe.«

Der Mann lächelte und schüttelte Claire die Hand. Sie mochte ihn auf Anhieb, weil sie seine Ernsthaftigkeit spürte. »Martin hat mir erzählt, dass ihr ein kleines Passproblem habt, und ich habe ihm versprochen, dass ich versuchen werde, euch zu helfen.« Hush hatte erst kürzlich seine Notarprüfung abgelegt. Er sei der jüngste Notar der ganzen Gegend, erklärte Martin Claire, und falls je herauskam, dass er ohne Vorlage einer Geburtsurkunde einen Passantrag beglaubigt hatte, würde er seine Zulassung verlieren und in sehr ernst zu nehmende juristische Schwierigkeiten geraten. Aber nachdem er einmal tief Luft geholt hatte, beglaubigte er Claires Antrag an sämtlichen vorgeschriebenen Stellen und setzte sein Siegel unter das Dokument.

»Ihr seid so gut wie unterwegs«, sagte er, als er fertig war, und übergab ihnen die Papiere.

»Ich kann dir gar nicht sagen, wie dankbar ich dir bin«, sagte Martin glücklich. »Jetzt können Claire und ich endlich von hier verschwinden.«

Claire musterte Martins Freund eine Weile neugierig. »Was hat dich bewogen, das für uns zu tun? Ich weiß, dass es illegal ist. Du bist damit ein großes Risiko eingegangen.«

Hush zuckte die Achseln. Zuerst antwortete er nicht, aber schließlich blickte er auf seine Hände und sagte: »Ich habe selbst diesen Sommer ein Mädchen kennen gelernt, und wir heiraten im Herbst. Alle, die ich kenne, finden es großartig. Ihre Eltern lieben mich; meine Eltern lieben sie. Und natürlich liebe *ich* sie; sie hat ein ansteckendes Lachen, kann durch die Zähne pfeifen und ist ein wahre

Schönheit.« Er schwieg einen Moment, schaute Claire an und fügte hinzu: »Ich weiß nicht, was ich tun würde, wenn ich nicht mit ihr zusammen sein könnte.«

Claire und Martin dankten ihm erneut, versprachen, ihm Geschenke aus Europa zu schicken, und fragten, ob es etwas Bestimmtes gäbe, was er sich wünsche – Porzellan vielleicht oder ein Seidentuch für seine Verlobte –, aber Hush winkte ab. »Bitte«, sagte er verlegen. »Geht einfach. Ihr dürft euren Flug nicht verpassen.«

Kurz vor Mitternacht am selben Abend waren Claire und Martin an Bord eines Transatlantik-Fluges. Sie saßen in ihren hochlehnigen Sitzen der ersten Klasse und wagten kaum, zu sprechen oder ihre Essenstabletts anzurühren. Beide hatten große Angst, die sie sich jedoch nicht eingestehen wollten. Für Claire war es der erste Flug, sodass ihre Furcht zweifellos auch damit zu tun hatte, dass sie sich zehntausend Meter über dem Meer befand. Martin hingegen verspürte eine Panik ganz anderer Art; er hatte sich etwas gewünscht, und er hatte es bekommen. Und das, was er gewollt hatte, führte ihn fort von dem Leben, das er bislang gekannt hatte. In seinem Einführungskurs in die Poesie in Princeton hatte er gelernt, dass die großen Dichter die Liebe häufig als »beflügelnd« bezeichnet hatten. Und nun waren ihm und Claire in Form eines Flugzeugs Flügel gewachsen, die sie über den Ozean hinwegtrugen, fort von der Geborgenheit der Kindheit und allem, was ihm vertraut gewesen war.

Als die Maschine mitten am Tag auf dem Flughafen von Orly in Paris landete, wandte Martin sich Claire zu und küsste sie fest auf den Mund. »Das ist es«, sagte er.

»Das ist es«, wiederholte sie, obgleich keiner von beiden wirklich wusste, was »es« war. Kurz darauf hatten sie ihr Zimmer im George V bezogen. Der Portier hatte ihnen alles gezeigt – zu ihrer Belustigung sogar, wie man die Vorhänge zuzog sowie die Kalt- und Warmwasserhähne am Waschbecken –, und sie hatten ihm ein großzügiges Trinkgeld gegeben, woraufhin er sich, etwas Unverständliches vor sich hin murmelnd, zurückgezogen hatte. Draußen war das gedämpfte Hupen der französischen Autos zu hören, ein gelegentliches Pfeifen sowie lautes Rufen. Claire ließ den Blick über die Bäume schweifen, die die Seine säumten, und betrachtete dann neugierig den legendären Eiffelturm, der auf alles herabzublicken schien wie eine wachsame Mutter.

Ihre eigene wachsame Mutter war weit fort, außer Reichweite. Hier in diesem Hotelzimmer mit den cremefarbenen Wänden, den schneckenförmigen Kissen und den federleichten Stores, die sich vor dem offenen Fenster blähten: ein erschöpfter Mann und eine erschöpfte Frau, die sich auf das weiche Bett fallen ließen, die Füße hochlegten und abwarteten, was als Nächstes passieren würde.

Kapitel V

Nachts wurden die Pariser Monumente von starken Scheinwerfern angestrahlt und schimmerten im gelben Licht, bis die Lampen an Mitternacht abrupt abgeschaltet wurden und die Show vorbei war bis zum nächsten Abend. Claire fragte sich, ob die Pariser das gleiche Staunen wie sie verspürten, wenn sie zu dem in milchiges Licht getauchten Obelisken aufblickten oder zur Kathedrale Notre Dame de Paris. Oder waren diese Monumente für sie selbstverständlich, so wie sie die weniger spektakulären, nicht angestrahlten Sehenswürdigkeiten von Longwood Falls kaum noch wahrgenommen hatte?

Sie und Martin gingen jeden Abend mindestens so lange aus, bis die Lichter ausgingen. »Gute Nacht, Notre Dame«, sagte Martin, als sie auf einer Brücke standen und zusahen, wie die Kathedrale ganz plötzlich von der Dunkelheit verschluckt wurde. »Schlaf gut.«

Sie selbst schliefen so gut wie gar nicht. Paris im Jahre 1952 war ein Traum, vor allem für junge verliebte Paare, und der Puls der Stadt hielt sie wach. Die französische Hauptstadt hatte sich vom Krieg erholt und war im Großen und Ganzen wieder das, was sie früher gewesen war, und jeder mit einem gewissen Maß an Mobilität, Romantik und dem entsprechenden Taschengeld reiste hierher. Vor allem aus Amerika strömten die Menschen nur so herbei, und in allen Bistros und Tanzbars konnte man über das Klirren von Gläsern und melodisches Französisch hinweg den unverkennbaren amerikanischen Akzent hören.

Anfangs mieden Claire und Martin ihre Landsleute; sie wollten allein sein in dieser neuen Stadt, wollten vergessen, dass sie je woanders gelebt hatten. Sie verfügten über das Geld, das Martin von einem alten distinguierten Kunst- und Schmuckhändler für das goldene Wappen bekommen hatte. Es war sehr viel Geld, das es ihnen ermöglichte, bis zu Martins Volljährigkeit im Spätherbst – dem Geburtstag, an dem er sein Erbe antreten würde – in großem Stil in der Metropole zu leben.

Eines Nachmittags betrat er mit ihr die Boutique von Chanel. Die großen Räume waren kühl und dufteten nach teurem Parfüm. Obgleich Claire sich anfangs sträubte, schob er sie hinein, und er konnte das Interesse in ihren Augen aufleuchten sehen, als sie den Blick über die ordentlichen Kleiderreihen schweifen ließ, die gertenschlanken hochaufgeschossenen europäischen Models, die anmutig wie Gazellen umherstreiften, und die anderen Kundinnen, die sich umsahen. Die Männer hielten sich abseits, und Martin gesellte sich mit verschränkten Armen zu ihnen. Es war ein sonderbar provokatives erotisches Ritual: Die Frauen verschwanden in Umkleideräumen und schlüpften in edle Kleider, um dann wieder hinter den blassen Vorhängen hervorzukommen und den Männern ihr neues, aufgewertetes Äußeres vorzuführen. Die Frauen putzten sich heraus, die Männer bewunderten sie. Jemand machte mit einem Tablett mit Getränken für die Männer die Runde, und Martin nahm sich ein Glas, als befände er sich auf einer Cocktailparty und nicht in einem Laden. Claire probierte ein apfelgrünes Kostüm an. Martin wurde bewusst, dass er die meisten Farben mit Lebensmitteln verglich – nein, nicht nur die meisten Farben, die meisten Dinge ganz allgemein. Er konnte einfach nicht anders. Das Kostüm war wie für sie gemacht, auch wenn sie den passenden Hut, den die Verkäuferin brachte, strikt ablehnte.

»Nein, *non*«, sagte Claire und hob abwehrend eine Hand. Sie hasste immer noch das Gefühl eines Hutes auf dem Kopf, auch wenn sie behauptete, es hätte nicht das Geringste damit zu tun, dass sein unangenehmer Vater Hüte verkaufte. Sie mochte einfach das Gefühl des Eingeengtseins nicht, das ein Hut oder eine Mütze in ihr weckte; sie wollte sich frei fühlen.

Und hier in Europa fühlte sie sich frei, wie sie ihm anvertraute, als sie die Chanel-Boutique mit einer glänzenden Einkaufstasche verließen, die ein in Seidenpapier eingewickeltes apfelgrünes Kostüm enthielt, das so teuer gewesen war, dass es ihr regelrecht die Sprache verschlagen hatte. Sie schlenderten die Seine entlang; Claire schwenkte beschwingt die Einkaufstasche, und Martin fütterte die Vögel mit kleinen Stücken Brioche, die er nach ihrem Frühstück auf dem Hotelzimmer eingesteckt hatte. Sie sieht so glücklich aus, dachte er, als er sie verstohlen beobachtete. So hatte er sie daheim in Longwood Falls nie erlebt. Sogar an jenem ersten Tag im Pavillon hatte sie unfrei gewirkt, distanziert, als würde sie von unsichtbaren Fesseln eingeengt. Inzwischen blühte sie auf, und er fragte sich, wie sie sich weiterentwickeln würde.

An diesem Abend trug Claire ihr Chanel-Kostüm und

Martin ein neues schiefergraues Leinenjackett. Sie aßen in einem winzigen Restaurant namens Solange im Champs-de-Mars-Viertel zu Abend. Der Speiseraum wurde von kleinen Duftkerzen erleuchtet, man blickte auf einen hübschen Garten, und die Ober hasteten beinahe lautlos über die alten Bodendielen. Martin stellte fest, dass das Essen perfekt war. Es war keine revolutionäre Küche; keine schockierende innovative Verbindung zweier Aromen, die zum ersten Mal in einem Gericht zusammengeführt worden waren. Die Mahlzeit war einfach exzellent: Alles war schlichtweg perfekt, vom Brot, das in dem kleinen Brotkorb zum Warmhalten in eine Damastserviette eingeschlagen war, über die Scholle mit Kapern und dem Salat, dessen tiefgrüne Blätter von teurem Öl und Weinessig glänzten, bis hin zum stark riechenden, aber köstlich-würzigen Käse und dem Birnenkuchen, der die Gaumenfreuden abrundete.

Martin sprach während des Essens nicht viel, sondern studierte vielmehr sein Umfeld, sah sich aufmerksam um, registrierte, wie ein Ober diskret Brot nachbrachte und ein anderer geschickt einen Fisch am Tisch filetierte, während ein dritter eine Flasche Wein entkorkte und geduldig wartete, dass ein älterer Herr bedächtig einen ersten Schluck kostete. So muss es sein, dachte er bei sich und wusste, dass er eines Tages sein eigenes Restaurant haben wollte. Allerdings nicht in Paris, da er sich nicht zutraute, die französische Küche jemals in all ihrer Komplexität zu beherrschen. Aber wo immer es sein würde, sein Restaurant würde diesem Kleinod ähneln.

Claire entging nicht, wie aufmerksam er alles um sich herum beobachtete. »Du arbeitest, nicht wahr?«, fragte sie, und er nickte.

Aber ihre Worte hatten den Bann gebrochen. Er war wieder ganz bei ihr und blickte über den Tisch mit der Kerze in der Mitte wieder auf die hübsche Amerikanerin im Chanel-Kostüm. Er hob ihre Hand an die Lippen und küsste sie. »Danke, dass du solche Geduld mit mir hast«, sagte er.

»Ich brauche keine Geduld mit dir«, entgegnete sie.

»Ich weiß, dass ich mich manchmal ganz in Gedanken verliere«, entschuldigte er sich.

»Das geht mir nicht anders.«

Früher am Tag, als sie nach dem Einkaufsbummel ins Hotel zurückgeschlendert waren, hatte er gesehen, wie Claire von ihm weggedriftet war. Sie waren an einem Kino vorbeigekommen, in dem ausgerechnet der Film »Ein Amerikaner in Paris« lief. Der Film war im Vorjahr mit einem Oscar ausgezeichnet worden und lief jetzt hier in einem plüschigen Pariser Filmtheater. »Möchtest du reingehen?«, fragte er. Claire zuckte die Achseln, und sie betraten das Kino. Sie hatten den Film bereits zusammen in Longwood Falls gesehen und dabei genüsslich eine Schachtel Milchdrops verputzt.

Aber an diesem Nachmittag in Paris brachte der Film Claire zum Weinen. Martin wandte sich ihr im dunklen Vorführsaal überrascht zu. »Alles in Ordnung?«, fragte er leise.

Sie nickte, aber etwas später sah er, dass sie immer noch weinte, und als er fragte, ob sie gehen wollte, bejahte sie. Als sie draußen vor dem Kino standen, wusste sie nicht so recht, wie sie ihre Reaktion erklären sollte. Immerhin handelte es sich um ein Musical mit viel Tanz und Gesang und einer positiven Aussage. »Ich habe nicht wirklich Heimweh«, sagte sie auf dem Weg zurück zum

George V. »Ich vermisse nichts Spezielles. Ich war wirklich bereit, von zu Hause wegzugehen. Ich habe es dort nicht mehr ausgehalten.« Sie schwieg eine Weile nachdenklich und überlegte konzentriert. »Aber daheim ist der einzige Ort, der mir wirklich durch und durch vertraut ist, und ich fürchte, das könnte für immer so bleiben.«

Er versuchte gar nicht, ihr zu widersprechen, ihr zu versichern, dass sie bald alle *arrondissements* von Paris ebenso gut kennen würde wie die Viertel, Straßen, Grünanlagen und Teiche von Longwood Falls. Sie war eine Amerikanerin in Paris, und auch wenn sie hierüber glücklich war, gab es auch Augenblicke plötzlicher Traurigkeit, die aus dem Gefühl der Fremdheit resultierte.

Eines Tages freundeten sich Claire und Martin mit einem anderen jungen amerikanischen Pärchen an, das das Buch »Treasures of European Sculpture« bemerkt hatte, das Claire unter dem Arm trug. »Entschuldigen Sie«, sagte ein schlanker blonder Mann am Ende eines Vormittags, an dem sie sich einige Sehenswürdigkeiten der Stadt angesehen hatten, oben auf den Stufen von Notre Dame. »Sind Sie zufällig Amerikaner?«

»Ist das so offensichtlich?«, fragte Claire.

»Oh nein«, sagte die hübsche Frau an der Seite des jungen Mannes, »Ich habe Wally sogar gesagt, Sie beide wären viel zu stilvoll gekleidet, um Amerikaner zu sein. Ich habe Sie für Europäer gehalten, vielleicht Skandinavier oder so was. Aber dann haben wir das Buch gesehen, das Sie unter dem Arm tragen, und haben sie miteinander reden hören.«

»Sie haben uns durchschaut«, sagte Martin lächelnd.

Kurz darauf saßen die beiden Paare – das eine aus Longwood Falls, das andere aus New York – in einem

Bistro ganz in der Nähe der Kathedrale und aßen gemeinsam zu Mittag. Obgleich Claire und Martin Amerikaner bis dahin bewusst gemieden hatten, schien ihre Gesellschaft Claire nun aufzuheitern. Wally und Kate waren ebenfalls unverheiratet; sie hatten, bevor sie nach Europa gekommen waren, in Greenwich Village gelebt, in einer Wohnung ohne Fahrstuhl im fünften Stock. Er hatte die Tage damit verbracht, ein Theaterstück zu schreiben; sie komponierte ungewöhnliche moderne Stücke für die Harfe. Beide hatten nachts gearbeitet, um die Miete zu bezahlen und das Geld für die Paris-Reise zu sparen; sie war Telefonistin gewesen, und er hatte in einem Café gekellnert. Sie wollten in Paris bleiben, bis ihnen das Geld ausging, als Mitglieder einer Gruppe anderer Möchtegern-Künstler, die in billigen Pensionen oder Appartements wohnten. Als Wally Claire und Martin fragte, wo sie wohnten, antwortete Martin ausweichend, weil er sich scheute, ihren neuen Bekannten seinen Reichtum vor Augen zu führen.

Spätabends besuchten Claire und Martin zusammen mit ihnen eine Party in einem der Künstler-Appartements auf der *rive gauche*. Auf dem Flur und im Treppenhaus drängten sich plaudernde Amerikaner; es war so verraucht wie in einem Nachtclub, und es stank nach Whisky. Ein dicker betrunkener junger Mann aus Kansas stürzte die Treppe hinunter, und die Umstehenden mussten ihm wieder auf die Füße helfen. Claire hörte einen Mann und eine Frau leidenschaftlich über Kunst streiten. Soweit Claire mitbekam, ging es darum, wer der bessere Zeichner gewesen war, Picasso oder Braque. Claire hatte erst kürzlich begonnen, sich mit der Arbeit dieser beiden Maler zu befassen, und es machte sie ganz verlegen, wie begrenzt ihr Wissen noch war. Bei ihren Besuchen im Louvre zusammen mit Martin war sie überwältigt gewesen von dem, was sie gesehen hatte. Aber es gab noch so viel mehr; sie würde nie alles sehen, dafür hatte sie viel zu spät angefangen.

Es ist *immer* zu spät, dachte sie. Wenn einem etwas wirklich Wichtiges aufgeht, ist der richtige Augenblick zu handeln bereits verstrichen. Sie hatte Martin mit 17 Jahren kennen gelernt. Das hätte eigentlich nicht zu spät sein dürfen, und doch wusste sie, dass dem in gewisser Weise trotz allem so war. Ihre Familie und ihre Vergangenheit hatten sie bereits unwiderruflich geprägt. Sie hatte während der Vorführung von »Ein Amerikaner in Paris« geweint, weil der Film sie an das erinnert hatte, was sie aufgegeben hatte. Sie war anders als Martin. Ihm fiel der Bruch leichter, seine Familie war furchtbar, ihre Wertvorstellungen waren furchtbar. Sie beobachtete verstohlen sein Verhalten auf dieser großen Party. Er unterhielt sich angeregt mit zwei anderen Männern – es ging, soweit sie mitbekommen hatte, um die Unterschiede zwischen der amerikanischen und der europäischen Politik – und rauchte eine Gauloise, die einer der Männer ihm in einer flachen blauen Blechdose angeboten hatte.

Martin hasste Zigaretten. Und doch hielt er ganz selbstverständlich eine Zigarette in der Hand und nahm die Szenerie neugierig in sich auf. Ihm fiel offenbar leicht, sich in den Kreis dieser jungen und ungeduldigen Leute einzufügen, die sich in irgendeinem Treppenhaus am linken Seineufer drängten. Er hatte nichts zu verlieren. Er hatte mit seiner Familie gebrochen und war unabhängig; schon sehr bald würde er sehr reich sein. Aber Claire hatte größere Ängste als er, und sie litt auch stärker unter

Heimweh. Sie hatte das Gefühl, dass sie immer noch viel zu verlieren hatte, und das war wohl der Hauptunterschied zwischen ihnen.

Ein Möchtegern-Schriftsteller in einem schwarzen Rollkragenpullover kam auf sie zu. Sie hatte ihn etwas früher mit jemandem über sein Manuskript diskutieren hören. Sie erinnerte sich noch an den Titel: »Der Geschmack bitterer Granatäpfel«. »Amüsierst du dich?«, fragte er und reichte ihr ein Tablett mit Käse, der so flüssig war, dass man ihn beinahe hätte trinken können.

»Oh ja«, antwortete sie laut, um die Musik zu übertönen, eine Mischung aus Folk-Gitarre und einem klagenden traurigen französischen Text, den sie nicht verstand. Hierauf entstand eine verlegene Pause. »Dein Roman ... ›Der Geschmack bitterer Granatäpfel‹ ... das war doch der Titel, oder?« Er nickte. »Worauf bezieht sich der Titel?«, fragte sie höflich. »Isst jemand in dem Buch einen Granatapfel?«

Ihr Gegenüber starrte sie lange prüfend an. »Nein«, sagte der Mann schließlich. »Es kommt in dem Roman kein Granatapfel vor. Das ist nur eine Metapher. Das ist doch offensichtlich.« Darauf wandte er sich ab und machte sich auf die Suche nach einem interessanteren Gesprächspartner. Claire fühlte, wie sie rot wurde; sie war beschämt und verwirrt.

In dieser Nacht wälzten sich Claire und Martin rastlos von einer Seite auf die andere und fanden beide keinen Schlaf. Er hatte sich auf der Party gut amüsiert; sie nicht. Sie rochen beide nach Zigarettenrauch. »Lass uns morgen irgendwo hinfahren«, sagte Claire unvermittelt.

Sie konnte Martin in dem Mondlicht, das durch die hohen Fenster fiel, deutlich sehen. »Klar«, sagte er. »Warum nicht?« So war er eben: unkompliziert. Claire fühlte sich ein wenig traurig und rastlos, und Martin war jederzeit zu einer Veränderung bereit. Also bestiegen sie am Morgen, nachdem sie eine Karte und einen Reiseführer studiert und sich mit dem Portier besprochen hatten, einen Zug nach Aix-en-Provence. Die Stadt wich langsam dem Land, und als sie ihr Ziel erreicht hatten, mieteten sie sich einen leuchtend gelben Citroën und fuhren über ein paar kleine Hügel hinweg nach Lourmarin. Martin hatte ganz beiläufig erwähnt, dass er dort jemanden kenne.

»Wer ist es denn?«, fragte Claire im Wagen. »Wen kennst du da?«

»Nur eine alte Freundin«, sagte er zuerst.

Sie machten unterwegs Halt, um in einem der kleinen Cafés an der Straße eine Kleinigkeit zu essen. Martin bestellte eine große Limonade und Claire ein Eisdessert namens *Mystère*, das der Ober aus einer Truhe voller verschiedener Eiscremes hervorholte. Das *Mystère* entpuppte sich als eine ausgehöhlte Orange, deren Fruchtfleisch durch Orangensorbet ersetzt worden war. Beim Essen stieß Claire mit ihrem langen Löffel plötzlich auf etwas Hartes, das in dem Eis verborgen war. »Da ist etwas drin«, sagte sie.

»Oui, Mademoiselle«, entgegnete der Ober, der sie gehört hatte. »Das ist eine Überraschung.«

Das also war das Geheimnis um *Mystère*. Claire schob sich einen Löffel Sorbet in den Mund, in den der Gegenstand eingebettet war, und lutschte, bis das Eis geschmolzen war. »Oh, sieh mal«, sagte sie leise zu Martin. In der Hand hielt sie einen Ring. Es war ein billiger Blechring mit einem grünen Glasstein, der in der Nachmittagssonne glitzerte. Sie betrachteten den Ring, und Claire wusste, dass sie beide darüber nachdachten, wann sie wohl heiraten würden.

Sie waren übereingekommen, zu heiraten, sobald sie sich irgendwo niedergelassen hatten. Dann würden sie ihre Hochzeit feiern und eine ganze Horde von Kindern bekommen. Aber wann würden sie den Ort finden, an dem sie bleiben wollten? Claire war in vieler Hinsicht konventioneller als Martin; sie brauchte die Gewissheit, dass sie bald irgendwo eine Heimat finden würden, sie wünschte sich Sicherheit. »Natürlich heiraten wir irgendwann«, versicherte er ihr wiederholt.

»Wann?«, fragte sie dann.

»Bald«, lautete seine Antwort. Jetzt nahm er den Ring von ihrer Hand und steckte ihn ihr an. Der Ring war noch sehr kalt von dem Eis, in dem er eingeschlossen gewesen war. Martin beugte sich über den runden Metalltisch und flüsterte die Antwort auf eine Frage, die sie in diesem Moment gar nicht gestellt hatte. »Bald«, sagte er.

Schließlich gestand Martin, dass es sich bei der alten Bekannten in Lourmarin um die frühere Köchin Nicole Clément handelte, die einen Nachmittag lang Martins Geliebte gewesen war. Sie hieß jetzt Nicole Vachon, da sie einen ortsansässigen Automechaniker namens Thierry Vachon geheiratet hatte. Das wusste Martin aus Nicoles gelegentlichen Briefen. Aber viel mehr wusste er nicht von ihr, und sie hatten sich fünf Jahre nicht mehr gesehen. Zu seiner Erleichterung war Claire nicht beleidigt.

»Es wird sicher interessant, sie kennen zu lernen«, sagte sie nur.

Als sie in Lourmarin eintrafen, hoffte er, dass es sich um eins jener Dörfer handelte, in denen man nur drei der vier Passanten zu fragen brauchte, um zu erfahren, wo sich die Person aufhielt, die man suchte, oder zumindest, wo Verwandte von ihr wohnten. Und so war es dann auch. Schon die erste Person, die er fragte, ein Mann mit einer langen weißen Schürze, der vor einer *boulangerie* die Straße fegte, zeigte in Richtung eines Kirchturms und erklärte Martin, er solle dort links abbiegen und dann noch einmal nachfragen. Martin bog ab, brauchte sich aber nicht weiter nach dem Weg zu erkundigen, da er sie selbst entdeckte.

»Das ist sie«, sagte Martin. »Glaube ich wenigstens.«

Die Frau entfernte sich von ihnen und ging hügelaufwärts auf das Ende der Straße zu. Sie hatte an jeder Hand ein Kind. »*Lundi matin*«, sangen die Kinder mit hohen, klaren Stimmchen, »*l'empereur, sa femme et le petit prince ...*«

Martin parkte den Wagen, er und Claire stiegen aus. Er sah sie an. Claire nickte: *Geh nur.*

»Nicole?«, rief er. Die Frau hörte ihn nicht. »Nicole?«

Sie drehte sich um. Sie war älter geworden, sie musste inzwischen in den Dreißigern sein, und sie war wieder schwanger, aber es war ganz eindeutig Nicole. »Martin?«, sagte sie, wobei sie seinen Namen französisch aussprach, so wie sie es immer getan hatte. Dann stieß sie einen entzückten Schrei aus, und sie umarmten sich. Sie machte Martin mit ihren Töchtern Joelle und Marie bekannt, und Martin stellte ihr Claire vor, und ehe sich die beiden versahen, gab es ein Abendessen zu ihren Ehren: eine Fülle von Brot, tiefroten Tomaten, Käse, eingelegten Oliven, Meeresfrüchte mit Knoblauchsauce und dazu flaschenweise Wein aus der Gegend, das Ganze auf einem langen Eichentisch aufgetürmt, in einem Garten voller Bäume und Kinder. »*Vendredi matin*«, sangen Nicoles Kinder jetzt, »*l'empereur, sa femme et le petit prince* ...«

Anfangs wollte Martin noch verhindern, dass Nicole sich irgendwelche Umstände machte, aber sie erklärte ihm entschieden, dass es einfacher wäre, wenn er sich gleich damit abfände. Einfacher für ihn, denn sie würde ohnehin seinen Besuch zum Anlass für ein kleines Fest nehmen, und einfacher für sie, weil, wenn sich erst herumgesprochen hatte, dass sie Besuch aus Amerika bekommen hatte, sowieso ihre Verwandten und Nachbarn von Neugier getrieben vorbeischauen würden.

Also ließen sie es geschehen. Martin und Claire setzten sich an den Tisch, als wäre es ihr Hochzeitstag, nahmen die guten Wünsche alter Frauen entgegen und applaudierten den Kunststückchen der Kinder. Das einzige Mal, das Nicole oder Martin auf das zu sprechen kamen, was sich so viele Jahre zuvor ereignet und möglicherweise ihre Rückkehr nach Lourmarin beschleunigt hatte, war am späten Nachmittag, als ein Mann am Gartentor erschien, der sich die Hände an seinem grauen Overall abwischte und verblüfft auf das Fest blickte, das offenbar ganz spontan organisiert worden war, nachdem er am Morgen in die Werkstatt aufgebrochen war. Bevor Nicole vom Tisch aufstand und zu ihm hinging, flüsterte sie Martin ins Ohr:

»Das ist Thierry. Er weiß nichts von dir.«

Martin hatte nicht gewusst, was ihn erwarten würde; er hatte sich auch keine Gedanken darüber gemacht, was er mit diesem Besuch bezweckt hatte. Vermutlich wollte er Nicole zeigen, dass ihr Schüler Martin etwas aus sich gemacht hatte – oder zumindest dabei war. Dass seine

Neugier in Sachen Kochen noch größer geworden war und er sich in eine Frau namens Claire verliebt hatte. Und wenn es ihm um Nicoles Segen gegangen war, so wurde er diesbezüglich nicht enttäuscht. Am Ende des Abends, als eine ganze Horde von Nichten und Neffen die beiden Amerikaner die Straße hinunter zu Nicoles Elternhaus begleiteten, wo Claire und Martin übernachten sollten (etwas anderes kam gar nicht in Frage), bevor sie ganz früh am nächsten Morgen wieder aufbrachen, drückte Nicole Martins Arm und sagte: »Sie ist wirklich ganz reizend.«

Claire, einige Schritte weiter vorn, hielt Joelle bei der Hand und brachte dem kleinen Mädchen ein Paar Sprünge bei.

»Ja«, sagte Martin.

»Und was macht dein Vater?«

Martin zuckte die Achseln. »Der ist weniger entzückend.«

Nicole lachte. »Was hält er von ihr?«

»Das, was von ihm zu erwarten war.«

»Und das macht dir nichts aus?«, fragte sie. Martin schüttelte den Kopf.

»Überhaupt nichts?«, hakte Nicole nach.

Martin sah sie an. »Du glaubst mir nicht?« Nicole zuckte die Achseln, eine Geste, die alles bedeuten konnte. »Sag mir, was du denkst.«

»Ich denke«, erwiderte Nicole, »dass es keine Rolle spielt, was ich denke.«

»Du irrst dich. Es interessiert mich sehr, was du denkst«, sagte Martin und erkannte, kaum dass er ausgesprochen hatte, dass das stimmte. »Darum bin ich hier«, fuhr er fort. »Um zu erfahren, was du denkst.«

Nicole hielt den Blick nach vorn gerichtet. Ihr Mann

Thierry trug ihre ältere Tochter auf den Schultern. »Hopp, hopp, hopp«, hörte Martin ihn rufen.

»Bist du glücklich mit ihm?«, fragte Martin.

Nach einer Weile nickte sie. »Er ist ein guter Vater.«

Wie ihr vorausgegangenes Achselzucken konnte auch das alles bedeuten. Martin fragte sich, ob er nachhaken sollte, aber dann ging ihm auf, dass er die Antwort bereits wusste. Thierry schien ein netter Kerl zu sein, aber er war nicht der Mann, dem eine Ehefrau ein Techtelmechtel mit einem amerikanischen Jungen beichten konnte, der nur halb so alt war wie sie selbst.

Martin und Nicole gingen ein paar Schritte schweigend nebeneinander her, dann standen sie vor dem Haus ihrer Eltern. Es gab ein allgemeines Abschiednehmen mit Küssen auf beide Wangen, Händeschütteln, Dankesworten und Versprechungen eines baldigen Wiedersehens. Joelle fuhr fort, die kleine Straße hinunterzuhüpfen und sprang dabei den Bordstein hinauf und hinunter. Claire kam zurück zu Martin, und er legte ihr einen Arm auf die Schulter.

»Ich glaube, ich habe deiner Tochter einen neuen Trick beigebracht«, sagte Claire lächelnd zu Nicole.

»Wie man wegläuft, ja«, bemerkte Martin.

»Früher oder später kommt es ja doch dazu«, entgegnete Nicole, worauf sie alle lachten. Dann wandte sie sich Martin zu. »Beantworte mir eine Frage.«

Er fühlte, wie sein Lächeln ein wenig starr wurde, und registrierte, wie sie ihn aufmerksam musterte. Daheim hatte ihn niemand je so gut gekannt und verstanden wie sie. Sie hatte ihn ermutigt, ihn in die Küche gerufen, wenn seine Eltern schliefen, sie war es, die in ihm das Potenzial erkannt hatte, etwas anderes zu werden als

Herr über das größte Hutimperium im Staate New York. »Was denn?«, fragte Martin.

»Fahrt ihr zurück nach Paris?«

»Irgendwann, ja«, entgegnete Martin. »Erst fahren wir nach Italien, denke ich. Claire braucht ein paar Tipps von Michelangelo.« Claire stieß ihn mit dem Ellenbogen an.

»Wenn ihr Italien wieder verlasst, dann geht nach Irland«, sagte Nicole. »Besucht dort einen Freund von mir. Er ist Chefkoch in einem Burgrestaurant. Wenn es dir ernst damit ist ...«

»Ein Burgrestaurant?«, fragte Claire dazwischen.

»... Koch zu werden und eines Tages dein eigenes Restaurant zu haben, dann tust du das. Ja, versprichst du es?« Darauf borgte sie sich von Martin etwas zu schreiben und notierte eine Adresse auf einen Zettel. Nicole musterte ihn noch einmal prüfend, hielt ihn mit ihrem Blick fest und gab ihn dann wieder frei. Sie sagte ihren Eltern gute Nacht, rief ihre Tochter zurück und kehrte dann mit ihrer Familie zurück nach Hause, ein Mädchen an jeder Hand. Sie stapfte bergan, genauso wie am Nachmittag, als Martin sie entdeckt hatte und so wie sie es zweifellos jeden Tag tat, so wie sie es möglicherweise auch getan hätte, wenn er sie nicht besucht hätte, wenn er nie hier gewesen wäre. Martin blickte ihr nach, bis sie nicht mehr zu sehen war.

Kapitel VI

In Italien gingen sie viel spazieren. Sie liefen vom Dom zur Piazza del Campo in Siena und gaben vor, die eindringlichen Blicke der Männer nicht zu bemerken, die plötzlich bei Einbruch der Dunkelheit rauchend in den Türen der Läden erschienen. Sie schlenderten durch die Gassen Venedigs und ignorierten die Zurufe der Gondolieri, die sie an sonnige Plätze bringen wollten, an denen es von Touristen wimmelte, während sie es vorzogen, sich in dunklen schmalen Gassen, in denen Wäsche vor den Fenstern hing und man gedämpftes Kindergeschrei hörte, zu verlieren. Sie spazierten durch die kühlen Marmorflure der Uffizien in Florenz, ihr Gang von Galerie zu Galerie nur vom Klappern ihrer Absätze untermalt und einem gelegentlichen staunenden »Oh«. Vielleicht wegen der vielen Lauferei gewöhnten sie sich an, reichlich zu Mittag zu essen und dann, egal in welchem entlegenen Viertel welcher Stadt sie sich auch befanden, in ihr Hotelzimmer zurückzukehren, um dort einen Mittagsschlaf zu halten wie Säuglinge. Und wenn sie dann aufwachten, nahmen sie ihre Wanderung wieder auf.

»Hast du genug?«, fragte Martin Claire eines Nachmittags in Florenz, als sie den Hügel vom Palazzo Pitti hinabschlenderten.

»Nein«, entgegnete sie eilig. Dann »Ja. Niemals.« Sie verschränkte die Arme und richtete den Blick auf die rostfarbenen Dächer der Stadt am anderen Flussufer. »Mein ganzes Leben würde nicht ausreichen, um alles zu sehen. Dazu müsste ich unsterblich sein.«

»Das stimmt«, sagte er, und sie beschleunigten den Schritt, als sie sich dem Fuß des Hügels näherten. »Man muss nur wissen, wann es Zeit ist aufzuhören.«

Aber Claire konnte sich nur schwer vorstellen, irgendwann einmal aufhören zu wollen, irgendwann freiwillig die endlose Folge von köstlichem Essen und überwältigender Kunst zu unterbrechen. Was sie jetzt erlebte, war genau das, wonach sie sich Jahre gesehnt hatte. Nein, das stimmte nicht ganz. Sie hatte nie geglaubt, dass sie so ein Leben führen würde. Es war mehr ein Tagtraum gewesen, dem sie manchmal nachgehangen hatte: Europa, die unbedachte Antwort auf die Frage, wohin es sie auf der Welt am meisten zog. Aber jetzt war es Realität, und diese Wirklichkeit ließ sie an jeder Ecke innehalten: Fresken in Kapellen, Wandteppiche in Kirchen, Gemälde in Galerien, Skulpturen in Gärten. Wenn sich ein weiterer Berg vor ihr erhob, erklomm sie ihn, tat sich eine weitere Brücke vor ihr auf, überquerte sie sie. Wie auch nicht? Ihre neuen italienischen Laufschuhe waren aus stabilem Rindsleder, und sie wollte wissen, welche Schätze sie auf der anderen Seite erwarteten.

Und doch würde die Entdeckungsreise irgendwann ein Ende haben müssen. So schwer es ihr auch fiel, sich ein Ende ihrer Reisen vorzustellen, so wollte sie jedoch ebenso wenig, dass es noch lange so weiterging. Es war nicht nur das viele Umherlaufen, auch wenn die körperliche Erschöpfung am Ende jedes Tages eine ebenso fremde wie unangenehme Erfahrung war. Es war auch mehr als Heimweh und als die Verlegenheit, die sie empfand, wenn sie den Stil eines bestimmten Künstlers nicht erkannte oder sich nicht mehr erinnern konnte, in welchem Jahrhundert er gelebt hatte. Die Erschöpfung, die sie jetzt überkam, war etwas Neues. Es war die Summe ihrer Reisen, die Fülle der Eindrücke, und es lag bei Claire, dem ein Ende zu machen und zu sagen »Genug.«

Martin würde es nicht tun, das wusste sie. Paris war seine Welt gewesen, Lourmarin ganz eindeutig, aber Italien gehörte ganz Claire. Martin konnte sie vor einem Triptychon oder einer Skulptur zurücklassen, um einen Cappuccino zu trinken und sich eine Ausgabe des *International Herald Tribune* zu besorgen, und wenn er zurückkam, stand sie noch genauso da, wie er sie zurückgelassen hatte. Er amüsierte sich mit einfacher Trattoria-Kost, verschlang Riesenportionen Spaghetti *con burro* mit Gabel und Löffel, das Gesicht glänzend von Butter; er lernte, die Olivenöle der verschiedenen Regionen zu unterscheiden – die grünen, die goldfarbenen, die trüben und die klaren; er bestand darauf, dass sie jeden Abend auf dem langen Rückweg zu ihrem kleinen, aber eleganten Hotel *Paolo e Francesca* in der Nähe des *Duomo* bei mehreren Eisverkäufern Halt machten. Manchmal fragte Martin diskret nach, wollte wissen, ob sie genug hatte – er wolle sie keinesfalls drängen, wie er betonte, nur fragen –, und manchmal gestand Claire, dass dem tatsächlich so war. Aber dann fragte sie, ob es ihm sehr viel ausmachen würde, wenn sie nur noch ein ganz klein wenig länger blieben, noch einen Tag, höchstens zwei. Martins Lächeln in diesen Augenblicken war kein nachsichtiges:

Einmal machte Claire den Fehler, es als solches zu bezeichnen.

»Ich übe keine Nachsicht«, verbesserte Martin sie. Sie schlenderten an einer weiteren Sammlung von Kruzifixen aus der frühen Renaissance vorbei, und versuchten, sich zu erinnern, in welcher Höhe sie abbiegen mussten, um in die Galerie zu gelangen, in der Michelangelos *David* stand. »Ich kann mir nicht vorstellen, meine Zeit mit jemandem zu verbringen, demgegenüber ich nachsichtig sein müsste.«

»Aber manchmal habe ich das Gefühl, dass es richtiggehend schmerzt, so viel Kunst zu sehen«, klagte sie. »Meine Augen tun weh. Mein Kopf tut weh. Sogar meine Zähne tun mir weh.«

»Und dann?«, fragte Martin.

»Und dann sehe ich etwas, das ich noch nie zuvor gesehen habe, der Schmerz verfliegt, und ich vergesse alles andere auf der Welt.«

»Sogar mich.«

»Sogar dich«, gab sie zu. »Ist das schlimm?«

»Wenn du mich schon wegen eines anderen vergisst, ist es mir nur recht, wenn der Michelangelo heißt.«

Dann bogen sie um eine Ecke, fanden die *David*-Skulptur, und nach einer Minute zog Martin sich diskret zurück, wissend, dass es das einzig Richtige war. Sie musste hier allein sein; zwar hatte sie nie etwas in der Art gesagt, aber er spürte es einfach.

Claire hatte sich den *David* mehrmals angesehen; beinahe mutete ihre Vorliebe für dieses spezielle Werk unter den zahllosen Kunstwerken von Florenz klischeehaft an. Sie war nicht hergekommen und kam nicht immer wieder her, nur weil sie von dem Meister lernen wollte.

Es ging nicht darum, immer mehr Details auszumachen. Natürlich stimmte es, dass sie immer mehr lernte, je genauer sie hinschaute; aber das war bei jedem Kunstwerk der Fall. Was Claire in dieser luftigen Galerie unter der sanften Wölbung der Kuppel zu finden hoffte, war mehr als nur Bildung.

Sie stand nachdenklich vor dem *David*, nur wenige Meter von den Museumswärtern entfernt, die ihr inzwischen zunickten, da sie sie von ihren regelmäßigen Besuchen kannten. Wenn sie die Statue betrachtete, dachte sie an sich selbst. Anfangs versuchte Claire noch, die Assoziation von sich zu weisen: wie unbescheiden, sich selbst mit *David* zu vergleichen, dem Symbol physischer Perfektion. Und doch machte es irgendwie Sinn. Claire sah nicht nur seine Nacktheit. In *Davids* gelassenem Blick und der lässigen Winkelung seines Knöchels fand Claire eine Akzeptanz der Nacktheit: das vage Bewusstsein des natürlichen Geschenks der Jugend. Manchmal, wenn sie sich aus dem immer noch ungewohnt hohen Bett mit den hoch aufragenden vier Pfosten schwang, erhaschte Claire in dem großen Ankleidespiegel ihres Hotelzimmers einen Blick auf ihren eigenen nackten Körper, und so wenig perfekt er war, reizte er sie doch auf die gleiche Art wie *David*.

Aber natürlich erinnerte der *David* sie vor allem an Martin. Als er an diesem Nachmittag in die Galerie zurückkehrte, sah er Claire immer noch vor dem *David* stehen und zu der Skulptur aufblicken, in exakt derselben Position wie eine Stunde zuvor. Er hatte irgendwo zu Mittag gegessen; sein Mundwinkel schimmerte noch ein wenig ölig. Sie warf Martin einen Blick zu, hakte ihn unter und strich mit der Hand über den Ärmel seines sommerlichen dünnen Baumwollhemdes. Sie fühlte Haare, dann Muskeln.

An diesem Abend ließen sie die *gelati* aus. Als sie zurück im Hotel *Paolo e Francesca* waren, drückte Claire Martin auf die Matratze, setzte sich rittlings auf ihn und fiel mit einer Gier über ihn her, die sie vielleicht beunruhigt hätte, wenn sie sich die Zeit genommen hätte, über sie nachzudenken. Aber sie dachte nicht darüber nach. Als sie ihren Hunger gestillt hatte, rollte sie sich von Martin, der immer noch verblüfft war, aber deshalb nicht minder glücklich, kuschelte sich an ihn und sagte: »Genug.«

In Irland wurden sie am Bahnhof von Galway von einer hoteleigenen Limousine abgeholt, und eine halbe Stunde später fuhren sie die lange Zufahrt hinauf, die zum Eingangstor von Thetford Castle führte, einem großen unkomplizierten Königreich.

Nach den schmalen kopfsteingepflasterten Gassen Italiens, genossen Claire und Martin ihre langen, ziellosen Wanderungen über die schier endlosen irischen Felder. Im Hotelrestaurant von Thetford blieb Martins Speisenwahl konstant. Jeden Tag wählte er eine andere Zubereitungsart des gleichen Fisches, des irischen Lachses, der hier so alltäglich war wie Zucchini im Sommer in Longwood Falls. Der Lachs war am selben Tag aus dem Fluss gefischt worden, der durch das Anwesen floss, und Martin aß ihn geräuchert, auf Toast, mit Kapern und Zitrone; gebacken mit Butter und Dill; gedünstet mit Tomaten und Zwiebeln. Und obgleich in den Hallen von Thetford Castle die eine oder andere Rüstung sowie manches Wappen zu finden war, empfand Claire es seltsamerweise erleichternd, sich nicht fragen zu müssen, hinter welcher Tür sich möglicherweise eine Sammlung von Meisterwerken verbarg, die wie Brot in einer Bäckerei gleichgültig in Regale geschoben waren.

Am zweiten Tag in Thetford nahm Martin seinen ganzen Mut zusammen und stellte sich dem Küchenchef vor, einem Engländer mit sandfarbenem Haar namens Duncan Lear, der das Eindringen eines Gastes in seine Küche zuerst mit großem Missfallen registrierte. Als Martin jedoch ihre gemeinsame Freundin, die französische Köchin Nicole, erwähnte, erhellten sich Duncans Züge. Und als Martin hinzufügte, dass er hoffte, eines Tages sein eigenes Restaurant zu eröffnen, lud Duncan ihn ein, sich in seinem Reich umzusehen. Martin schaute den Helfern über die Schulter, die entbeinten, schnitten, rührten, Anweisungen riefen und vor heißem Dampf zurückwichen.

»Die Küchentour«, bemerkte Duncan, aber Martin schenkte ihm nicht einmal ein höfliches Lächeln. Er wandelte vertieft zwischen den waschzubergroßen Töpfen her, die in Augenhöhe hingen, strich mit der Hand über den schwarzen Boden eines riesigen runden Kessels, in dem Gott weiß was zubereitet wurde.

»Hör zu«, sagte Duncan, als er erkannte, wie fasziniert Martin war. »Wenn du möchtest, kannst du irgendwann wieder kommen und mit anpacken, wir können in der Küche immer Hilfe brauchen; hier ist immer viel los. Wie lange bleibst du im Hotel?«

Martin zuckte die Achseln. »Wie lange darf ich helfen?«

Duncan lachte auf, wurde aber gleich wieder ernst. »Es ist harte Arbeit, weißt du. Und es ist nicht einfach. Es ist nicht nur Spaß und Essen.«

»Ich weiß. Das erwarte ich auch nicht.«

Duncan musterte ihn eine Weile prüfend. »Also gut.

Komm morgen nach dem Mittagessen her. Dann planen wir gemeinsam etwas für das Abendmenü.«

Am folgenden Mittag saß Martin nach dem Essen mit Claire an einem Ecktisch im Restaurant, trank eine Tasse Kaffee nach der anderen und wartete ungeduldig, dass auch der letzte Gast gegangen war. »Macht schon, macht schon«, murmelte Martin und beobachtete ungeduldig ein gut gekleidetes holländisches Paar, das sich ein Stück Schokoladentorte teilte. Ihre Gabeln näherten sich aus konträren Richtungen dem Teller, und entweder aus Höflichkeit oder um möglichst lange etwas von dem köstlichen Dessert zu haben, nahmen sie sich nur jeweils winzige Bissen.

»Das tun sie mit Absicht«, sagte Martin mürrisch, und Claire lachte über seine kindische Ungeduld.

Als das schicke Schokoladenkuchen-Paar endlich fertig war, die Rechnung abzeichnete und sich erhob, sagte Claire: »Jetzt ist es so weit.«

»Wünsch mir Glück«, sagte Martin.

»Das wirst du nicht brauchen«, entgegnete sie, »Und überhaupt, was sagt man zu einem Koch, wenn man ihm Glück wünschen will? Eierbruch?«

»Großartig, wirklich großartig«, brummelte Martin. »Darüber werde ich jetzt den ganzen Nachmittag nachdenken müssen. Deine zweifelhaften Wünsche werden mich verfolgen und irgendwie einen schlechten Geschmack ins Essen bringen, und wenn ich an meinem ersten Tag als professionelle, aber unbezahlte Küchenhilfe versage, wirst du allein schuld sein.«

»Martin?«, sagte sie, als er aufstand, um zu gehen. Er verstummte und wandte sich ihr zu. »Viel Glück.«

Er hatte nie gedacht, dass es so heiß in einer Restaurantküche werden könnte, doch die Hitze schien den anderen nicht sonderlich viel auszumachen. Martin hingegen wischte sich den ganzen Nachmittag in einem fort den Schweiß von Stirn und Hals, und als die Abendessenszeit immer näher rückte und sämtliche Herde angeschaltet wurden, raubte die Hitze ihm schier den Atem.

»Alles okay?«, fragte Duncan, worauf Martin tapfer nickte.

»Gut«, sagte der Küchenchef zerstreut, als er von einem Ober abgelenkt wurde, der ihm vom anderen Ende des großen glänzenden Raumes aus eine Frage zurief. »Warum hilfst du dann nicht beim Hacken aus?«

»Das Hacken« bezog sich auf riesige Berge Kartoffeln, Hühnerbrüstchen und Lauch. Vor allem Lauch: lang, schlank und knollig an der Spitze lag er aufgetürmt auf der Arbeitsfläche wie Büschel weißen Haares. Messer blitzten; wenn eine Klinge auch nur im geringsten stumpf wurde, wurde ein Wetzstein hervorgezogen und das Messer geschliffen, bei dem Geräusch sträubten sich Martin die Nackenhaare. Natürlich dauerte es nicht lange, bis er sich an einer neuen Klinge schnitt, ein Zwischenfall, der für das übrige Personal offenbar ganz alltäglich war, doch die Blutmenge beunruhigte Martin anfangs doch etwas. Wo war Claire, um ihm zu helfen, so wie sie an jenem ersten Tag sein Veilchen verarztet hatte? Jemand warf ihm ein Pflaster zu, und gleich darauf stellte ein anderer einen neuen Berg von Kartoffeln vor ihn hin mit dem Hinweis, er solle sich beeilen.

Nachdem er mit Hacken fertig war, rief Duncan Martin in einen weniger heißen Teil der Küche in der Nähe der Kühlräume, und dort setzte er sich eine Weile mit ihm zusammen und besprach mit ihm die Menüs der Woche. Duncan besprach ausführlich die verschiedenen Speisen, erklärte, wie er seine Wahl traf, und Martin hörte ihm andächtiger zu, als er je einem Dozenten in Princeton gelauscht hatte.

»Warum versuchst du nicht, eine Abendmahlzeit zuzubereiten?«, meinte Duncan schließlich. »Denk dran, Lachs ist Trumpf.« Und nach einiger Ermutigung murmelte Martin ein paar neue Ideen, von denen Duncan einige verspottete, aber andere für gut befand. Am folgenden Abend umfasste das Abendmenü zwei von Martins Vorschlägen.

Martin war ganz aus dem Häuschen; als er spät nachts ihr Zimmer betrat, schlief Claire bereits in dem riesigen Bett, von dem aus man den gepflegten Rasen und den weiter entfernten See sehen konnte. Sie wachte auf und hob schnuppernd die Nase. »Lauch?«, fragte sie und war sofort wieder eingeschlafen.

Drei Tage und Nächte arbeitete Martin Rayfiel in der Restaurantküche von Thetford. Den Hotelmanager machte es ganz nervös, dass ein zahlender Gast sich freiwillig einer solchen Plackerei unterwarf, aber Duncan Lear versicherte ihm, dass dies Martins Herzenswunsch sei und ihm den Aufenthalt nur verschönere. »Vielleicht sollte ich alle Gäste zur Arbeit heranziehen«, meinte der Manager kopfschüttelnd. »Die Damen könnten als Zimmermädchen jobben.« Aber er gestattete Martin, auch weiterhin in der Küche zu arbeiten. Er feierte sogar seinen 21. Geburtstag dort. Das Personal überraschte ihn, als er gerade dabei war, ein Hähnchenstew zu kochen. Die »Kollegen« scharten sich um ihn und sangen im Chor mehr oder weniger harmonisch »Happy Birthday«. Martin war jetzt endlich volljährig und konnte sein Erbe antreten, was auch gut war, da das Geld aus dem Verkauf des Rings rasch weniger wurde.

Claire wanderte, während Martin in der Küche schwitzte, mit einem Zeichenblock über den hoteleigenen Grund, bis sie endlich ein Motiv fand, das sie zeichnen wollte, in der Hoffnung, irgendwann einmal eine Skulptur daraus anzufertigen: ein altes Pferd, das aus einem Bottich trank. Jeden Nachmittag kehrte sie zur Wiese zurück, bis von den Kohlestiften, die sie in Italien gekauft hatte, nur noch kieselgroße Stummel übrig waren, die ihre Fingerspitzen schwarz färbten.

Sie musste unbedingt an neue Kohle herankommen. Vielleicht konnte ihr der Portier am Empfang sagen, wo sie welche bekommen konnte. Claire stand auf und schlenderte zur Burg zurück. Es war ein ungewöhnlich stiller Tag, und dort wo der Pfad in ein großes freies Feld mündete, blickte sie auf und entdeckte in der Ferne eine Gestalt. Es war Martin. Zuerst war Claire nur überrascht, dass er nicht in der Küche war, aber dann sah sie genauer hin, und aus ihrer Überraschung wurde Beunruhigung. Etwas an seiner Haltung – seine Schultern waren gebeugt, und er hielt den Kopf gesenkt – war völlig untypisch. Es schien, als wäre er eine ganze Weile nachdenklich auf dem Feld auf und ab gewandert. Claire winkte, aber offenbar sah er sie nicht.

Als sie ihr Zimmer betrat, war er bereits dort und saß auf der Bettkante. Er hob den Kopf und sah sie an. In seinen Augen stand ein Ausdruck, den sie noch nie zuvor gesehen hatte. »Bist du okay?«, fragte sie, eine überflüssige Frage, da sie die Antwort bereits kannte.

Er reagierte langsam. »Ich habe schlechte Nachrichten«, sagte er. »Ich werde es kurz machen. Das Geld ist weg.«

»Oh«, sagte Claire nur und ließ sich neben ihm auf die Bettkante sinken, ohne wirklich verstanden zu haben, was er meinte. »Was meinst du damit?«, fragte sie. »Ich verstehe nicht.«

»Das war's. Es ist weg. Mein Erbe. Alles weg.«

Sie registrierte die Worte, aber es dauerte eine Weile, ehe sie ihren Sinn erfasste. Er hatte sie überraschen wollen. So war er zu einer Bank nach Cong gegangen, der nächsten Ortschaft. Dort wollte er sich, da er nun volljährig war, Geld aus seinem Erbe überweisen lassen. Als er geendet hatte, verstummte er niedergeschlagen. Claire nahm seine Hand. »Aber das ist doch unmöglich«, sagte sie. »Es ist doch dein Geld.«

»Bei meinem Vater ist nichts unmöglich«, sagte er düster.

»Aber ich verstehe nicht. Es ist doch dein Geld, oder?«

»Ja, das ist es. War es.«

»Dann kann er es dir aber doch nicht wegnehmen.«

»Claire, er hat es getan. Er hat es sich genommen.«

»Aber das ist unmöglich …«, begann Claire erneut, aber Martin fiel ihr ungeduldig ins Wort. »Würdest du bitte aufhören, ständig zu wiederholen, dass es unmöglich sei. Das ist es nämlich nicht. Offensichtlich ist es das nicht, da es ja bereits passiert ist.«

Es war das erste Mal, dass Martin ihr gegenüber die Stimme erhob, und sie wussten beide, dass es kein Zufall war, dass es in dem Augenblick geschah, da der Traum einer gemeinsamen Zukunft, so wie sie sie sich vorgestellt hatten, zerplatzt war wie eine Seifenblase. Die

Berührung ihrer Hände erschien ihnen plötzlich zu intim, und sie ließen sie auseinander gleiten.

»Also gut«, sagte Claire leise, »dann eben nicht unmöglich. Aber illegal.«

»Und unmoralisch«, entgegnete Martin ebenso leise. »Aber ich fürchte, mein Vater schert sich weder um das eine noch um das andere.«

»Aber gibt es denn nichts, was du deswegen unternehmen könntest?« Sie war in dem Glauben aufgewachsen, dass man in jeder Situation irgendetwas tun konnte. Wenn ein Freund einen unglücklich machte, verbrachte man eben weniger Zeit mit ihm. Wenn man im Rechnen gewisse Schwächen hatte, bereitete man sich eben besonders intensiv auf die nächste Prüfung vor. Jetzt erkannte sie, wie naiv diese Einstellung gewesen war, und ihre Blauäugigkeit machte sie verlegen. Die Welt Ash Rayfiels mit ihren Finanzen und dem Vater-Sohn-Konflikt überstieg ihren Horizont.

»Vermutlich könnte ich ihn verklagen«, sagte Martin. »Ihn anzeigen. Aber so etwas würde ich nie tun.«

»Und was wirst du dann tun?«

»Nichts.«

Claire schlug die Beine übereinander und legte die Hände in den Schoß. »Hältst du das für das Beste?«, fragte sie und klang dabei so steif wie ihre Mutter in ernsten Angelegenheiten.

»Ich denke, es ist das Klügste.«

»Dann hast du das Ganze also schon durchdacht.«

»Auf dem Rückweg von Cong. Ich bin sehr langsam gegangen.«

»Ich habe dich gesehen, Ich habe dir gewunken.«

»Wirklich? Tut mir leid, ich habe dich nicht gesehen.

Das muss gewesen sein, als ich über den See geschaut habe. Ich habe mir vorgestellt, wie es wohl wäre, ihn nie wieder zu sehen.«

Sie hatten beide das dringende Bedürfnis, etwas zu tun. Martin hatte die Stimme erhoben, und nun lag es bei ihm, Claires Hand zu ergreifen oder eine andere versöhnliche Geste zu machen. Claire ihrerseits wusste, dass Martin von sich aus nie aussprechen würde, was er über den Verlust des Geldes dachte, bevor sie sich geäußert hatte.

Er griff nach ihrer Hand, und Claire drückte seine schmalen Finger. »Weißt du, das Geld ist bedeutungslos«, sagte sie ruhig.

Claire wartete eine Weile, dann erhob sie sich und ging durch das wunderschöne Zimmer zum Fenster. Dort draußen lag der Lough Corrib, ein See bei einer Burg in Irland, ein See, an dessen Ufer sie und Martin geschlafen hatten, den sie gezeichnet hatte und den sie beide vielleicht nie wieder sehen würden. Musste man tatsächlich so früh, mit 21 Jahren, anfangen, Abschied zu nehmen?

»Keine teuren Boutiquen mehr«, hörte sie Martin hinter sich sagen. »Keine spontanen Reisen mehr. Keine apfelgrünen Chanel-Kostüme.«

»Das alles habe ich nie gebraucht«, entgegnete Claire. »Und überhaupt war dieses lächerliche Kostüm allein deine Idee. Du hast darauf bestanden, es zu kaufen.«

»Ich weiß«, sagte er. »Aber wie könntest du zu dem Leben zurückkehren, das du früher geführt hast, ohne mir zumindest ein wenig zu grollen? Nicht weil ich das Geld verloren habe, aber weil ich dir vor Augen geführt habe, was Geld alles möglich macht.«

»Meine Mutter hatte immer einen Ausdruck dafür, wenn ich mir wegen irgendetwas selbst leid tat«, entgegnete Claire lächelnd. »Sie sagte dann ›Das Häufchen Elend ist wieder mal zu Besuch. Wer hat es eigentlich eingeladen, Claire? Du? Geh bloß heim, Häufchen Elend, geh bloß wieder heim‹.«

»Nun, arm werden wir nicht sein«, meinte Martin. »Wir werden einfach ... normal sein, Leute mit einer Arbeit, die ihre Miete zahlen müssen.«

»Irgendwie denke ich, dass es so vielleicht sogar besser ist«, sagte Claire. »Meinst du nicht, dass wir sonst schrecklich verwöhnte Ekel geworden wären? Und ein Teil von uns hätte sich wohl immer gefragt: ›Haben wir das geschafft? Ganz allein? Habe ich dieses Restaurant eröffnet? Habe ich die Skulptur geformt und an die Galerie verkauft? Oder hat von Anfang an nur das Geld das alles bewirkt?‹«

»Jetzt werden wir es wissen«, stellte Martin fest.

»Jetzt«, pflichtete Claire ihm bei, »werden wir es wissen.«

In gewisser Weise bildeten Thetford Castle und die angrenzende Gemeinde Cong eine Kleinstadt ähnlich wie Longwood Falls, vielleicht auch noch kleiner. Neuigkeiten verbreiteten sich schnell, und Geheimnisse gab es keine. Als Martin am Abend an der Rezeption darum bat, mit dem Manager sprechen zu dürfen, verrieten ihm die Zurückhaltung und die verlegenen Blicke der sonst so mitteilsamen Angestellten, dass sich bereits herumgesprochen hatte, dass das junge amerikanische Paar ruiniert war und seinen Aufenthalt vorzeitig würde abbrechen müssen. Martin beglich seine Rechnung, und als er am nächsten Morgen ihr Gepäck zur Limousine trug, die sie nach Galway zurückfahren sollte, sprach ihn Duncan Lear an, der bereits in Arbeitskleidung war, bereit für einen weiteren Tag in der großen überhitzten Küche.

»Ich habe gehört, dass ihr abreist. Tut mir aufrichtig leid«, sagte er. »Lass mich mit anpacken.« Er nahm Martin eine der Reisetaschen ab und trug sie nach draußen. Nachdem die beiden Männer das Gepäck im Kofferraum verstaut hatten, nahm Duncan Martin beiseite und zog ihn hinter den Springbrunnen mit der Meerjungfrau mitten auf der Rasenfläche. Hier konnte sie unmöglich jemand belauschen, aber Duncan blickte sich dennoch verstohlen um.

»Ich habe noch niemandem etwas gesagt, das Folgende ist also nur für deine Ohren bestimmt. Ich werde nächste Woche kündigen. Ich habe ein Angebot von einem Restaurant in London erhalten. Ein Bekannter von mir hat es erst in diesem Jahr eröffnet und sich bisher noch nicht recht etablieren können. Eine sehr viel versprechende Lage. Kensington. Kennst du die Gegend?«

Martin nickte. Er hatte vor vielen Jahren zusammen mit seinen Eltern und einer Kinderfrau in einem Hotel in Kensington gewohnt. Im Anschluss an diese Reise hatte er die Fortsetzung von »Peter Pan« mit dem Titel »Peter Pan in Kensington Gardens« gelesen. Das Viertel war wunderschön, mit weitläufigen lauschigen Grünanlagen.

»Hättest du Lust, dort für mich zu arbeiten? Ich muss kurzfristig einen Stab zusammenstellen. Ich hoffe, das Angebot kränkt dich nicht«, fuhr Duncan hastig fort. »Wir haben nur die Neuigkeit gehört, und ich wollte helfen.« Nach kurzem Schweigen fuhr er fort. »Du hast wirklich Talent. Ich denke, du könntest eine große Zukunft als Koch vor dir haben. Wenn du das willst. Allerdings ...

solltest du dich noch ein wenig im Umgang mit scharfen Messern üben.«

Und so kam es, dass Claire und Martin die Burg unerwarteterweise statt mit einem Gefühl von Verlust und Ziellosigkeit mit etwas völlig anderem verließen: einem konkreten Arbeitsangebot. Duncan hatte Martin gewarnt, dass die Bezahlung nicht besonders gut sein würde, er konnte Claire und Martin jedoch eine kleine Wohnung direkt über dem Restaurant vermitteln, deren Miete sehr günstig war in dem ansonsten unverhältnismäßig teuren Viertel.

Martin und Claire verbrachten ein paar Nächte in einem billigen Studentenhotel in London, und in der darauf folgenden Woche, als Duncan aus Irland eintraf, trat Martin dann seine neue Stelle an. Das Restaurant, das nach seiner Adresse benannt war, 17 Dobson Mews, war klein, aber fein, und die Edelstahlküche vollständig ausgestattet. Und obgleich in England die Lebensmittel noch rationiert waren, standen ihnen eine Reihe exotischer Zutaten zur Verfügung.

Am ersten Tag im Restaurant arbeitete Martin von früh bis spät und half Duncan, alles einzurichten. Am Abend bezogen er und Claire dann ihre neue Wohnung im ersten Stock. Die Räume waren möbliert, wenn auch nicht besonders hübsch oder geschmackvoll. Neben einem unscheinbaren Wohnzimmer mit einer abgenutzten braunen Polstergarnitur und einem einfachen Bad gab es ein kleines Schlafzimmer, in dem das einzige Möbelstück stand, das ihnen gefiel: ein großes Eisenbett in Form eines Schlittens. Das einzige Luxuriöse an der Wohnung war das geräumige lichtdurchflutete Hinterzimmer. Claire könne es als Atelier benutzen, meinte Martin, als sie im

Bett lagen. »Zumindest fürs Erste«, fügte er hinzu. »Wenn wir Kinder haben, wirst du das Zimmer an sie abtreten müssen, fürchte ich.«

»Kinder«, entgegnete sie. »Wir sind ja noch nicht einmal verheiratet.«

Er rollte sich in dem knarrenden Bett auf die Seite, stützte sich auf den Ellbogen und musterte sie im schwachen Mondlicht, das durch das kleine Fenster ins Zimmer fiel. Es kam ihm vor, als würde das Bett jeden Moment abheben und sie irgendwo hintragen; es schien Zauberkräfte zu haben. Nein, verbesserte Martin sich sofort, *ihr Leben* besaß magische Eigenschaften. Er hatte das Riesenglück, Claire zu haben und dazu noch eine Arbeit, die ihm Spaß machte, das Ganze in einer Stadt, die ihnen beiden gefiel. Aber das Beste war, dass sie sich endlich niederlassen würden. Das war ein neuer Anfang: keine endlosen Fahrten mehr, keine Hotels, keine fremden Betten, in denen sie mitten in der Nacht aufwachten und sich fragten, wo sie eigentlich waren. Jetzt begann ein Lebensabschnitt, in dem sie an einem Ort blieben, den sie in ihr Zuhause verwandeln würden, ein Zuhause, dem sie sich verbunden fühlen würden, das ihnen ein Gefühl von Geborgenheit vermitteln würde.

»Ich denke, wir könnten langsam darüber nachdenken zu heiraten«, sagte er.

Natürlich hatten sie beide immer ans Heiraten gedacht, aber bisher waren sie ständig unterwegs gewesen und hatten an den verschiedensten fremden Orten gewohnt, an denen zu heiraten ihnen irgendwie unnatürlich erschienen wäre. Aber jetzt war alles anders. Martin hatte den Job seiner Träume, Claire begann in Kürze mit Unterricht in Bildhauerei bei einem wunderbaren Lehrer; ihr zukünftiges Leben begann Form anzunehmen. Sie beschlossen, innerhalb der nächsten Wochen zu heiraten.

Als sie ihre Heiratsabsichten Duncan gegenüber erwähnten, bestand dieser darauf, dass die Feier im Restaurant stattfand. »Ladet ein, wen ihr wollt«, sagte der Chefkoch großzügig.

»Aber wir kennen doch in London niemanden«, sagte Claire.

»Dann ladet ihr eben mich ein«, entgegnete Duncan grinsend.

Als sie am Ende eines weiteren langen Tages im Bett lagen, drehte Claire sich plötzlich zu Martin um. »Oh mein Gott«, stöhnte sie.

»Was ist denn?«

»Mir ist gerade erst klar geworden, dass unsere Kinder mit britischem Akzent sprechen werden.«

Claire war noch nicht an das Summen der Türklingel ihrer Wohnung gewöhnt. Da sie noch sehr wenige Freunde in London hatten, kam es nur sehr selten vor, dass jemand den grünen Klingelknopf neben der Tür betätigte. Einmal hatte ein Mann Eier an das Restaurant liefern wollen und den falschen Knopf gedrückt, aber das war auch schon das einzige Mal gewesen, das die Klingel gesummt hatte. Und so zuckte Claire erschrocken zusammen, als es eines Morgens, etwa zwei Wochen nachdem sie die Wohnung im ersten Stock der Dobson Mews 17 bezogen hatten, läutete. Sie war gerade dabei, einen Entwurf für eine Skulptur zu zeichnen, mit der sie am Nachmittag in der Tate Gallery beginnen wollte. Es war ein durchdringender hässlicher Ton, ein anhaltendes forderndes Schrillen.

Sie öffnete. Vor ihr auf dem Treppenabsatz stand ein Bote der *Western Union*, der sie fragte, ob sie Claire Swift sei, und ihr, nachdem sie dies bejaht hatte, einen Umschlag reichte. Der Telegrammtext lautete:

MUTTER SEHR KRANK STOP KOMM NACH HAUSE STOP BIS BALD

MARGARET

Claire fühlte, wie sie keine Luft mehr bekam, und Panik drohte, sie zu überwältigen. Sie hatte in den letzten Wochen und Monaten kaum einen Gedanken an ihre Eltern verschwendet, und jetzt das. Seit sie in Europa war, hatte sie ihren Eltern jede Adresse mitgeteilt, unter der sie notfalls erreichbar war, ohne je wirklich an einen solchen Notfall zu glauben. Aber jetzt war ihr klar, dass der Tag gekommen war, den jeder, der länger im Ausland lebte, fürchtete. Sie musste morgen heim in die Staaten fliegen. Sie hatten nur sehr wenig Geld, aber sie würden irgendwie genug für das Flugticket zusammenkratzen müssen. Langsam stieg Claire die Treppe hinunter zum Restaurant. Martin saß zusammen mit drei anderen Männern an einem Tisch im hinteren Teil der Küche und putzte grüne Bohnen.

»Die Hochzeit. Wir werden sie verschieben müssen«, sagte sie, nachdem sie ihm das Telegramm gezeigt hatte.

»Das ist doch nicht wichtig«, entgegnete er.

»Doch, das ist sie.«

»Es tut mir sehr leid, dass deine Mutter krank ist, Claire«, sagte er betrübt. »Ich sollte dich begleiten. Ich meine, ich sollte dich jetzt nicht allein lassen.«

»Nein, du musst hier bleiben«, widersprach sie. »Du

wirst hier gebraucht. Und falls ich dich doch brauche, rufe ich dich an. Ich schwöre es.«

»Claire ...«

»Es ist sehr lieb von dir, dass du mich begleiten willst, Martin«, fiel sie ihm ins Wort, »und ich weiß das wirklich zu schätzen. Aber ich werde schon bald zurück sein. Oh Gott – mein ganzes Leben ist hier. Du bist hier. Unsere künftigen Kinder mit dem schauerlichen Akzent sind hier. *Ich* bin hier.« Sie berührte Martins gestärkte weiße Schürze an der Brust. »Ich bin hier«, sagte sie noch einmal.

Claire verließ London an einem feuchten Herbsttag. Minuten nach dem Start verdeckten Wolken bereits die Stadt, die sie gerade begonnen hatte kennen zu lernen, und stattdessen studierte Claire die Tröpfchen draußen an der Fensterscheibe, die scheinbar der Erdanziehung trotzten und langsam in die falsche Richtung rannen – nach oben. So etwas hatte sie noch nie gesehen, hätte sie sich nie vorstellen können, ebenso wenig wie sie sich vorstellen konnte, was sie daheim in der Badger Street erwartete. Sie hatte wiederholt versucht, sich auszumalen, womit sie dort konfrontiert werden mochte, aber es war vergeblich gewesen. Unmöglich. Und das Telegramm half ihr auch nicht weiter. Vor allem die Wortwahl ihrer Schwester »sehr krank«. Wie krank war sehr krank? Die Möglichkeiten waren grenzenlos, und deshalb waren auch Spekulationen sinnlos, und immer wenn Claire versuchte, sich das Leben in Longwood Falls vorzustellen, sah sie nichts. Alles, was sie sich mit einiger Gewissheit vorstellen konnte, war das, was sie in London zurückgelassen hatte. Claire legte die Stirn an das Oval des Flugzeugfensters, starrte hinaus in den Nebel und dachte Geh heim, Häufchen Elend, geh heim.

Kapitel VII

1. Dezember 1952

M.,

gestern ist mir aufgefallen, dass sich am Dach des Pavillons Eiszapfen gebildet haben. Um diese Jahreszeit sitzt niemand dort, dazu wäre es viel zu kalt. Stattdessen blieben wir alle daheim, und ich nehme an, dass die anderen Leute in der Stadt damit auch ganz zufrieden sind, aber ich fühle nur, wie unbeschreiblich FALSCH es ist, nicht bei dir zu sein.

Meine Mutter ist letzte Woche operiert worden. Man hat ihr einen Knoten aus der Brust entfernt (bösartig, hat der Arzt gesagt, wenngleich er meint, die Operation wäre ein Erfolg gewesen). Sie ist ganz schwach und hat große Schmerzen, und es ist erschreckend, sie so zu sehen. Der Arzt hat gesagt, dass auch wenn sie sich schnell erholt, sie viel Pflege und Betreuung brauchen wird, und ich habe versprochen, mich um sie zu kümmern.

Die meiste Zeit sitze ich an ihrem Bett und lese ihr vor (sie mag die Gedichte von Edna St. Vincent Millay, vor allem »My Candle burns at both ends ...«), bringe ihr irgendwelche Schmerztabletten, die der Doktor ihr verschrieben hat und bereite eine Rindfleischsuppe oder ein weich gekochtes Ei zu – beides nicht besonders gut, fürchte ich. Sie wären zweifellos viel besser, wenn du sie zubereiten würdest.

Außerdem kümmere ich mich um meinen Vater; er macht einen konfusen Eindruck und ist sehr vergesslich geworden – heute Morgen wollte er in seinem Schlafanzugoberteil zur Arbeit fahren, und ich konnte ihn gerade noch davon abhalten. Es tut mir sehr leid, dass ich nicht hier war, als meine Mutter erkrankt ist. Ehrlich gesagt habe ich manchmal deswegen ein richtig schlechtes Gewissen. Während wir gedankenlos glücklich und ganz mit uns selbst beschäftigt in London vor uns hin gelebt haben, hatte sie Schlimmes durchgemacht. Meine Schwester Margaret kommt vorbei und hilft, wann immer sie kann, aber die Zwillinge sind erst vier Monate alt, sodass sie unmöglich längere Zeit wegbleiben kann. Wenn einer der Zwillinge schläft, ist der andere hellwach und brüllt, das Gesicht so rot angelaufen wie eine Fleischtomate. (Erinnere mich dran, dass ich, wenn es bei uns so weit ist, Gott bitte, sie uns eins nach dem anderen zu schicken und nicht alle auf einmal, ja?)

Ich vermisse dich in jeder Minute. Bitte schreib und erzähl mir, wie es in den Dobson Mews 17 steht. Gelingen deine Scones inzwischen? Ich habe gehört, dass die Fähigkeit, Scones backen zu können, Grundvoraussetzung für die Erteilung der britischen Staatsangehörigkeit ist. Ich liebe dich,

Claire

14. Dezember 1952

Liebe Claire,

es tut mir sehr leid, dass deine Mutter so schwach ist und sich so elend fühlt. Ich würde ihr gerne ein paar Flaschen Devonshire-Sahne schicken, befürchte aber, sie würden verdorben bei euch ankommen. Ich weiß, dass das eine furchtbare Zeit für dich ist, und ich möchte, dass du weißt, dass du in meinen Augen eine ganz WUNDERVOLLE Tochter bist!!! (Achte auf die Ausrufezeichen). Bitte mach dir keine Vorwürfe; du konntest ja nicht wissen, dass sie krank werden würde. Und ihre Erkrankung hat auch ganz sicher nichts damit zu tun, dass wir nach Europa durchgebrannt sind …

Ich bin auch der Meinung, dass wir unsere Kinder eins nach dem anderen bekommen sollten, aber auch wenn es ein ganzer Wurf würde wie bei den Ferkeln, wäre ich darüber nicht unglücklich. Das 17 D. M. läuft besser denn je. Mir kommt es vor, als wäre das Restaurant verzaubert. Offenbar wird überall von dem »Amerikaner« in der Küche geredet, der nicht nur »klassisch amerikanische« Gerichte kocht wie Apfelpastete und Makkaroni mit Käse, sondern auch komplizierte Spezialitäten vom europäischen Festland. Letztens mussten wir Leute wegschicken, weil wir vollkommen ausgebucht waren. Wir waren bis drei Uhr nachts mit Aufräumen und Saubermachen beschäftigt, aber das schien niemandem etwas auszumachen; wahrscheinlich gefällt es allen, an diesem Erfolg teilzuhaben. Duncan und das gesamte Küchenpersonal schicken dir liebe Grüße. Ich umarme dich, in Liebe

Martin

Abby ließ die Briefe sinken, lehnte sich in ihrem Stuhl zurück und schloss die Augen. Sie hatte inzwischen zwei ganze Bänder angehört und zwischendurch die Fotos von Martin und Claire überall in Europa durchgesehen: Küssend am Fuß des Eiffelturms, vor den Uffizien posierend, einen Beefeater mit steinerner Miene vor dem Buckingham Palace flankierend, und Arm in Arm vor einer imposanten, bemoosten Burg in Irland. Dann war die Korrespondenz zwischen Claire und Martin gefolgt – ein sehnsuchtsvoller Brief nach dem anderen, Zeilen, mit denen sie einander über ihr jeweiliges Leben auf dem Laufenden gehalten hatten. Abby wünschte, Claire hätte das Telegramm nie bekommen, die Hochzeit hätte wie geplant stattgefunden und Martin und Claire hätten zusammen in London bleiben können, in ihrer Wohnung über dem Restaurant, um dort den Grundstein für ihre gemeinsame Zukunft zu legen. Aber natürlich verlief das Leben selten nach einem bestimmten Plan. Claire hatte 1952 ein Flugzeug nach Paris bestiegen; Abby hatte 1992 ganz auf sich allein gestellt ein Baby zur Welt gebracht. Beide hatten auf verschiedene Weise ihr altes Leben hinter sich gelassen. Und sie beide waren ebenso abrupt zurückgekehrt. Als Abby in den Zug gestiegen war, um zur Beerdigung ihres Vaters zu fahren, hatte sie nicht geahnt, dass es eine endgültige Heimkehr sein würde. Wenn ihr Vater sie bedrängt hätte und von ihr erwartet hätte, die Zeitung zu übernehmen, dann wäre es ihr vielleicht leichter gefallen, Longwood Falls und der Verantwortung den Rücken zu kehren. Aber ihr Vater hatte nie irgendwelche Erwartungen an sie gestellt. Er hatte offenbar immer geschätzt, dass sie ganz anders war als er, ein eigenständiger Mensch mit eigenen Interessen und einem komplizierten Innenleben. Wenn er Freunde oder Geschäftspartner mit nach Hause brachte und diese, wenn sie ihr zur Begrüßung die Hand schüttelten, fragten, ob sie das Vergnügen hätten, die zukünftige Herausgeberin des *Ledger* vor sich zu haben, antwortete Abbys Vater stets aus dem Hintergrund: »Ich glaube, Abby wird ein Stadtmädchen.« Die Entscheidung hatte immer bei Abby gelegen, und letztlich hatte sie die Wahl gehabt, entweder nach Longwood Falls zurückzukehren oder das Lebenswerk ihres Vaters mit ihm sterben zu lassen.

Ihre Mutter hatte Abby nicht direkt beeinflusst; sie hatte sich sogar geweigert, eine Meinung zu äußern. Aber als Abby ihrer Mutter am Morgen nach der Beerdigung mitgeteilt hatte, dass sie die Zeitung übernehmen wolle, hatte sie den Eindruck gehabt, als würde ihre Mutter befreit aufatmen, als wäre sie erleichtert, dass wenigstens ein Teil ihres Ehemannes Tom überdauern würde.

Und doch fragte sich Abby, was ihre Eltern einander bedeutet hatten. Als sie noch glaubte, sie und Sam Bachman würden sich eines Tages an derselben Küste niederlassen und zusammen alt werden, hatte Abby gedacht, sie hätte im Gegensatz zu ihrer Mutter einen Mann gefunden, der sich nicht scheute, seine Liebe zum Ausdruck zu bringen. Aber als sie dann schwanger geworden war und Sam sie hatte sitzen lassen, war ihr schlagartig klar geworden, wie sehr sie sich geirrt hatte.

Und auch wenn sie einen Mann kennen lernte, der willens schien, sein Leben mit einer allein erziehenden Mutter von 35 Jahren zu teilen, so scheute sich Abby, noch einmal von vorn anzufangen, um dann irgendwann, nachdem sie sich geöffnet hatte, wieder allein dazustehen.

An einem Wochenende in New York hatte Miranda ganz plötzlich sehr hohes Fieber bekommen und war innerhalb kürzester Zeit sehr schwach geworden, sodass Abby sie kurzerhand in eine Decke gewickelt hatte und mit ihr zum Dienst habenden Kinderarzt gefahren war, einem jungen, etwas zerzausten Doktor, von dem sie noch nie gehört hatte. Aber Nick Kelleher erwies sich als sanfter und freundlicher Arzt, der ein Antibiotikum verschrieb und Kind und Mutter gleichermaßen beruhigte. Am Montag hatte er angerufen, um sich nach Mirandas Befinden zu erkundigen, und am Dienstag hatte er sich dann wieder gemeldet, um zu hören, wie es Abby ging. Und so waren sie in Kontakt geblieben, erst in New York und später auch hier, anfangs nur um ein wenig zu plaudern, aber dann hatte er gemeint, er würde sie gern besuchen, er hätte gelegentlich ein freies Wochenende und die Landschaft im Norden des Staates gefiele ihm sehr gut. Ob es in der Nähe ein ordentliches Hotel gäbe, in dem er wohnen könne? Abby hatte natürlich stets geniale, unanfechtbare Ausreden parat, weshalb sie sich unmöglich mit ihm treffen könne, und es grenzte an ein Wunder, dass er nicht längst aufgegeben hatte. Es war nicht fair; es war nicht richtig. Aber sie konnte nicht anders.

Abby stützte die Ellbogen auf den Schreibtisch und rieb sich die Augen. Dann schenkte sie sich noch ein Glas Wein ein und langte wieder nach dem Recorder, neugierig, wie Claire mit ihrer eigenen Rückkehr nach Longwood Falls zurechtgekommen war.

Claire war wieder bei ihren Eltern in der Badger Street eingezogen, um ihre Mutter zu pflegen, aber sie schlief nicht mehr in ihrem früheren Kinderzimmer. Das war inzwischen Maureen Swifts Zimmer, die ein eigenes Bett brauchte, da sie sich nachts oft stundenlang herumwälzte. Claire schlief auf einem Gästebett im Wohnzimmer, und wenn sie ihre Mutter nachts vor sich hin murmeln oder weinen hörte, brachte sie ihr noch eine Schmerztablette oder einen in kaltes Wasser getauchten Waschlappen.

Ihre Mutter hatte ein ganz schockiertes Gesicht gemacht, als Claire aus Europa angekommen war. »Was hast du denn erwartet?«, hatte Claire gefragt. »Als ich Margarets Telegramm bekommen habe, konnte ich einfach nicht in England bleiben. Ich musste nach Hause kommen.«

»Aber ich habe Margaret ausdrücklich gesagt, sie soll dich nicht belästigen«, hatte ihre Mutter leise und mit einem Anflug von Ablehnung gesagt. »Ich habe ihr gesagt, dass du jetzt dein eigenes Leben führst – mit Martin – und du es so haben wolltest.«

Die Worte schmerzten, auch wenn das nicht ihre Absicht gewesen war; sie gaben in etwa das wieder, was Claire in ihrem Abschiedsbrief an ihre Eltern geschrieben hatte, den sie auf dem Küchentisch zurückgelassen hatte, bevor sie mit Martin fortgegangen war. Sie war 21 und hatte ein Recht auf ihr eigenes Leben, aber jetzt da ihre Mutter so krank war, hatte die Lage sich verkompliziert, und die Bedingungen schienen sich verschoben zu haben. Claires Leben erwartete sie in London, aber noch konnte sie nicht dorthin zurückkehren. Sie wollte bei Martin sein, konnte an nichts anderes denken, wenn sie nicht gerade von der Sorge um ihre Mutter in Anspruch genommen war –, aber sie hatte keine Wahl. Trotz der

Schwierigkeiten zwischen ihr und ihrer Mutter würde sie in Longwood Falls bleiben und sich um sie kümmern, so wie ihre Mutter sie versorgt hatte, als sie noch ein Kind gewesen war.

Manchmal ging es Maureen Swift in den folgenden Wochen die eine oder andere Stunde relativ gut, und in diesen Stunden spielte Claire mit ihr am Küchentisch Karten. Claire suchte im Radio auf der Fensterbank einen populären Sender und ließ »I've Got You Under My Skin« und »Mood Indigo« durch den Raum wehen wie eine leichte Brise. Mutter und Tochter sprachen miteinander, wie sie noch nie miteinander gesprochen hatten. Claire erzählte ausführlich von Martin.

»Ich kann nicht sagen, dass ich es gut finde, dass ihr beiden einfach so weggegangen seid, unverheiratet und alles. Also verlang das bitte nicht von mir«, sagte Maureen Swift nach einer Weile.

»Das werde ich nicht«, entgegnete Claire leise. »Aber sofern es dir etwas bedeutet, sollst du wissen, dass wir bald heiraten werden. Sobald ich wieder in London bin.« Das schien Maureen jedoch zu verstimmen, und Claire erkannte zu spät, wie unsensibel sie gewesen war. Natürlich wollte ihre Mutter nicht, dass sie nach London zurückkehrte; sie wünschte sich, dass Claire in der Nähe blieb, auch wenn sie es nicht aussprach. »Weißt du«, fuhr Claire fort, »Ich laufe nicht davon. Ich gehe nur dorthin zurück, um bei ihm zu sein. Es ist unser Zuhause geworden. Er hat eine großartige Stelle dort gefunden – genau die Art von Stelle, die er sich immer gewünscht hat –, und wir haben über dem Restaurant eine kleine Wohnung mit einem sonnigen Hinterzimmer, das ich als Atelier benutze. Ich habe Vorlesungen an der Tate belegt, bei einem überaus dynamischen Lehrer namens Paley. Letztens ist er nach dem Unterricht zu mir gekommen und hat gesagt, ich hätte wirklich Talent.«

Ihre Mutter hob den Kopf, und Claire sah, dass sie neben dem physischen Schmerz noch etwas anderes quälte. »Weißt du, Claire«, sagte sie, »ich hätte mir für dich weiß Gott ein anderes Leben gewünscht, aber da es nun einmal so gekommen ist und es sich nicht mehr ändern lässt, muss ich sagen, dass ich froh bin, dass er dich glücklich macht. Aber bist du auch sicher, dass du so weit weg von allem sein willst?«

»Nein«, entgegnete Claire nach einer Weile.

Still spielten sie eine Weile weiter und tranken von dem warmen Apfelwein, den Claire nach einem von Martins Rezepten zubereitet hatte. In der kleinen Küche duftete es nach Nelken und gerösteten Orangenschalen, ein Aroma, das alles andere ein klein wenig erträglicher machte. Schließlich legte ihre Mutter die Karten aus der Hand und sagte: »Ich weiß, warum du mit ihm weggegangen bist. Erst habe ich es nicht verstanden, aber jetzt schon.«

»Ja?«, sagte Claire nur.

»Erst dachte ich, du würdest nur vor uns davonlaufen«, fuhr Maureen Swift fort. »Vor unserer Familie, vor unseren nicht eben rosigen finanziellen Verhältnissen und davor, dass wir dir nicht viel bieten konnten. Es hat meine Gefühle verletzt, dass du ihn uns vorgezogen hast.« Sie holte tief Luft, als etwas in ihr einen Schub neuer Schmerzen verursachte. »Aber wenn ich dich jetzt ansehe, erkenne ich, dass du dich verändert hast. Du bist mit ihm gegangen, um dich entwickeln zu können. Hier wäre das unmöglich gewesen. Deine Schwester Margaret war vollauf damit zufrieden, Larry Benton zu heiraten und ein Haus drei Straßen weiter zu beziehen, als Sprechstundenhilfe zu arbeiten und diese entzückenden Zwillinge zu bekommen. Aber das war nicht der Weg, den du einschlagen wolltest, habe ich Recht?«

»Nein«, bestätigte Claire sanft.

»Ich werde es immer bedauern«, fuhr ihre Mutter fort, »aber du hast es getan, und jetzt bist du ein anderer Mensch, der mir entwachsen ist.«

Ihre Mutter hatte Recht; sie hatte sich verändert. Es war langsam und kaum merklich geschehen, praktisch über Nacht, während sie mit Martin oder an seiner Seite geschlafen hatte. Sicher war die Liebe ein Teil davon gewesen, denn in den Monaten, die sie zusammen in Europa gewesen waren, hatte sie zum ersten Mal in ihrem Leben wahre Intimsphäre kennen gelernt. Und in dem Schlittenbett in der Wohnung in Kensington, wenn sie sich mit Händen und Lippen liebkost hatten … da war dieses Gefühl noch stärker geworden und hatte alles andere verändert. Die Welt der Zweisamkeit, die sie sich nachts im Bett geschaffen hatten, hatte unaufhaltsam alles andere, was sie taten, durchdrungen. Letztlich brauchten sie nur sehr wenig. Sie hatten in den Hotels und Restaurants Europas ein unbeschwertes Leben geführt und dann später in London ein viel bescheideneres Dasein, doch die drastischen finanziellen Einbußen hatten im Grunde nichts geändert. Claire vermisste das Übermaß ihrer Anfangsmonate in Europa nicht, weder die flauschigen Handtücher noch das durchscheinende Porzellan oder die Zimmermädchen, die wie lautlose gute Geister ihre Zimmer in Ordnung hielten; im Grunde war ihr das alles zu viel gewesen. Ohne Geld konnte sie ganz offen zu ihm sein, frei. In den Jahren, in denen sie in Longwood Falls aufgewachsen war, war Claire vieles gewesen, aber ganz sicher nicht frei.

5. Januar 1953

Lieber Martin,

ich habe vom Jahreswechsel kaum etwas mitbekommen. Ich hatte gehofft, meiner Mutter würde es inzwischen besser gehen, aber leider ist dem nicht so. Der Arzt ist sehr besorgt. Gestern sind wir alle nach Albany ins Krankenhaus gefahren, wo weitere Tests durchgeführt wurden. Ich teile dir die Resultate mit, sobald ich sie weiß. Ich wünschte, ich könnte die Tage bis zu unserem Wiedersehen zählen, nur leider habe ich keine konkrete Zahl, von der ausgehend ich rückwärts zählen könnte. Ich kann dich immer noch riechen und deine Stimme hören. Manchmal wache ich auf dem schmalen Gästebett auf, auf dem ich im Wohnzimmer schlafe, und glaube im ersten Moment, du wärst bei mir. Aber natürlich bist du das nicht. Leider.

Claire

15. Januar 1953

Liebste C.,

Es tut mir so leid, dass der Gesundheitszustand deiner Mutter sich bislang nicht gebessert hat. Was die Untersuchungsergebnisse betrifft, drücke ich die Daumen. Heute habe ich für Duncan einen Vanillekuchen gebacken, der so köstlich und aromatisch war, dass er mich an deinen Geschmack erinnert hat. (Macht dich das verlegen? Ich hoffe nicht.) Ich werde dir kein Stück aufbewahren, da ich nicht damit rechne, dass du schon diese Woche heimkommst. Duncan hat gefragt, ob ich mir vorstellen könnte, dauerhaft hier zu bleiben – er hat angedeutet, dass ich das Restaurant zu meinem eigenen machen könne, wenn er geht, was wohl eher früher als später der Fall sein wird. Er träumt davon, ein anderes Restaurant zu eröffnen – etwas größer und nicht so exklusiv –, und zwar im Südwesten Englands, vielleicht in Exeter. Natürlich habe ich ihm erklärt, dass ich zuerst mit dir sprechen müsste. Glaubst du, du könntest in London glücklich werden? Das Hinterzimmer der Wohnung würde für immer dir allein gehören, und wir könnten nach Frankreich, Spanien und Italien reisen, immer wenn du wieder eine verstärkte Dosis dieses nackten David brauchst, der dich so erregt hat ... Denk darüber nach, wenn du ein wenig Zeit hast, Liebes, auch wenn du im Augenblick andere Sorgen hast. Ich bete, dass die Untersuchungsergebnisse gut ausfallen. Ich liebe dich.

Martin

17. Januar 1953

Lieber Martin,

ich habe beschlossen, nicht auf deinen Brief zu warten, bis ich mich wieder bei dir melde. Ich muss dir heute einfach schreiben, um dir zu berichten, was sich ereignet hat. Wir haben die Untersuchungsergebnisse meiner Mutter bekommen, und sie sind sehr schlecht. Offenbar haben sich Metastasen gebildet, und jetzt können die Ärzte nichts mehr für meine Mutter tun. Der Arzt hat gesagt, dass er versuchen wolle, ihr Erleichterung zu verschaffen, was bedeutet, dass sie starke Dosen Morphium bekommen wird. Sie ist nicht mehr sie selbst, sondern befindet sich in einem seltsamen Dämmerzustand. Es stimmt mich so traurig, dass ich meine Mutter, so wie sie früher war, nie wiederbekommen werde und dass es keine Möglichkeit gibt, ihr zu helfen. Mein armer Vater weiß nichts mit sich anzufangen. Er sitzt die ganze Zeit bei ihr und erzählt ihr leise von Dingen, die sich vor langer Zeit ereignet haben, als sie beide noch jung waren. Und wenn er ganz sicher ist, dass sie schläft, weint er.

BITTE tu jetzt nichts Dummes wie beispielsweise herzufliegen. Ich weiß, wie beschäftigt du im Restaurant bist, ganz zu schweigen, dass wir uns den Flug nicht leisten können und es mir ja im Grunde ganz gut geht.

In Liebe
Claire

CLAIRE STOP KOMME SOFORT STOP TROTZ ALLEM WAS DU GESCHRIEBEN HAST STOP MORGEN FRÜH IM PAVILLON STOP MARTIN

Martin traf verknittert und unrasiert von dem langen Flug aus London und der anschließenden langen Zugfahrt aus New York am Pavillon ein, aber es kümmerte ihn nicht, wie er aussah. In Longwood Falls hielten ihn sowieso alle für einen ausschweifenden Lebemann, jetzt entsprach er wenigstens äußerlich diesem Klischee. Als er aus dem Zug stieg und zu Fuß den Ort durchquerte, kam es ihm sonderbar vor, nach all den Monaten wieder hier zu sein. War es möglich, dass der Ort geschrumpft war, oder ließ die Vielfalt Europas die Stadt wie eine Miniatur erscheinen? Er spürte, wie ihn Nostalgie durchströmte. Doch dieses Gefühl war hauptsächlich mit Claire verbunden; Longwood Falls bedeutete ihm nur in Zusammenhang mit ihr etwas. *Diesen Weg sind wir oft gegangen, dachte er beispielsweise, und nur wenige Meilen die Straße hinunter befindet sich unser Motel, und dort ist der Baum, unter dem wir so oft gesessen haben*. Und natürlich: *Da ist unser Pavillon*.

Und da war er, und Claire wartete bereits auf ihn. Diesmal lächelte sie nicht. Ihr Gesicht war angespannt, beherrscht. Sie stand auf, als er die niedrigen Stufen hinaufstieg. »Ich habe dir doch geschrieben, dass du nicht kommen sollst«, sagte sie streng.

»Das muss ich vergessen haben. Und überhaupt, wie sollte ich dich in dieser Situation allein lassen?«

»Aber das Restaurant ...«, begann sie.

»Zum Teufel mit dem Restaurant«, schnitt Martin ihr das Wort ab. »Das ist jetzt unwichtig.«

Claire musterte ihn erschöpft. Er wusste, dass sie kaum noch schlief, dass sie sich rund um die Uhr um ihre Eltern kümmerte und außerdem den Haushalt versorgte. »Ich komme allein zurecht, Martin«, schalt sie. »Ich brauche keinen Babysitter.«

»Natürlich brauchst du jemanden, der sich um dich kümmert. So jemanden brauchen wir alle manchmal.«

»Nein«, beharrte sie. »Ich bin es, die gebraucht wird. Meine Mutter *braucht mich*, und darum bin ich hergekommen. Und mein Vater braucht mich auch.«

»Ich will mich dir nicht aufdrängen«, entgegnete er ruhig. »Ich möchte nur helfen, dir die Situation ein wenig zu erleichtern, wenn ich kann. Bitte, warum lässt du mich nicht ein wenig helfen.« Darauf breitete er einladend die Arme aus. Es entstand eine Pause, als würde sie überlegen, was zu tun war, dann trat sie steif vor ihn, als würden sie und Martin gleich anfangen zu tanzen.

»Übrigens, du riechst furchtbar«, sagte Claire. »Und deine Bartstoppeln kratzen wie Sandpapier.«

»Ich werde baden und mich rasieren, sobald ich kann«, entgegnete er. »Ich bin im Lookout abgestiegen – Zimmer 18 natürlich. Aber darf ich vielleicht zuerst mit zu deinen Eltern kommen, um sie zu begrüßen?«

Sie rückte ein wenig von ihm ab und musterte ihn. »Ich bezweifle, dass sie dich sehen wollen, Martin.« Nach kurzem Zögern fuhr sie fort. »Ich meine, du bist nicht der Feind, aber sie sind auch nicht begeistert. Sie haben erkannt, dass sie mich nicht daran hindern können, auf einem anderen Kontinent ein exzentrisches Leben in Sünde mit einem Mann aus einer anderen Gesellschaftsschicht zu führen. Darum haben sie sich damit abgefunden – oder haben es zumindest versucht.«

»Dann lass mich zu euch nach Hause kommen«, bat er erneut.

Claire zögerte noch einen Moment, ehe sie schließlich nachgab. »Also gut. Du kannst kommen.«

Am Abend kehrte er in die Badger Street zurück und kochte in der winzigen Küche der Swifts eine Gemüsesuppe für Claires Mutter. Er verwendete die besten Zutaten, die er in der kurzen Zeit hatte auftreiben können, fügte einige Kräuter hinzu, denen heilende Kräfte nachgesagt wurden, und pürierte das Ganze, bis es so sämig war wie Babybrei. Maureen, die Tage nichts mehr hatte bei sich behalten können, vertrug Martins Suppe erstaunlicherweise sehr gut. Als Martin hereingekommen war, waren Claires Eltern misstrauisch und steif gewesen, aber nach einer Weile, nachdem Martin das Kommando über die Küche übernommen hatte, hatte ihre Ablehnung etwas nachgelassen.

Er kam jeden Morgen und kochte in aller Stille für Claires Mutter, wobei er Gerichte zubereitete, die alle gleich breiig waren in ihrer Konsistenz, sich aber geschmacklich stark unterschieden: Suppen, Getreide, Rüben-, Pastinak-, Süßkartoffel- und Lauchpüree. Für den Rest der Familie machte er Eiscreme. Martin verbrachte unzählige Stunden in der kleinen, schlecht ausgestatteten Küche, um für Claires Mutter zu kochen, die ihn von Anfang an abgelehnt hatte, und der seine Beziehung zu ihrer Tochter nie gepasst hatte Abends kehrte er zurück ins Lookout Motel und schlief allein in dem durchgelegenen Bett, das schon glücklichere Stunden des jungen Paares gesehen hatte.

Eines Nachmittags Ende März rief Maureen Swift nach ihrer Tochter, die gerade eine Schale Hühnerbrühe in der

Hand hatte, die Martin eben zubereitet hatte. Claire stellte die heiße Suppe ab und eilte zu ihr.

»Mutter«, sagte sie und setzte sich auf den Stuhl neben dem Bett. »Kann ich dir helfen?«

Ihre Mutter wandte den Kopf und musterte sie mit glasigem Blick. »Claire«, sagte sie mit belegter, fremder Stimme. »Wirst du wieder mit ihm zusammen fortgehen?«

Claire wusste nicht, was sie darauf erwidern sollte; sie und Martin hatten nicht von der Zukunft gesprochen. Sie hatten dieses Thema einfach vorübergehend ad acta gelegt und sich ganz auf die Gegenwart konzentriert. »Ich weiß es nicht«, entgegnete sie.

»Würdest du warten, bis dein Vater sich gefangen hat, bevor du gehst?«, bat ihre Mutter sie. »Würdest du dich um ihn kümmern? Ich mache mir solche Sorgen, dass er völlig zusammenbricht, wenn er ganz allein auf sich gestellt ist.« Claire nickte. Dann wurde Maureen Swifts Stimme leiser, und sie klang abwesend. Sie sprang von einem Thema zum nächsten: ein bestimmtes Gingham-Kleid aus ihrer Kindheit, ihr erstes Rendezvous mit Claires Vater, ein Sturm, der 1932, in Claires Geburtsjahr, den Gartenzaun umgeweht hatte. »In dieser Nacht war überall Wasser«, sagte ihre Mutter kaum hörbar. »Es goss Stunde um Stunde in Strömen. Ich dachte, es würde nie mehr aufhören, und dein Vater ging ohne Regenmantel, Stiefel oder Hut hinaus in das Unwetter und sammelte die Zaunlatten ein, die auf die Straße geweht worden waren. Ich erinnere mich noch, dass er ein rot kariertes Hemd trug.«

Dann erstarb Maureen Swifts Stimme, wurde leiser und leiser, als würde sie sich langsam einen langen Flur hinunter entfernen. *Oh Mutter,* dachte Claire und schluchzte still, als ihre Mutter das Gesicht zur Wand drehte und die Augen schloss. Du bist es, die mich verlässt, und nicht umgekehrt.

Nach Maureen Swifts Tod war deutlich, dass Claire weiterhin gebraucht wurde. Der Tod seiner Frau hatte Lucas Swift völlig aus der Bahn geworfen; es fiel ihm schwer morgens aufzustehen und seiner Arbeit bei *Swift Maintenance* nachzukommen. Claire musste ihn jeden Tag von neuem fast gewaltsam aus dem Schlaf reißen, ihm Kaffee kochen, passende Socken herauslegen, dafür sorgen, dass er auch das richtige Werkzeug zu den jeweiligen Arbeiten mitnahm, und darauf achten, dass er abends etwas aß, wenn er heimkam. Lucas Swift befand sich in einer Art Schockzustand und gab sich keine große Mühe, dagegen anzugehen. Stattdessen saß er lange Stunden auf der winzigen Veranda, drehte Zigaretten und starrte auf den kleinen Garten hinter dem Haus. Er schien kaum etwas von dem wahrzunehmen, was um ihn herum vorging. Martin hielt sich immer noch tagsüber im Haus auf und half Claire, wo er konnte. Lucas schien sich nicht daran zu stören. Manchmal fragte sich Martin, ob Claires Vater seine Anwesenheit überhaupt bewusst registrierte.

Eines Abends, als Claire gerade abwusch und Martin in das Motel zurückkehren wollte, blickte Lucas von seinem Stuhl auf der Veranda auf und sprach ihn an.

»Was hast du für Pläne mit meiner Tochter?«, fragte er.

Dieser Kommentar war für Martin eine Überraschung, vor allem deshalb, weil er bewies, dass Lucas offenbar über Claires Leben und Zukunft nachgedacht hatte. »Ich möchte sie heiraten, sobald wir wieder in London sind.« Dann fügte er eilig hinzu: »Natürlich würden wir uns riesig freuen, wenn Sie zur Hochzeit kämen. Wir würden sicher einen Weg finden, sie rüberzuholen.«

Lucas Swift schüttelte ungeduldig den Kopf. »Ich werde dieses Haus nicht verlassen, und ich denke, das weißt du auch.«

Ja, das wusste Martin; Claires Vater war nicht der Typ, der aus seiner Alltagsroutine ausbrach, schon gar nicht jetzt, nach dem Tod seiner Frau.

»Und wann wirst du mir die Kleine entführen?«, fragte Lucas weiter.

»Sie entführen? Mr. Swift, ich zwinge sie zu nichts. Ich meine, sie möchte es auch. Sie ist 21. Was das Wann betrifft, weiß ich das selbst nicht so genau. Wann immer Claire so weit ist. Wenn hier alles in Ordnung ist.«

»Aha. Und wann wird das sein? Wird sie mich diesmal vorher informieren, oder wieder eine Nachricht auf dem Küchentisch hinterlassen und bei Nacht und Nebel davonlaufen?«

Martin blickte betreten zu Boden. Claires Vater war immer noch wütend auf ihn, weil er Claire aus einem Lebensstil herausgerissen hatte, den sie seiner Meinung nach nie hätte in Frage stellen dürfen. Der einzige Grund, weshalb sie nach Hause gekommen war, war ein tragisches Ereignis. Wären Krankheit und Tod ihrer Mutter nicht gewesen, würde sie jetzt immer noch mit Martin in der sonnigen Wohnung über dem kleinen, aber feinen Restaurant in London leben, sie würde Bildhauerei studieren und mit Martin ein Bett teilen. Alles in allem würde sie ein Leben führen, das ihr Vater sich nicht einmal ansatzweise vorstellen konnte oder wollte. »Ich bedaure aufrichtig, dass ich Sie und Ihre Familie so unglücklich gemacht habe«, sagte Martin schließlich. »Das war ganz sicher nicht meine Absicht.«

Nach einer Weile nickte Lucas, er schien die Entschuldigung widerwillig anzunehmen. Aber Martin ging das Gespräch nicht mehr aus dem Kopf. Wann würde Claire so weit sein, mit ihm nach London zurückzukehren? Es gab immer etwas Neues für sie zu tun: ein Hemd ihres Vaters, das geflickt werden musste, Rechnungen für die Firma schreiben, ihm nach dem Abendessen Gesellschaft leisten, um die anstehende Nacht erträglicher zu machen, nur um ganz sicher zu sein, dass er sich nicht allzu einsam fühlte als alter Mann ohne die Frau, die er vor so langer Zeit geheiratet hatte.

Weder Martin noch Claire sprachen diesen Punkt direkt an. Ihr Zuhause war in Kensington, in der Nähe der Gärten, die Peter Pan in einem alten Märchenbuch besucht hatte, in der Wohnung im ersten Stock 17 Dobson Mews. Sie hatten sich beide sehr wohl gefühlt dort, ihnen hatte die Vorstellung gefallen, dass sie dort bleiben würden, nachdem das Schicksal sie dorthin verschlagen hatte. Aber jetzt war die Wohnung verriegelt und leer, und die Laken auf dem großen Bett waren kalt. Keiner von ihnen beiden wusste, wann sie wieder dort leben würden.

Martin sagte Claires Vater gute Nacht und kehrte für die Nacht zurück zum Lookout Motel. Am Morgen, als er sicher sein konnte, dass Lucas nicht mehr da war, kehrte er in die Badger Street zurück, klopfte und fragte Claire, ob er hereinkommen dürfe. Er war innerlich noch sehr aufgewühlt von der Unterhaltung des Vorabends und musste sie sofort sprechen. Sie bügelte einen ganzen Stoß Hemden ihres Vater. Das Bügelbrett stand in der Mitte des Wohnzimmers, und ein frischer, sauberer Duft stieg von den Hemden auf, wenn das heiße Dampfbügeleisen über den Stoff glitt. »Das, was passiert, macht mir Angst«, sagte er.

»Wie meinst du das?«, fragte sie, aber natürlich wusste sie das sehr gut. Aber sie fuhr scheinbar unberührt fort, methodisch die Hemden ihres Vaters zu plätten.

»Es geht um uns. Ich komme mir ein wenig albern vor, es überhaupt anzusprechen, aber ich kann einfach nicht anders als mir Sorgen zu machen. Unser Leben in Europa – alles, was wir getan haben, was wir gesehen haben, die Speisen, die wir gekostet haben, die Zugfahrten und das Gefühl der Zusammengehörigkeit – langsam kommt es mir vor, als wäre das nur ein Traum gewesen. Wie sagte man auf Französisch, wenn zwei Menschen denselben verrückten Gedanken haben? *Folie à deux*. Aber wir haben uns das alles nicht ausgedacht, und es ist nicht verrückt.« Er legte eine kurze Pause ein und musterte sie aufmerksam. »Ich glaube, ich möchte von dir hören, dass wir wieder zusammen sein werden. Ich möchte Gewissheit haben.«

Claire stellte vorsichtig das Bügeleisen ab und blickte zu ihm auf. Über das schmale, wacklige Bügelbrett hinweg schauten sie einander an.

»Mein Vater braucht mich«, entgegnete Claire. »Du hast ihn doch gesehen, Martin; er gleicht einem Schiffbrüchigen. Ohne mich würde er sterben.«

»Dann bleibe ich auch hier.«

»Hier? Wovon redest du?«

»Ich werde unbezahlten Urlaub nehmen und Duncan

klar machen, dass ich eine Weile in den Staaten bleiben muss.«

»Aber wir werden hier nicht zusammen leben können: Wir sind nicht verheiratet, wie du ja sicher noch wissen wirst.«

Martin antwortete nicht gleich. Er hätte sagen können: Dann fahren wir eben jetzt sofort nach New York und heiraten, also hol deinen Mantel. Aber das tat er nicht. Das waren harte Zeiten, kaum der richtige Augenblick zum Feiern. Sie hatten nichts Eigenes, so wie es hätte sein sollen. Es war nicht der richtige Zeitpunkt zum Heiraten, und das wussten sie beide.

»Ich werde in der Stadt bleiben, und wir machen das Beste draus«, sagte er also nur. »Es wird schon irgendwie gehen.«

»Und wo willst du arbeiten?«, fragte Claire. Sie selbst hatte angefangen, bei *Swift Maintenance* ein wenig auszuhelfen, indem sie einige leichtere Arbeiten ausführte, Telefonate übernahm und Rechnungen verschickte, Aufgaben, die ihr Vater bis dato ganz selbstverständlich nebenbei erledigt hatte und die ihn inzwischen überforderten.

»Ich werde mich in verschiedenen Restaurants der Gegend vorstellen und sie um Arbeit anbetteln. Ich werde ihnen sagen, ich wäre ein verzweifelter Mann.«

»Aber das bist du nicht«, stellte sie fest.

Er lächelte. »Ich weiß. Es gefällt mir nur, wie es klingt.« Er legte eine kurze Pause ein. »Irgendjemand wird mich schon einstellen, Claire. Ich meine, ich bin gepflegt, anständig und habe immerhin drei Jahre in Princeton studiert. Ich könnte Oden aus meiner Einführung in die Poesie vortragen.«

»Oden«, Claire lächelte. »Das hilft dir sicher weiter.«

Sie kam um das Bügelbrett herum, zog ihn an sich, schlang die Arme um ihn und schmiegte sich an seine vertraute Brust.

Kapitel VIII

In der folgenden Woche borgte sich Martin einen der Lieferwagen von *Swift Maintenance* und sprach nacheinander bei den Managern der vier gehobenen Restaurants der Gegend vor: dem Glissando, einem italienischen Restaurant in Bright Valley, etwa 20 Meilen von Longwood Falls entfernt; im Public House etwa 30 Meilen nördlich der Stadt; im Columbine, einem kleinen und überteuerten Restaurant undefinierbarer Küche 42 Meilen die Route 9 hinauf, sowie in seiner Verzweiflung auch in der Orangerie mit Blick auf das achte Loch, dem Restaurant, das zum Longwood Golf Club gehörte, in dem Martin und seine Eltern früher sonntagmittags klebrige Hähnchen-Topfpasteten gegessen hatten. Aber niemand wollte ihn einstellen. Offenbar hatte jedes Restaurant bereits einen Anruf von Ash Rayfiel erhalten, dem Gerüchte zugetragen worden waren, denen zufolge sein Sohn in der Stadt sei und Arbeit als Koch suche. Ash beschloss, Martin das Leben schwer zu machen, indem er die Restaurantbetreiber entweder schmierte oder einschüchterte. Er vertrat den Standpunkt, dass man nicht einfach sein Studium in Princeton hinschmeißen, ein Familienerbstück verkaufen (auch wenn es einem gehörte), sich nach Europa absetzen und mit einer Frau einer unteren Gesellschaftsschicht dort in Sünde leben konnte, ohne damit rechnen zu müssen, dass dieses unverantwortliche Verhalten Konsequenzen hatte, wenn man schließlich doch heimkehrte.

Tatsächlich war nichts vergeben und vergessen; obgleich Martin seinen Vater seit seiner Rückkehr kein einziges Mal gesehen hatte, setzte sich der stille Krieg fort. Als er schließlich erkennen musste, dass er in der Nähe von Longwood Falls keine Stelle bekommen würde, wandte Martin sich ans Longwood Diner, ein schäbiges Schnellrestaurant mit defektem Neonschild, Sitzen, deren alte rote Kunstlederbezüge mit isolierband geflickt waren, und Menükarten in schmutzigen Plastikhüllen. Die Gäste waren Einheimische, Trucker und Teenager, die auf ihren Spritztouren auf ein Malzbier vorbeischauten. Die Qualität der Speisen war ziemlich schlecht; in der kleinen, glutheißen Küche wendete ein gleichgültiger Koch tiefgefrorene Hamburger auf einem hoffnungslos verkrusteten Grill. Martin betrat das Restaurant und bat um ein Gespräch mit dem Manager, dem er dann seine Kocherfahrung vortrug sowie dass er sofort Arbeit bräuchte. Es kam ihm wie ein Wunder vor, als der Manager, ein übergewichtiger Mann mit öligem Haar, der die Kasse bediente und dabei im Radio Pferderennen verfolgte, ihn auf der Stelle engagierte. Ash Rayfiel hatte nicht daran gedacht, den Manager des Schnellrestaurants anzuweisen, seinen Sohn unter keinen Umständen einzustellen. Offenbar hatte Ash nicht damit gerechnet, dass Martin sich so weit herablassen könnte, in einem solchen Lokal zu arbeiten.

Martin und der Manager besiegelten die Abmachung per Handschlag, und Martin band sich eine Schürze um, die bereits diverse Flecken undefinierbaren Ursprungs aufwies. In der Küche duftete es bald nach Fleisch und Pommes Frites, nachdem Martin sich dankbar ans Werk gemacht hatte.

Tagein, tagaus stand er in seiner schmutzigen Schürze am Grill der primitiven Küche und nahm die ellenlangen Bestellungen der Bedienungen entgegen. Nach der Arbeit fuhr Martin in der Rostlaube, die er billig erstanden hatte, zurück zum Motel, duschte schnell, um die Küchengerüche loszuwerden, und traf sich anschließend mit Claire. Sie unternahmen gemeinsam lange Spaziergänge, küssten sich in den dunkelbraunen Sitzen des Filmtheaters oder zogen sich in sein Motelzimmer zurück und legten sich zusammen aufs Bett. Martin war ständig erschöpft, was nicht nur daran lag, dass er härter arbeitete als je zuvor, sondern auch daran, dass ihm seine Arbeit keine Freude bereitete. Zwar gab es in dem Restaurant hervorragende Shakes, sämig und dickflüssig, mit kleinen schwarzen Punkten, die von echtem Vanillemark herrührten –, aber die Mitarbeiter des Lokals hatten eine starre und unkreative Einstellung zum Kochen. Eines Tages, als Martin versuchte, den Hackbraten zu verfeinern, indem er Orangenmarmelade und Dijon-Senf unter das Hackfleisch mischte, wurde er von einer der Bedienungen, einer missmutigen Frau mit puppenhaft toupiertem blonden Haar, dabei beobachtet, und sie beschwerte sich prompt. »Unsere Gäste mögen ihr Essen schlicht und einfach«, sagte sie. »Also versuch so was nicht noch mal.«

Er wurde nicht geschätzt, und die einseitige Küche konnte ihm nichts mehr beibringen. Seine Talente lagen brach, ebenso wie Claires. Anstatt ihre bildhauerischen

Fähigkeiten weiterzuentwickeln, jobbte sie in der Firma ihres Vaters und hielt das bescheidene Häuschen sauber. Wenn sie und Martin abends endlich zusammen waren, waren sie beide gleichermaßen müde und erschöpft, sodass es gelegentlich auch vorkam, dass sie einander angifteten. Einmal übte sie heftige Kritik an einem Hemd, das er trug, und meinte, das Muster wäre geradezu grotesk und allein von dem Anblick würde ihr ganz schwindlig. Ein anderes Mal hielt er ihr vor, sie würde ihn zu Tode langweilen, als sie ausschweifend von etwas erzählte, das sich in der Firma ihres Vaters zugetragen hatte. Nach solchen unschönen Szenen entschuldigten sie sich beide jedes Mal überschwänglich. Etwas hatte sie befallen, eine Unzufriedenheit und das sichere Gefühl, dass das, was gerade mit ihnen geschah, falsch war. Sie sollten zusammen sein, längst verheiratet und auf ihrer eigenen schwimmenden Insel in einer Stadt weit weg von Longwood Falls, ganz mit sich selbst und ihrer Zukunft beschäftigt: Liebe, Babys, endlose Gespräche vor dem Einschlafen, das Gefühl, zusammen alt zu werden. Mehl und Gewürze, Ton und Wasser – das sollten eigentlich die Inhalte ihres Lebens sein. Was ist nur geschehen?, fragten sie sich beide mit einer Trauer und Verwirrung, die sie nicht in Worte fassen konnten.

»Das jetzt ist eine sehr seltsame Zeit«, flüsterte Martin ihr eines Abends zu, als sie im Motelbett unter der blauen Decke lagen. Sie hatten gerade miteinander geschlafen, aber Claire war nicht bei der Sache gewesen, ihre Augen so verschwommen wie Rauch.

»Ja«, sagte sie. »Das ist es.«

»Ich wünschte, du könntest mit mir zurück nach London kommen. Kann deine Schwester nicht mehr tun? Ich meine, findest du nicht, dass du genug getan hast? Du brauchst ja nicht gleich die Heilige Claire zu spielen.«

Er bereute die Worte, sobald sie heraus waren. Sie musterte ihn kühl, noch distanzierter als zuvor. »Ich halte mich keineswegs für die Heilige Claire. Aber offensichtlich hast du keinen Schimmer, was Verpflichtung gegenüber der eigenen Familie heißt. Seine Eltern zu lieben und ihnen helfen zu wollen. Du weißt nicht, was das ist. Und um deine Frage zu beantworten, nein, ich habe noch nicht genug getan, begreifst du das nicht?« Hierauf entstand eine unangenehme Stille zwischen ihnen; er wusste nicht, was er erwidern sollte. »Nein«, fuhr sie fort, »wohl nicht.«

Martin wurde klar, dass sie in diesem Punkt immer sehr verschieden sein würden; sie war erfüllt von einem sehr ausgeprägten Gefühl der Verpflichtung ihrer Familie gegenüber, ihm hingegen war seine Familie völlig gleichgültig. Jegliches Gefühl der Verantwortung seinerseits war von Ärger überdeckt worden. Erst wenn sie eigene Kinder hatten, würden sie sich in dieser Hinsicht einander annähern.

Tatsächlich bewunderte Martin ihre unerschütterliche Opferbereitschaft und Treue, Charakterzüge, die auch ihre Beziehung festigten. Sie gehörte zu ihm, das wusste er. Sie war ein schönes Mädchen, das in Italien manch abschätzigen Blick auf sich gezogen hatte: ›Sehr hübsch. Lange, schlanke Beine, die Brüste nur eine Idee zu klein, aber ein makelloses Gesicht, und diese Augen ...‹ Die Italiener hatten sich nicht daran gestört, dass sie immer Arm in Arm mit Martin ging; sie hatten sie offen und schmachtend angesehen und ihn einfach ignoriert. Aber sie hatte ihnen nie auch nur die geringste Beachtung geschenkt, nicht einmal den attraktiven schmalhüftigen Playboys, die den ganzen Tag auf den Piazze verbrachten, als hätten sie nichts Besseres zu tun als dazusitzen, während die Eiswürfel in ihren Gläsern schmolzen.

Sie gehörte ihm, aber eben nicht ausschließlich, und er konnte ihr nicht ausschließlich gehören. Er entschuldigte sich für seine unsensible Bemerkung. »Natürlich weiß ich, dass du nicht jetzt gleich mit mir nach London zurückkommen kannst«, sagte er. »Es ist nur so frustrierend, bitte vergiss, was ich gesagt habe.« Er versprach, in Zukunft geduldiger zu sein, früher oder später würde schon wieder alles so werden, wie es sein sollte. Dann lagen sie schweigend in Zimmer 18, und er dachte an das erste Mal, als sie hergekommen waren, daran, wie er ihr ein Omelett gebraten hatte, nachdem sie sich geliebt hatten. An jenem Tag hatten sie es hungrig verschlungen. Ihm fiel auf, dass diesmal keiner von ihnen Appetit hatte.

Im Laufe der Wochen konnte Lucas Swift in seinen klaren Momenten nicht übersehen, wie unglücklich seine Tochter und Martin inzwischen waren. Das Longwood Diner war kein Ort für jemanden wie Martin. Wenn er doch nur eine Stelle in einem guten Restaurant finden oder sein eigenes Restaurant eröffnen könnte. Aber Martin hatte kein Geld, wie Claire ihrem Vater erklärt hatte, ein Thema, zu dem Martin selbst sich jedoch nie äußerte. Er hatte diesen Zustand akzeptiert und machte keinerlei Anstalten, sich gegen die illegalen Machenschaften seines Vaters zur Wehr zu setzen.

Spät an einem Samstagnachmittag im April, als Claire auf einer Farm in der Nähe war und Instandsetzungsarbeiten an einer Scheune überwachte, die von *Swift Main-*

tenance durchgeführt wurden, und Martin im Diner panierte Hähnchenteile in siedendes Öl tauchte, stieg Lucas Swift in seinen Truck mit der Aufschrift *SWIFT MAINTENANCE* auf der Seite und steuerte einen Ort an, den er immer möglichst gemieden hatte, ein Viertel mit großen Villen und noch größeren Gärten, das jedoch von Kleingeistern bevölkert wurde: The Crest.

Das Hausmädchen, das ihm die Haustür der Rayfiels öffnete, musterte ihn abschätzig von Kopf bis Fuß und sagte dann: »Der Dienstboteneingang ist hinten.« Hierauf wollte sie die Tür wieder schließen, aber Lucas ließ sich nicht abwimmeln.

»Ich bin nicht geschäftlich hier«, sagte er. »Ich möchte Mr. Rayfiel sprechen. Sagen Sie ihm, Lucas Swift wäre hier. Claires Vater«, fügte er nach kurzer Überlegung hinzu.

Das Mädchen machte immer noch ein zweifelndes Gesicht; offensichtlich glaubte die junge Frau nicht, dass Ash Rayfiel in irgendeinem Bezug zu diesem drahtigen alten Arbeiter stehen könnte, der die Dreistigkeit besaß, auf der Schwelle zu stehen, als gehöre er hierher. Aber da Lucas hartnäckig blieb, nickte sie schließlich und entschwand den langen Marmorflur hinunter.

Kurz darauf saßen sich die beiden Männer angespannt in Ash Rayfiels Büro gegenüber. Vor vielen Jahren, lange bevor Claire und Martin sich kennen gelernt hatten, war Lucas beauftragt worden, für die Rayfiels eine Gartenmauer zu errichten, und als es dann ans Bezahlen gegangen war, hatte der Buchhalter der Rayfiels erklärt, die Arbeit sei nicht ordentlich ausgeführt worden, und ihm nur die Hälfte der vereinbarten Summe gezahlt. Lucas war ebenso verblüfft wie zornig gewesen, da die Mauer entlang des weitläufigen Gartens tadellos war, die Steine symmetrisch und sauber verfugt. Er hatte nie erfahren, ob Martins Vater persönlich hinter der willkürlichen Honorarkürzung steckte, aber er war sich ziemlich sicher, dass dem so war. Sämtliche Handwerker in Longwood hassten Ash Rayfiel. Und so hatte Lucas, als Claire ihm Jahre später eröffnet hatte, dass sie in Ashs Sohn verliebt sei, einen irrationalen Zorn verspürt bei der Erinnerung an die nur zur Hälfte beglichene Rechnung für die Gartenmauer.

Aber nun da er Martins Vater an dessen Schreibtisch gegenübersaß, dachte er nicht an die Mauer oder die Rechnung. Er dachte nur an Claire.

»Was darf ich Ihnen zu trinken anbieten?«, fragte Ash.

Lucas schüttelte den Kopf. »Nichts, danke«, entgegnete er steif. Ash zuckte die Achseln und griff nach der birnenförmigen Karaffe. Er schenkte sich einen großzügigen Whisky ohne Wasser oder Eis ein und nahm einen kräftigen Schluck.

»Martin sagt, Sie hätten sein Geld gestohlen«, begann Lucas nervös.

Ash warf ihm über den Rand seines Glases hinweg mit hochgezogener Braue einen spöttischen Blick zu. »Nun, es lag bei mir, dieses Geld zu geben, und es lag bei mir, es zurückzunehmen.«

»Er macht eine schwere Zeit durch«, fuhr Lucas fort. »Normalerweise wäre mir das gleichgültig. Normalerweise würde ich sagen, gut, er hat es nicht anders verdient. Er hat – ohne Trauschein – ein halbes Jahr mit meiner Tochter in Europa gelebt. Aber inzwischen halte ich ihn für einen anständigen Kerl, Mr. Rayfiel. Das sind sie beide. Sie sind jung; sie wollen nur ein wenig Glück.«

»Wollen wir das nicht alle«, entgegnete Ash trocken.

»In den Restaurants der Umgebung wollte ihn niemand einstellen«, fuhr Lucas fort. »Er hatte den Eindruck, dass Sie dahinter stecken.« Als Ash hierzu nichts sagte, fuhr Lucas fort. »Wenn er Arbeit fände, die für ihn eine Herausforderung darstellt, oder sein Geld zurückbekäme, sodass er sein eigenes Restaurant eröffnen könnte …«

»Zwischen Martin und mir bestand eine unausgesprochene Abmachung«, fiel Ash Lucas ins Wort. »Ich wollte ihm zu seinem 21. Geburtstag eine gewisse Summe Geldes zur Verfügung stellen, nicht, weil er mein Sohn war, sondern weil er meine Firma leiten sollte. Hüte. Das Geld war nicht für eine Existenzgründung gedacht, sondern als Startkapital, um ihm die Möglichkeit zu geben, mit seinem Eintritt in die Firma auch privat auf eigenen Füßen zu stehen.« Er legte eine kurze Pause ein. »Aber Martin zog es vor, nicht in die Hutbranche einzusteigen. Er findet es lachhaft, sein Leben auf die Herstellung von Hüten zu verwenden. Ich schätze, er hält mich für einen lächerlichen, boshaften alten Mann.« Ash Rayfiel holte tief Luft. »Nein, ich habe sein Geld nicht gestohlen. Ich habe es lediglich zurückgezogen.«

»Und wenn dieses Geld den entscheidenden Unterschied macht zwischen Glück und Unglück?«

Ash Rayfiel spielte mit seinem Glas. Er schob es von rechts nach links und schließlich zurück auf den ursprünglichen feuchten Rand auf dem Tisch. »Was Sie offenbar nicht wissen, ist, dass er mich bestohlen hat.«

Lucas Swift antwortete nichts darauf.

»Er hat das Familienwappen an sich genommen«, fuhr Ash fort. »Ein Erbstück, das ein Jahrhundert lang im Besitz meiner Familie war. Glücklicherweise habe ich diesen Monat Nachricht von einem aufmerksamen Juwelier in Amsterdam erhalten, der einige Erfahrung hat mit Gegenständen, die ihren rechtmäßigen Eigentümern abhanden gekommen sind. Er recherchierte gründlich, wer wohl der rechtmäßige Eigentümer dieses Gegenstandes wäre, und er und ich gelangten zu einer akzeptablen Übereinkunft. Das Geld bedeutet mir nichts, und auch nicht Sentimentalität. Wohl aber die Unehrlichkeit.«

»Er behauptet, das Wappen hätte ihm gehört«, bemerkte Lucas knapp.

»Oh ja, sein Großvater hat es ihm in einem schwachen Moment zur Geburt geschenkt, allerdings in der stillschweigenden Annahme, dass es im Familienbesitz bleibt. Dass es ausgestellt wird. Dass er sich benimmt wie ein verdammtes stolzes Mitglied der Familie Rayfiel.« Ash leerte sein Glas und lächelte dünn. »Das alles macht mir keinen Spaß, wissen Sie. Ich wünschte, mein Sohn wäre anders. Ich vermisse den entzückenden kleinen Jungen in grauen Flanellhosen und mit der Mütze auf dem Kopf, der mir in der Fabrik Löcher in den Bauch gefragt hat über die ›Kempen‹.« Er blickte zu Lucas auf. »Krempen.« Er lächelte in sich hinein, aber gleich darauf wich das Lächeln etwas Hartem, Unbeugsamen. »Ich wünschte, mein Sohn wäre anders«, sagte er noch einmal. »Ich wünschte, meine Frau würde nicht schon vor dem Mittagessen anfangen zu trinken. Ich wünschte, das Geschäft wäre interessanter. Aber man muss mit den Karten spielen, die man bekommt, und wenn einem die Spielregeln nicht gefallen, dann steigt man aus und schaut nicht zurück. Aber das hat Martin getan, und ich kann weder daran etwas ändern noch daran, wer er ist oder wer ich bin. Ich kann auch nichts daran ändern, wie interessant oder uninteressant Hüte sind.«

Als hätte Ash Rayfiels Whisky die Funktion einer Eieruhr gehabt, war Lucas' Zeit abgelaufen, sobald das Glas geleert war. Ash erhob sich. Lucas tat es ihm gleich. Die beiden Männer gaben sich nicht die Hand. Ash öffnete schlicht die Tür, und Lucas ging hinaus, und als er den langen Flur hinunterging, hatte er Mitleid mit Martin, der hier hatte aufwachsen müssen, umgeben von solchem Prunk und solcher Gleichgültigkeit.

Als Claire an diesem Abend in ihrem Zimmer Wäsche faltete und sich bettfertig machte, kam Lucas Swift zu ihr. Er blieb in der Tür stehen. »Claire«, sagte er bestimmt, »ich muss dich sprechen.«

»Natürlich«, entgegnete sie. »Ist alles in Ordnung?«

«Du und Martin«, sagte er, ihre Frage übergehend. »Ich möchte, dass ihr zusammen nach London zurückgeht. So bald wie möglich.«

Claire verschlug es die Sprache. »Wie meinst du das?«, fragte sie. »Warum willst du, dass wir abreisen?«

»Hier in Longwood Falls werdet ihr nie glücklich«, sagte er.

»Woher willst du das wissen?«

»Ich habe mit seinem Vater gesprochen.«

Claire klappte die Kinnlade herunter. »Du hast mit ihm gesprochen?«, rief sie aus. »Martin wird sehr wütend sein.«

»Ich wollte wissen, ob dieser Mann je einlenken würde«, erklärte Lucas. »Wird er nicht. Er ist stocksauer auf seinen Sohn, und der Hass wird ewig weiterlodern, Claire. Darum möchte ich, dass ihr von hier weggeht.«

»Aber was ist mit dir?«

»Ach, ich komme schon zurecht.«

»Ich mache mir Sorgen um dich. Ob du allein klarkommst.«

»Es besteht kein Grund zur Sorge«, entgegnete er, wobei seine Stimme allerdings völlig ausdruckslos klang.

In dieser Nacht glaubte Lucas Swift im Schlaf Maureen nach ihm rufen zu hören. Einen wirren Augenblick lang dachte er, sie lebe noch und schlafe drüben in Claires Zimmer. Er sprang im Dunkeln aus dem Bett und stürzte hinaus auf den Flur, wo er über einen kleinen Tisch stolperte und fiel, wobei er sich eine böse Knöchelverstauchung zuzog. Claire die den Aufprall gehört hatte, eilte sofort herbei.

»Oh Dad«, rief sie, knipste das Licht an und kniete neben ihm nieder. Und als sie ihn im Licht ihres Schlafzimmers ansah, fiel ihr auf, wie zerbrechlich er wirkte in dem dünnen blauen Pyjama, wie gebeugt sein Rücken war. Sein Knöchel begann bereits anzuschwellen. Er verfiel zusehends, und wenn sie ihn jetzt verließ, würde das den Verfall nur beschleunigen. Ihr Vater wusste es ebenfalls; es war ihnen beiden bewusst. Sie half ihm auf, und als er seinen Knöchel belastete, schnappte er nach Luft vor Schmerz. Vor dem Zubettgehen hatte er ihr gesagt, sie solle fortgehen und ihr eigenes Leben mit Martin führen, weil es ihre Jugend sei und dies eine unbeschwerte Zeit sein sollte. Sie solle sofort abreisen und glücklich werden, aber wenn sie ging, würde ihr Vater nicht allein zurechtkommen. Dieses Missgeschick war nur eine kleine Kostprobe dessen, was ihn erwartete.

Würdest du dich um ihm kümmern?, hatte ihre Mutter gefragt, und sie hatte genickt. Es war das einzig Richtige. Sie würde ihren Vater nicht verlassen, nicht in diesem Zustand. Martin konnte sie ebenso wenig verlassen, aber irgendwie würde sie es müssen, zumindest für eine Weile. Oder genauer, er würde sie verlassen müssen. Er musste zurück nach London, wo er begonnen hatte, sich einen Namen zu machen. Sie wusste, dass er viel erreichen würde, dass er dort so kochen konnte, wie er es liebte, in einer Küche, die mit Töpfen und anderen Utensilien jeder Form und Größe ausgestattet war, sowie mit einer Arbeitsfläche, auf der er sich mit einer ganzen Armee von nützlichen Küchenutensilien ausbreiten konnte – wie beispielsweise der Raspel, die eine Kartoffel innerhalb weniger Sekunden in mehrere Dutzend hauchdünner Scheiben schnitt. Sie wusste, dass Martin sich in der Restaurantküche in London und in der kleinen Wohnung zu Hause fühlte, er brauchte die Gemüseläden und Spezialitätengeschäfte, die exotische Gewürze anboten, sowie das Feilschen mit den Fischverkäufern. In London würde er ernsthaft seiner Arbeit nachgehen und Erfolg haben, daran zweifelte sie keine Sekunde.

Claire ihrerseits würde fürs Erste hier bei ihrem Vater bleiben, so wie ihre Mutter es gewollt hatte. Sie und Martin würden baldmöglichst wieder zusammenkommen, auch wenn keiner von ihnen sagen konnte, wann genau das sein würde. Als sie ihrem Vater ins Bett zurückhalf und ihm Eis für seinen Knöchel brachte, musterte er sie verstohlen und seufzte dann traurig. Ihr Gesichtsausdruck musste ihm verraten haben, dass sie sich entschieden hatte, nirgendwo hinzugehen.

Den ganzen Frühling hindurch diskutierten Claire und Martin darüber, ob Martin ohne sie nach London zurückkehren sollte oder nicht. Anfangs lehnte er dies strikt ab und sagte, sein Leben wäre hier bei ihr, aber nach einer Weile wurde er mürbe und sah ein, dass das Leben, das sie jetzt führten, ihnen beiden nicht gut tat. Und so buchte er schließlich für den Morgen des 28. Mai einen einfachen Flug nach London.

Der Abend vor Antritt seines Fluges war der vierte Jahrestag ihrer ersten Begegnung im Pavillon, und es war ihnen beiden wichtig, ihn dort zu verbringen, so wie bereits die Abende des 27. in den vergangenen Jahren. Und so saßen sie bei Einbruch der Dämmerung unter dem weißen Dach, beide schrecklich nervös und bedrückt bei dem Gedanken an seine unmittelbar bevorstehende Abreise. Es begann zu nieseln, und der Marktplatz sah aus wie ein verwischtes Aquarell. Einige Passanten eilten in verschiedene Richtungen und öffneten ihre Schirme.

»Ich habe ein Geschenk für dich«, sagte Claire. »Ein Abschiedsgeschenk.« Hierauf reichte sie ihm eine große weiße Schachtel.

»Aber das war doch nicht nötig«, sagte Martin, der sich tatsächlich riesig freute. Als er den Deckel abgenommen hatte, sah er eine karamellfarbene Aktentasche mit seinen Initialen, die in dezenten goldenen Lettern in die Seite eingestanzt waren. »Claire«, sagte er verblüfft. »Wo hast du das her? Ich habe genau so eine in Florenz gesehen, erinnerst du dich? Wir hatten Stunden in den Uffizien zugebracht, du konntest einfach nicht genug bekommen, und auf dem Rückweg zum Hotel ...«

»Ich weiß«, fiel sie ihm ins Wort. »Ich habe an das Geschäft geschrieben – ich konnte mich noch an den Namen erinnern: ›Cuoio di Lipari‹ – und habe sie gebeten, sie mir zu schicken.«

»Aber wo hast du denn das viele Geld her?«

»Ich habe gespart«, entgegnet sie leise. »Ich wollte, dass du eine hübsche Tasche hast für deine Rezepte, Unterlagen und alles.«

»Damit sehe ich aus wie ein richtiger Geschäftsmann«, sagte er und hob den wunderschönen Koffer bei seinem dicken gepolsterten Griff in die Höhe. »Der Sohn, den mein Vater sich immer gewünscht hat«, fügte er mit einiger Ironie hinzu und ließ die Ledertasche dann wieder sinken. »Ich finde sie traumhaft«, sagte er. »Ich werde sie ewig benutzen. Bis ich alt und grau bin.«

Sie lächelte leise, gleichzeitig verlegen und erfreut. »Ich kann mir dich gar nicht alt vorstellen.«

»Das kommt noch«, entgegnete er lächelnd.

Der Regen war stärker geworden, die Wolken zogen sich zusammen, und der Himmel färbte sich unnatürlich dunkel. Irgendwo aus der Ferne, aus Richtung der Berge, kam ein drohendes Grollen. Claire rückte auf dem hölzernen Sitz des Pavillons näher an Martin heran.

»Versprich mir, dass wir uns jedes Jahr am Abend des 27. Mai hier in diesem Pavillon treffen. Ganz egal, was auch passiert«, sagte sie unvermittelt. Er antwortete nicht. »Versprich es«, forderte sie ihn noch einmal auf, diesmal eindringlicher.

»Ich verspreche es. Und du versprichst, dass du da sein wirst.«

»Versprochen«, sagte sie.

Er hob ihr Haar am Nacken an und flüsterte etwas, das sie nur zum Teil hören konnte. Langsam knöpfte er ihre Bluse auf, drückte die winzigen Knöpfe, die nicht größer waren als Regentropfen, einen nach dem anderen durch die Löcher. Niemand sah sie; der Regen hatte alle vertrieben, und sie waren ganz allein. »Du bist so wunderschön«, sagte er und vergrub das Gesicht in dem Schatten zwischen ihren Brüsten.

Dann ließen sie sich auf den kühlen Boden des Pavillons sinken. Sie zog ihn an sich und dachte: *Wie kann er weggehen und mich allein lassen? Wie konnte es so weit kommen?*

Blitze zuckten am Himmel und erhellten Teile ihrer Körper: einen Mund, eine Hand, eine Brust, eine Schulter. Sie konnten weder sprechen noch sich Gehör verschaffen. Sie weinten beide lautlos, ihre Gesichter tränennass im zuckenden weißen Licht, das den Himmel hoch über dem Pavillon zerriss.

Kapitel IX

Sie hielten ihr Versprechen. Jedes Jahr am 27. Mai trafen sie sich bei Anbruch der Dunkelheit im Pavillon. Im ersten Jahr nach seiner Rückkehr nach London war er noch vor ihr dort und saß ganz still da, als sie in ihrem gelben, mit einem Blumenmuster bedruckten Kleid und mit geröteten Wangen den diagonal angelegten Weg hinunter auf ihn zu rannte. Im zweiten Jahr saßen zwei kleine Jungen im Pavillon, ließen die Beine baumeln, studierten einen ganzen Stapel Baseball-Sammelkarten und waren so dreist, einfach dort sitzen zu bleiben, obwohl es doch Martins und Claires Platz war. Und im dritten Jahr nach dem Versprechen war es Claire, die am 27. Mai auf Martin wartete.

Sein Flugzeug hatte Verspätung gehabt, sodass der Himmel sich bereits steingrau verfärbt hatte, als er endlich erschöpft von der Reise in Longwood Falls eintraf. Genau genommen war er müde von dem ganzen Jahr, das er ohne sie verbracht hatte. Sie schrieben einander regelmäßig und telefonierten, wann immer sie konnten, aber die Zeitverschiebung erschwerte Anrufe. Auch waren Martins Arbeitszeiten sehr schwer vorauszusehen. Wenn sich im Restaurant etwas Unerwartetes ereignete – Triumph oder Misserfolg – wünschte er sich nichts sehnlicher, als dass sie nachts bei ihm im Bett läge und er ihr davon berichten könnte. Es war ein schlichter Wunsch: mit der Frau zusammen sein, die er liebte, sie in den Armen zu halten und zu reden, so lange sie wollten. Und am Morgen aufzuwachen und sie neben sich liegen zu sehen, sogar im Schlaf dieses unwiderstehliche leise Lächeln auf den Lippen. Aber er konnte nicht haben, was er sich am meisten wünschte, und dieser Verzicht zehrte an ihm. Wenn sie sich im Pavillon trafen, sanken sie einander stets erleichtert in die Arme, und es dauerte Minuten, ehe sie wieder voneinander abrückten.

Als Martin zugestimmt hatte, für eine Weile nach London zurückzukehren und Claire in Longwood Falls zurückzulassen, damit sie sich um ihren Vater und seine Firma kümmern konnte, hatte er nie eine Regelung von solcher Dauer vor Augen gehabt. Sie waren davon ausgegangen, in absehbarer Zeit wieder endgültig zusammen zu sein, aber dann war ein chaotisches Jahr ins nächste übergegangen. So lebte jeder für sich sein eigenes Leben, und doch waren sie auf grundlegende, unwiderrufliche Art verbunden: Sie schrieben, telefonierten und trafen sich an jedem Jahrestag in ihrem Pavillon. Nicht nur Martin litt unter den Trennungen, dem Hin und Her und dem ewigen Frust; auch Claire machte in letzter Zeit einen unglücklichen, in sich gekehrten Eindruck, so als trüge sie eine verborgene Trauer in sich, über die sie noch nicht sprechen könne. Er drängte sie nicht.

Martin wurde klar, dass die Claire, die er acht Jahre zuvor kennen gelernt hatte, begonnen hatte, sich zu verändern. Ihr früher ganz helles Haar hatte einen dunkleren, leicht rötlichen Ton angenommen, und in ihren Augen lag ein müder Ausdruck. Die Pflege ihres Vaters und die

Arbeit in der Firma nahmen sie derart in Anspruch, dass sie kaum noch Muße hatte, nachzudenken, spazieren zu gehen oder sonst etwas nur für sich zu tun. »Kommst du noch dazu, zu modellieren?«, fragte er sie heute im Pavillon.

Sie nickte. »Manchmal.« Sie wich ihm aus, und das versetzte ihm einen Stich. Ausweichen war ein völlig neuer Zug an Claire, die immer so offen und mitteilsam gewesen war. Aber auch er selbst hatte sich verändert, was nur natürlich war, wenn man so lange Zeit in einer fremden Kultur lebte.

Inzwischen gehörte 17 Dobson Mews ihm. Duncan Lear war zu neuen Ufern aufgebrochen und hatte in Exeter im Südwesten Englands ein Lokal namens Duncan's Grill eröffnet, das von Anfang an ein voller Erfolg gewesen war. Allein auf sich gestellt und vielleicht auch, weil er sich nicht länger von Duncan beobachtet fühlte, hatte Martin sich als Koch rapide weiterentwickelt und bald selbst übertroffen, sodass die Londoner Zeitungen ihn als die neue treibende Kraft des exquisiten Restaurants in Kensington bezeichneten. Schließlich war eine Gruppe von Investoren an Martin herangetreten und hatten ihn gefragt, ob er daran interessiert wäre, sich am Kauf des Restaurants zu beteiligen. Martin brauchte nur eine mehr oder minder symbolische Summe aufzubringen, musste sich aber verpflichten, zu bleiben und die Küche zu leiten.

»Sie können das Restaurant ganz frei nach Ihren eigenen Vorstellungen umbenennen«, meinte einer der Investoren. »Vielleicht in *Martin's* oder *Rayfiel's*.«

Martin schüttelte nur den Kopf; er legte keinen Wert darauf, dass sein Name auf einem Schild stand. Vielleicht würde er es *Claire's* nennen, und wenn sie endlich wieder bei ihm leben konnte, würden alle sie als die hübsche schlanke Amerikanerin kennen, nach der ein exklusives Restaurant benannt worden war. Aber Claire war ein bescheidener Mensch, und vermutlich würde es sie nur in Verlegenheit bringen. Und dann fiel ihm plötzlich der richtige Name ein: Der Pavillon.

Als die neuen Inhaber das Restaurant übernahmen, entwarfen die Architekten eine komplizierte achteckige, spitz zulaufende Decke, und auf Martins Anweisung hin wurden die großen Bleiglasfenster noch weiter vergrößert, sodass im Restaurant die luftige Atmosphäre einer Gartenlaube entstand. Schon wenige Tage nach der Neueröffnung wurde das umgetaufte Restaurant in der Londoner *Times* erwähnt, die die Küche dort als »göttlich« bezeichnete. Manchmal, wenn Martin die blitzende weiß geflieste Küche verließ, winkten Gäste ihm zu, und er ging an den einen oder anderen Tisch, um hallo zu sagen. Es kam häufig vor, dass Frauen mit ihm flirteten, vor allem eine bestimmte Frau, die regelmäßig zum Dinner kam, eine sehr attraktive, aber etwas ernste Engländerin namens Frances Banks mit langem braunem Haar, das sie zu einem dicken Zopf geflochten trug und die stets außerordentlich geschmackvoll gekleidet war. Sie war schon einmal verheiratet gewesen, mit einem viel älteren Cambridge-Professor. Sie war verwitwet und seitdem allein erziehende Mutter einer jungen Tochter, Louisa, die sie gelegentlich zum Essen mitbrachte. Frances Banks war überaus anziehend, kam aus gutem Hause und war von angenehmem Wesen. Aus der Ferne registrierte Martin, dass ihm ihr ironischer Witz und ihr Aussehen gefielen, und ihm entgingen auch die Blicke nicht, die sie ihm zuwarf.

Eines Tages sagte sie zu ihm: »Ich dachte gerade, wie glücklich Ihre Frau sich schätzen muss, dass sie von Ihnen mit solchen kulinarischen Genüssen verwöhnt wird.«

»Ich bin nicht verheiratet«, entgegnete er und bedauerte seine Worte sofort, als er erkannte, dass der Zweck ihrer Frage gewesen war, herauszufinden, ob er liiert war. Im Herzen fühlte er sich mit Claire verheiratet, auch wenn sie sich nicht mehr gesehen hatten, seit sie am vergangenen 27. Mai eine Stunde gemeinsam im Pavillon von Longwood Falls verbracht hatten. Er hatte Claire gebeten, mit ihm ins Lookout Motel zu kommen, in dem er abgestiegen war, aber sie hatte abgelehnt und gemeint, sie müsse nach Hause. Und auch er hatte gewusst, dass es wohl zu riskant gewesen wäre, die Nacht dort zusammen zu verbringen. Wahrscheinlich wäre der unabwendbare Abschied am Morgen dann für sie beide unerträglich geworden. So waren seine Besuche immer nur sehr kurz – und doch quälend genug, erinnerte er sich schmerzlich an das, was er den Rest des Jahres vermisste. Trotzdem fühlte Martin sich Claire auf ewig verbunden; ihre Briefe über den Atlantik waren zwar in letzter Zeit ein wenig seltener geworden, aber nicht weniger leidenschaftlich und zärtlich. Er wünschte, er hätte Frances geantwortet: »Ja, meine Frau liebt meine Küche. In unserer ersten Liebesnacht habe ich ihr ein Omelette gebraten.«

Nach dieser Unterhaltung eilte er zurück in die Küche, und als Frances zwei Tage später mit ihrer Tochter zum Essen kam, ließ Martin sich nicht blicken. Ein Ober richtete ihm aus, dass Mrs. Banks um das Vergnügen seiner Gesellschaft ersucht habe, sei es auch nur für einen kurzen Augenblick, aber Martin schickte den Ober zurück an den Tisch, um Mrs. Banks auszurichten, dass er zu beschäftigt sei, um seinen Posten zu verlassen.

Jetzt saß Martin mit Claire in »ihrem« Pavillon und hielt sie zärtlich in den Armen. Sie war immer noch sein, auch wenn ihr Vater an Arthritis in beiden Knien erkrankt war, was ihn erheblich in seiner Beweglichkeit einschränkte, sodass er mehr auf sie angewiesen war denn je. Entsprechend hatte sich der Ton ihrer Briefe verändert. Anstatt optimistisch von ihrer baldigen Wiedervereinigung zu schreiben, vermieden Claire und Martin dieses Thema seit einiger Zeit. Alles, was sie mit Gewissheit wussten, war, dass sie einander noch ebenso sehr liebten wie eh und je und dass sie sich am 27. Mai im Pavillon in Longwood Falls sehen würden, »komme, was da wolle«.

Er wusste, dass Vater und Tochter oft abends auf der Veranda hinter dem Haus saßen und redeten. Lucas Swift sagte Claire immer wieder, dass sie ihre Sachen packen und nach London fliegen solle, wo sie hingehöre, aber wenn sie darauf erwiderte, dass sie in Longwood gebraucht würde, widersprach er nicht. Sie kümmerte sich längst nicht mehr nur um ihren Vater, sondern hatte die Leitung der Firma übernommen, und die Auftragslage war gut. Claire hatte sich als akribische Buchhalterin erwiesen und besaß großes Geschick im Umgang mit Kunden und Angestellten. Sie konnte nicht weg, und Martin war ebenso gebunden. Beide wussten das, und so wurde ihr diesjähriges Treffen im Pavillon von Enttäuschung überschattet.

Aber an diesem Tag lag noch etwas anderes in der Luft. Claire sah nicht nur älter und müder aus als sonst, sondern machte auch einen nervösen Eindruck. Wie sich herausstellte, gab es dafür auch einen konkreten Anlass.

»Hör zu«, sagte sie schließlich und ergriff seine beiden Hände. »Ich muss dir etwas sagen.«

Sein erster Gedanke war, dass sein Vater oder seine Mutter gestorben war. Er fühlte, wie sein Rücken sich bei diesem Gedanken versteifte; obgleich er seit Jahren nicht mehr mit seinen Eltern gesprochen hatte, schmerzte die Vorstellung, und er wappnete sich innerlich für die schlimme Nachricht. Aber stattdessen sagte Claire: »Ich habe jemanden kennen gelernt.«

Ihre Stimme klang traurig, voller Bedauern.

Martin schwieg eine Weile, ehe er etwas darauf erwiderte. »Was meinst du damit?«, fragt er dann, obgleich er fürchtete, sie sehr wohl verstanden zu haben.

»Sein Name ist Daniel Clusker«, sagte sie leise.

Martin wusste nicht, wie er reagieren sollte. Wie konnte sie jemanden kennen gelernt haben? Sie hatten eine Abmachung getroffen, einen Pakt geschlossen. Sie würden eines Tages wieder vereint sein.

»Wie konntest du das tun?«, brach es schließlich aus ihm hervor, er erhob sich wankend und schlug mit der Faust gegen einen der Stützpfeiler des Pavillons.

»Hör auf!«, rief sie und ging zu ihm hinüber, als sie sah, wie er die schmerzende Hand schüttelte. »Bitte«, fuhr sie in flehendem Tonfall fort. »Ich wusste nicht, was ich tun sollte. Ich bin hier, und du bist dort, und du machst immer einen so unglücklichen Eindruck, Martin, so niedergeschlagen von unserer Trennung. Ich habe versucht, einen Weg zu finden, habe an nichts anderes gedacht. Aber die Jahre vergehen, und wir reden nicht einmal mehr davon – davon, was aus uns werden soll. Wo das alles enden soll. Du weißt, dass ich dich liebe. Du weißt, dass du mein Leben bist. Aber dann habe ich Daniel kennen gelernt, und er hat mit angepackt. Er versteht sich blendend mit meinem Vater, und er ist sehr zuverlässig. Ich weiß, wie einsam du bist; ich kann es jedes Jahr wieder in deinen Augen lesen. Mehr als einsam. Du bist enttäuscht. Das nagt an dir, zerfrisst dich innerlich. Also habe ich beschlossen, den ersten Schritt zu tun.« Sie holte tief Luft und fügte leise hinzu: »Jetzt bist du frei, das Gleiche zu tun.«

Er starrte sie an. Das Blut rauschte in seinen Ohren, und er fühlte ein Pochen in der verletzten Hand. »Sag mir nur eins«, sagte er schließlich mit belegter Stimme, die ihm selbst ganz fremd vorkam. »Dieser Daniel Clusker ...« Sein Tonfall klang feindselig und verächtlich, als er den Namen aussprach. »Liebst du ihn?«

Claire setzte sich wieder und hielt den Blick gesenkt. »Er ist ein sehr netter Mensch«, entgegnete sie, und ihre Antwort erinnerte Martin an Nicoles Erwiderung auf seine Frage nach ihrem Ehemann Thierry. *Er ist ein guter Vater*, hatte Nicole gesagt, als wäre das genug. War es das? Wer entschied, was genug war für einen Menschen, was ihn zufrieden stellte? »Daniel kann einfach alles reparieren«, sagte Claire in seine Gedanken hinein. »Er kann Handstandüberschlag. Er kennt alle Vogelnamen. Er ist sehr aufmerksam und rücksichtsvoll.« Sie blickte auf, atmete einmal tief durch und fügte hinzu: »Er hat mir einen Antrag gemacht.«

Martins Gesicht schimmerte in der Dunkelheit kreidebleich. »Und?«

»Ich habe ja gesagt«, entgegnete sie ruhig. »Ich wusste nicht, was ich sonst tun sollte.«

Martin konnte es nicht fassen. »Claire, komm noch heute Nacht mit mir zurück nach London.«

»Du weißt, dass das nicht geht. Mein Vater, die Firma …«

»Dann komme ich zurück hierher«, flehte er. »Ich gebe das blöde Restaurant auf.«

»Es ist nicht blöd«, widersprach sie. »Es ist genau das, was du dir immer gewünscht hast.«

»Ja«, sagte er leise. »Das ist es.« Er dachte an den schwach erleuchteten Speisesaal des Restaurants, daran, was für ein Gefühl es war, von der Küchentür aus zu beobachten, wie die ersten Gäste des Abends ihre Plätze einnahmen. Dieser Anblick erfüllte ihn mit Zufriedenheit, Stolz und innerem Frieden. Aber dann dachte er daran, dass er nie wieder mit Claire schlafen würde, sie nie heiraten und nie Kinder mit ihr haben würde. Vielleicht würden sie sich weiterhin einmal im Jahr treffen und ein paar Stunden miteinander verbringen, so wie sie es sich geschworen hatten, aber mehr durfte er sich nicht mehr erhoffen.

»Du willst das wirklich tun?«, fragte er mit brüchiger Stimme.

Sie wich seinem Blick aus und nickte.

»Dann war es das also?«

Sie nickte wieder.

»Ich muss jetzt gehen, Claire.« Martin nahm den Aktenkoffer, den sie ihm geschenkt hatte, stieg leicht schwankend die weißen Stufen hinunter, wie ein Mann, der zu viel Champagner getrunken hatte – oder dem unerwartet eine sehr schlechte Nachricht überbracht worden war.

Daniel Clusker war ein Zimmermann aus dem Nachbarort, den Claire eingestellt hatte. Er war sehr groß und rothaarig und war ihr auf Anhieb sympathisch, als er das Büro von *Swift Maintenance* betrat. Er besaß einen zurückhaltenden und natürlichen Charme, und sie unterhielten sich länger, als es eigentlich erforderlich gewesen wäre.

Als Claire einige Zeit nach ihrer ersten Begegnung den Marktplatz überquerte, sah sie einige ihrer Angestellten auf einer Bank sitzen und zu Mittag essen. Daniel Clusker war bei ihnen und führte den anderen eine beeindruckende Folge von Handstandüberschlägen auf dem Rasen vor. Als er Claire bemerkte, unterbrach er seine Vorführung hastig und winkte verlegen. Daniel war charmant, aber furchtbar schüchtern. Umso überraschter war Claire, als er am darauf folgenden Tag wieder ins Büro kam und sie fragte, ob sie am Abend frei wäre.

»Frei?«, fragte sie verständnislos.

»Na ja, ob Sie Zeit haben. Ich dachte, wir könnten vielleicht zusammen irgendwo hingehen. Ich verspreche auch, dass ich nicht über Tischlerei spreche.«

Sie wusste selbst nicht warum, aber sie war mit ihm ausgegangen. Er hatte sein Versprechen gehalten und kein Wort über die Arbeit verloren. Sie fuhren in seinem Pick-up durch die Berge, und Daniel zeigte ihr seltene Bäume und Wanderwege, die er zusammen mit seinen Brüdern erkundet hatte. Er war Hobbynaturkundler mit einer besonderen Vorliebe für Vögel. Er besaß vier verschiedene Ferngläser unterschiedlicher Stärke.

Sie aßen bei ihm zu Hause zu Abend – nichts Besonderes, nur Suppe und Salat –, und er legte ein paar alte Louis-Armstrong-Schallplatten auf, die er besonders mochte. Von diesem Abend an schaute er gelegentlich im Laufe des Tages vorbei, um sich mit ihr zu unterhalten. Er sah gut aus in seinem Arbeitshemd und dem umgeschnallten Werkzeuggürtel. Doch Claire war sich nicht sicher, ob er nun mit ihr flirtete oder nicht. Sie hatte so viele Jahre keinen anderen Mann als Martin beachtet. Warum um alles in der Welt schenkte sie plötzlich diesem Aufmerksamkeit?

Anfangs redete sie sich ein, dass sie aus reiner Freundlichkeit so handelte. Daniel Clusker war nett, und er war einsam. Dann fragte sie sich, ob Martin, auch wenn er es niemals zugeben würde, nicht vielleicht wünschte, dass sie jemand anders kennen lernte, und sie nur auf diesen unausgesprochenen Wunsch reagierte. Vielleicht wollte er, dass sie den Bruch vollzog, jetzt da sein Restaurant in London sich zu einem solchen Erfolg entwickelte. Dann konnte er den Verlust der Frau, die er liebte, betrauern, um dann das Kapitel Claire abzuschließen und sich jemand anders zuzuwenden, einer Frau, mit der er zusammen sein konnte. Sie wusste, wie verhasst es ihm war, allein in dem großen Bett oben in der Wohnung über dem Restaurant zu schlafen, wo sie zusammen hatten leben wollen. Einmal, als er mit Claire in diesem Bett gelegen hatte, hatte Martin versucht, ihr zu schildern, wie einsam er sich als Einzelkind gefühlt hatte und wie anders es war, jetzt jemanden zu haben, mit dem er alles teilen konnte. Und es betrübte sie, dass aus dem einsamen Jungen ein einsamer Mann werden sollte.

War es das, was Martin insgeheim wollte, vielleicht ohne es selbst zu wissen? Oder redete sie sich das nur ein, weil sie es glauben wollte, um Martin freigeben zu können? Und auch wenn er es nicht wollte; sollte sie ihm seine Freiheit vielleicht trotzdem zurückgeben? Martin würde sie von sich aus niemals verlassen; sie musste ihn in die Welt hinausstoßen. Martin brauchte eine Frau an seiner Seite, jemanden, dem er sich anvertrauen konnte, der ihm Zärtlichkeit schenkte; das hatte er selbst immer wieder gesagt. Er brauchte Geborgenheit, und auch wenn sie gern diejenige wäre, die ihm diese gab, war ihr das aufgrund der Umstände nicht möglich.

Geborgenheit war etwas, wonach auch Claire sich sehnte. Und dann dachte sie an Daniel Clusker, an seine hellen Wimpern, seine Schüchternheit, seine Aufmerksamkeit. Konnte er ihr geben, was ihr fehlte? Vielleicht.

Das war vor zwei Monaten gewesen, und seitdem war viel geschehen. Daniel hatte ihr einen Strauß Fresien geschenkt, eine Schachtel teurer Pralinen und – welche Ironie – einen witzigen Tirolerhut, den er auf einem örtlichen Jahrmarkt gewonnen hatte. Er dachte, der Hut würde ihr gefallen. Offensichtlich wusste er nicht, dass sie nie irgendeine Kopfbedeckung trug, egal ob Hut oder Mütze, und ihr wurde bewusst, dass er sie überhaupt nicht kannte.

Eines Nachmittags holte Daniel Claire von der Arbeit ab und fuhr sie in seinem Pick-up nach Hause. Auf der ganzen Fahrt sagte keiner von ihnen ein Wort, als wüssten sie, dass etwas Bedeutungsvolles bevorstand. Vor ihrem Elternhaus hielt er den Wagen an, schaltete den Motor ab, wartete kurz, beugte sich dann zu ihr hinüber und küsste sie.

Claire schloss die Augen, nicht nur, weil man das beim Küssen so machte, sondern weil sie den Anblick dessen nicht ertragen konnte, was sie selbst verursacht hatte.

3. Juli 1956

Lieber Martin,

ich schreibe dir, um dir mitzuteilen, dass Claire am 17. Juli um 11 Uhr hier in der alten Bruchsteinkirche in der Glimmer Road heiraten wird. Ich weiß, wie furchtbar das für dich sein muss, aber ich dachte, du würdest das Datum trotzdem wissen wollen. Es tut mir wirklich aufrichtig leid, Martin,

dein Freund
Hush

Obgleich sie nie etwas davon erfuhr, kam Martin zur Hochzeit heim nach Longwood Falls und stand lange auf dem Bürgersteig gegenüber der kleinen Kirche, während drinnen die Trauung stattfand. Er sah, wie das frisch vermählte Paar durch das Kirchenportal trat, wie ihre Freunde und Verwandten sie mit Reis bombardierten. Daniel Clusker war ein rothaariger junger Mann mit heller sommersprossiger Haut. Er legte seiner Braut einen Arm um die Schultern und küsste sie vor den Augen Martins, der wie betäubt dastand. Claires blasses Gesicht war gerötet, und zu ihrem langen schlichten weißen Kleid trug sie Lilien im Haar. Ihre kleine Nichte und ihr Neffe – Margarets Zwillinge – spielten auf den Steinstufen der alten Kirche, sammelten Reiskörner ein und bewarfen sich gegenseitig damit. Dann sah er Claires Vater, der von zwei jungen, kräftigen Burschen gestützt in einem Cut die

Kirche verließ. Lucas Swift war erschreckend gealtert und bewegte sich sehr steif mit seinen arthritischen Knien.

Daniel Clusker und seine Frau stiegen in einen Wagen, der vor der Kirche für sie bereitstand. *Claire Clusker*, dachte Martin bitter, hinter einer Platane verborgen. Was für ein schwerfälliger, falsch klingender Name. Zornig, enttäuscht und verletzt sah er dem Wagen hinterher, der begleitet von lautem Blechbüchsengeklapper davonfuhr.

Am darauf folgenden Abend kehrte Martin nach London zurück. Er schlief an Bord wie ein Toter, den Kopf an das Fenster gelehnt, und wachte auch dann nicht auf, als die Stewardessen das Essen verteilten. Nach der Landung fuhr er geradewegs zum Restaurant und stürmte in die Küche, ohne sich die Zeit zu nehmen, sich oben in der Wohnung zu waschen und zu rasieren. Das Kochen würde ihm helfen, es würde alles andere in den Hintergrund drängen, und das Einzige, was seine Gedanken beherrschen würde, würde die Frage sein, ob die Sauce genug gesalzen war oder noch eine Prise vertragen konnte.

Später an diesem hektischen Abend kam ein Ober zu ihm und sagte, Mrs. Banks wäre mit ihrer Tochter im Restaurant und habe sich erkundigt, ob Mr. Rayfiel vielleicht kurz an ihren Tisch kommen könne, um sie zu begrüßen.

»Bedaure«, begann Martin und wollte wie schon zuvor ablehnen. »Bitte sag ihr …«, dann unterbrach er sich und dachte daran, wie Claire auf ihrer Hochzeit ausgesehen hatte, mit rosigen Wangen und aufgestecktem Haar. »… dass ich gleich komme.« Darauf legte er die Schöpfkelle weg, wischte sich die Hände an einem Küchenhandtuch ab und trat durch die Schwingtüren.

Frances Banks saß mit ihrer sechsjährigen Tochter an

einem Ecktisch und teilte sich mit ihr einen Nachtisch aus Waldfrüchten auf hausgemachtem Ingwer-Eis. Als Martin an den Tisch kam, legte sie ihren Löffel aus der Hand und sagte: »Sieh mal, Schatz, das ist der Koch.« Sie musterte ihn einen Moment prüfend und fügte dann lächelnd hinzu: »Und er hat dringend eine Rasur nötig.«

Eine Woche später war Martin in ihr Haus in Bloomsbury eingeladen. Es war ein riesiges Haus voller Bücher, die ihrem verstorbenen Mann gehört hatten, und überall lagen Puppenkleider und Puppenmöbel von Louisa herum. In einer Ecke fiel Martin eine kleine Bronzeskulptur einer Mutter mit Kind auf. Claire wäre begeistert gewesen. Frances entging nicht, dass er die Plastik anstarrte, und neugierig fragte sie, woran er gerade dachte. »Nichts«, entgegnete er, wandte sich ihr zu und sagte ruhig: »Lass uns ins Bett gehen.«

Frances war verheiratet gewesen und hatte ein Kind geboren; sie war eine reife Frau und sexuell erfahren. Als er mit ihr unter dem dicken Federbett lag, musste er an das Schlittenbett denken, in dem er und Claire sich geliebt hatten. *Schluss damit*, sagte er sich streng. *Hör auf, an Claire zu denken.* Denn Claire, die Hush zufolge in einem Hotel in Pennsylvania ihre Flitterwochen verbrachte, dachte ganz sicher nicht an Martin, wenn sie mit Daniel Clusker im Bett lag. Oder doch?

Das alles ging ihm durch den Kopf, während er den fremden warmen Körper von Frances Banks küsste und streichelte. Sie hatte vollere Hüften und Brüste als Claire. Alles an ihr war üppiger, und doch gehörte sein Herz immer noch Claire. Claire hatte ihn auf eine Art und Weise ergänzt, die einzigartig gewesen war, und so beherrschte sie auch an diesem Abend in dem fremden Haus seine Gedanken. »Claire!«, entfuhr es ihm auf dem Höhepunkt seines Liebesspiels in dieser ersten Nacht mit Frances. Sie hörte es, und er war tief beschämt.

»Ist schon gut«, versicherte sie ihm, als sie hinterher zusammen dalagen und Wein tranken, den sie zuvor in einem Messingkühler voller Eis neben dem Bett bereitgestellt hatte. »Ich weiß von ihr.« Sie zündete sich mit einem Feuerzeug, in das die Initialen ihres verstorbenen Mannes eingraviert waren, eine Zigarette an.

Martin zog überrascht die Augenbrauen hoch. »Ach ja?«

»Ich habe herumgefragt«, entgegnete Frances. »Ich wollte wissen, warum du mir aus dem Weg gehst. Und der Maître hat mich schließlich aufgeklärt.«

»Und woher weiß er Bescheid?«, fragte Martin.

»Oh, er sagte, viele wüssten Bescheid. Dein Freund Duncan Lear mag ja ein wundervoller Mensch sein, aber offenbar ist er nicht sehr diskret.«

Martin stützte sich auf einen Ellbogen und musterte sie. »Und was hältst du von alledem?«

Sie zuckte die Achseln und strich sich das Haar aus dem Gesicht. »Ich denke, ich bin zu jung, um ewig allein zu bleiben. Ich bin erst dreißig.«

»Ich bin vierundzwanzig«, gab Martin zu bedenken.

»Das spielt keine Rolle. Wir brauchen ja nicht gleich zu sein.«

Mrs. Frances Banks war klar, dass sie nicht so war wie er und er nicht wie sie, doch ihr war das gleichgültig. Sie sagte Martin, dass sie gerne ein Arrangement mit ihm eingehen würde. Er konnte im Bett ruhig den Namen einer anderen Frau rufen, sie würde sich nicht daran stoßen. Sie fühlte sich zu ihm hingezogen und hatte ihn sehr gern, sie wollte mit ihm zusammen sein, um nicht mehr so einsam zu sein und damit ihre kleine Tochter wieder einen Vater hatte.

Liebe war dabei nicht im Spiel, aber vermutlich war sie das auch nicht in Claires Beziehung zu Daniel Clusker. Er leistete ihr Gesellschaft, machte ihr das Leben in Longwood Falls erträglicher. Martin hoffte, dass Claire glücklich war, und dass Daniel ihr ein liebevoller Ehemann war. Und er hoffte, dass sie weiter modellierte, dass sie diese Leidenschaft immer weiter verfolgen würde.

Sie hatten so vieles aufgeben müssen, sagte sich Martin benommen, als er in diesem fremden Bett lag: Die Hochzeit, die Claire und er nie feiern würden, die Kinder mit ihrem hellen Haar und seinen dunklen Augen, die sie nie miteinander haben würden. »Unsere Kinder werden künstlerisch begabt sein«, hatte Claire vor langer Zeit einmal gesagt. »Und sie werden wunderbar kochen können.«

»Sie tun mir leid«, hatte Martin erwidert. »Künstlerisch begabte Köche. Sie werden es nicht leicht haben im Leben.«

»Nein«, hatte Claire ihm beigepflichtet. »Das werden sie nicht. Aber wenn wir alt sind, werden sie uns leicht verdauliche Kost kochen und sie kreativer auf dem Teller anrichten.«

Er trauerte um diese Phantomkinder, die er nie sehen, nie auf der Schaukel anschubsen, nie auf ihrem ersten Schultag begleiten und nie auf den Schultern tragen würde. Doch vielleicht konnte er noch Vater werden. Frances' Tochter Louisa war ein hübsches schüchternes Mädchen von sechs Jahren mit dem gleichen dicken rötlich braunen Zopf wie ihre Mutter und einem leicht tragischen Zug um Augen und Mund, der daher rührte, dass sie im zarten Alter von zwei Jahren bereits den Vater verloren hatte. Martin hatte Louisa gern und wusste, dass, wenn er bei Frances blieb, er dem kleinen Mädchen ein richtiger Vater werden würde. Die Vorstellung war gar nicht so übel. Er konnte Frances nicht den Himmel auf Erden versprechen, aber das verlangte sie auch gar nicht. Offenbar war ihr verstorbener Gatte, ein Philosophie-Professor, der in Cambridge ihr Dozent gewesen war und den sie bis zu seinem Tod verehrt hatte, die große Liebe ihres Lebens gewesen.

Sie erwartete von Martin keine unsterbliche Liebe. Sicher, sie wünschte sich Leidenschaft, und sie sehnte sich auch nach etwas Ähnlichem wie Liebe, aber er erkannte, dass sie beides nicht im Übermaß erwartete. Sie würde sich mit dem zufrieden geben, was er ihr geben konnte, und das Gleiche galt für ihn.

Als Martin Joseph Rayfiel am 18. August 1956 – einen Monat nach Claires Hochzeit – Frances Antonia Banks in einer gut erhaltenen alten anglikanischen Kirche in London heiratete, schickte er der Liebe seines Lebens keine Hochzeitsanzeige über den Ozean. Das wäre grausam gewesen. Er grollte Claire immer noch, weil sie diese Kette von Ereignissen losgetreten hatte, aber er machte ihr keinen Vorwurf mehr daraus. Irgendwie machte das Ganze jetzt Sinn. Ihre Flitterwochen verbrachten Martin und Frances in Positano in einem wunderschönen Haus direkt am Wasser und mit einem Garten voller Zitronenbäume. Die Früchte erinnerten ihn an Claires Duft. Sogar in den eigenen Flitterwochen verfolgte ihn die Erinnerung an sie, als würde ihr Geist in den gefliesten Räumen des Hauses hausen. Aber Claire war kein Geist; sie war eine sehr lebendige Frau aus Fleisch und Blut, eine Frau, die außerhalb seiner Reichweite war. Martin trank während der Flitterwochen sehr viel und saß oft rauchend draußen auf der Terrasse oder im Garten, obgleich er Zigaretten bis dahin nichts hatte abgewinnen können. Frances musste ihn oft ins Haus rufen. »Es ist schon dunkel«, sagte sie, trat hinter ihn und legte ihm locker die Arme um den Hals. »Warum kommst du nicht rein?«

Widerwillig stand Martin auf, drückte seine Zigarette aus und atmete den Zitrusduft der Bäume ein – einen Duft, der ihm so vertraut war und den er so sehr liebte –, dann wandte er sich vom Garten ab und folgte der Frau, die nun seine Ehefrau war, zurück ins Haus.

Kapitel X

Die Nacht war schon weit fortgeschritten, als Abby von Claires und Martins Heirat mit anderen Partnern erfuhr. Als Martins Stimme vom Band davon berichtete, hielt sie es nicht mehr auf ihrem Stuhl aus, sondern verspürte das Bedürfnis, aufzustehen und durch die menschenleeren Flure des Ledger zu wandern. Sie ging auf und ab, unfähig, stillzusitzen. In sämtlichen Büros war das Licht ausgeschaltet, die meisten Computer gaben kein Lebenszeichen von sich, nur auf manchen lief noch ein Bildschirmschoner. Alle Mitarbeiter der Zeitung waren daheim, und die meisten von ihnen schliefen tief und fest an der Seite ihres Ehepartners oder Lebensgefährten. Abby überlegte, ob sie Schluss machen und nach Hause gehen sollte, sagte sich aber dann, dass sie den Fluss der Geschichte jetzt nicht unterbrechen konnte. Natürlich war sie neugierig; jetzt konnte sie, wenn sie die Fotos von vor fünfzig Jahren betrachtete, nicht mehr sagen, wie die Geschichte ausgehen würde. Doch sie fühlte mehr als nur Neugier. Abby war wütend auf Claire.

Claire hätte zurückgehen können. Sie hätte nach London zurückgehen sollen. Abby selbst war zwar auch nach Longwood Falls zurückgekehrt, aber mehr weil sie den *Ledger* und somit das Lebenswerk ihres Vaters hatte erhalten wollen, und weil sie in New York nichts gehalten hatte. Jedenfalls nichts, das wichtig genug gewesen wäre; ein gelegentlicher Anruf von einem jungen Kinderarzt mit ewig zerzaustem Haar zählte nicht. Aber Claire hatte Martin gehabt; auf sie hatte ein ganzes Leben in London gewartet. Abby konnte die Logik von Claires Entscheidung, sich um ihren Vater zu kümmern, nicht nachvollziehen, ebenso wenig wie Claires Entschluss, Daniel Clusker zu heiraten. Aber auch Martins Retourkutsche und Heirat mit Frances Banks fand sie befremdlich. Das alles waren Entscheidungen gewesen, die logisch und vernünftig sein sollten, doch im Mittelpunkt von Claires und Martins Beziehung hatte Liebe gestanden. Liebe kontra Vernunft – darauf lief es letztlich hinaus. Abby fühlte beinahe so etwas wie Beschützerinstinkt für das, was Claire und Martin verbunden hatte, wünschte, sie wäre vor all den Jahren da gewesen, um ihnen zu raten, um ihnen zu sagen ›Tu es nicht‹, als sie erwogen, jemand anders zu heiraten.

Abby kehrte in ihr Büro zurück und blickte wieder in den Aktenkoffer. Sie fand einen Blechring mit einem kleinen grünen Stein; den Ring aus Claires Mystère-Dessert in dem Bistro in Südfrankreich vor so langer Zeit. Dann stieß sie auf eine Hochzeitsanzeige aus dem *Longwood Falls Ledger* – eben der Zeitung, die sie heute herausgab – vergilbt, brüchig und über vierzig Jahre alt, in einer Plastikschutzhülle: Es war die Hochzeitsanzeige von Claire Swift und Daniel Clusker. Sie fand noch eine zweite Hochzeitsanzeige – diese viel aufwendiger und mit einem Foto darüber –, sowie ein Foto aus den Gesellschaftsseiten einer Londoner Zeitung. Die Fotografie zeigte Martin an der Seite einer außergewöhnlich gut aussehenden Frau. Beide wirkten ernst und nachdenklich. Abby fand darüber hinaus noch Ausschnitte aus verschiedenen Londoner Zeitungen und Zeitschriften über Martins Restaurant, das *Pavillon*. Ein Foto zeigte ihn mit einer hohen weißen Kochmütze, er hielt ein Silbertablett mit einer gebratenen Fasanenhenne in der Hand. Außerdem war unter den Erinnerungsstücken eine alte, rissige Speisekarte des Restaurants vom 8. März 1958. Die aufgeführten Speisen lauteten wie folgt:

Vorspeisen

* Kalte Melonensuppe garniert mit kristallisiertem Ingwer
Krabbensalat mit Lauch, Tomaten und Koriander

* Salat von Endivien, Brunnenkresse und Champignons mit Orangen-Senf-Vinaigrette.

Hauptgerichte

* Hühnchen »Claire«. Hühnerbrust mit Pecannüssen auf einem Reisbett mit Johannisbeeren

* Klassische überbackene Makkaroni amerikanische Art mit einer Kruste aus geröstetem Paniermehl

* Porterhouse-Steak mit einer Sauce aus grünem Pfeffer und Kartoffel-Pastinak-Püree

* Hummer, nach japanischer Art in Soja-Honig-Sauce glasiert an Duftreis

Desserts

* New Yorker Käsekuchen mit Butterstreusel und frischen Beeren

* Warmes Pfirsichmus an hausgemachtem Ingwer-Eis

* Feine Auswahl von Martins ofenwarmen Plätzchen

* Teufelskuchen, Dreilagig mit bittersüßer Kuvertüre auf englischer Creme

Diese Mahlzeit war vor über vierzig Jahren zubereitet und serviert worden, aber Abby kam es vor, als könnte sie sich jedes einzelne Aroma vorstellen und Martin am Herd stehen sehen, wie er Butter in einem Topf zergehen ließ. Aber wenn sie ihn sich im Privatleben vorstellte, verheiratet mit Frances Banks und mit ihr und ihrer Tochter in ihrem Haus in Bloomsbury, sah Abby einen Mann vor sich, der nur selten lächelte und dessen Züge eingefallen und müde wirkten aufgrund der Resignation, die sein Leben beherrschte.

Abby legte die Speisekarte beiseite und fand darunter eine Geburtsanzeige vom 3. April 1958, auf Karton mit einem rosa Spitzenrand. »Mr. und Mrs. Daniel Clusker freuen sich, die Geburt ihrer Tochter Alison Martina Clusker, 7 Pfund 50 Gramm bekannt zu geben«. Als sie den zweiten Vornamen des Babys las, stockte Abby der Atem.

Langsam ließ sie sich auf ihren Stuhl zurücksinken. Vielleicht hatte sie Claire doch falsch eingeschätzt, vielleicht steckte in dieser Frau, die ihre eigene Vergangenheit auf diese Art würdigte, doch mehr. Abby schaltete den Recorder wieder ein. Mitternacht war vorüber, aber Abby wusste nun, dass sie in dieser Nacht kein Auge zutun würde.

Alison Martina Clusker. Die Vornamen klangen nach außen hin harmlos und hübsch, eine Aneinanderreihung wohlklingender Silben, die gut zu diesem Baby passten, das die helle Haut, die Augen und die feinen Züge der Mutter geerbt hatte und den roten Haarschopf seines Vaters. Claire hatte offen mit Daniel über Martin gesprochen, bevor sie eingewilligt hatte, ihn zu heiraten; sie hatte ihm erzählt, dass sie und Martin früher Geliebte gewesen waren, ihre Beziehung aber inzwischen nur noch auf inniger Freundschaft beruhte und sie einander geschworen hatten, sich jedes Jahr am Jahrestag ihrer ersten Begegnung im Pavillon zu treffen. Daniel war nicht begeistert gewesen, hatte aber lediglich genickt und ihr für ihre Offenheit gedankt. Hiernach hatte er nie mehr darüber sprechen wollen. Natürlich wusste Daniel, wie Claire auf den zweiten Vornamen für ihre kleine Tochter gekommen war. Die halbe Stadt wusste es, aber sofern darüber getuschelt wurde – und das wurde es zweifellos –, kam Claire hiervon nie etwas zu Ohren. Niemand wagte es, erfundene Gerüchte in die Welt zu setzen wie beispielsweise, dass Martin und nicht Daniel der richtige Vater des Kindes sei. Man brauchte sich nur das feuerrote Haar des Säuglings anzusehen, um zu wissen, dass allein der Verdacht lächerlich war. Alison war durch und durch Daniels Tochter, aber die Geschichte von Claires Liebesbeziehung zu Martin war immer noch ein Thema in Longwood Falls, sie war zu einer lokalen Legende geworden: der reiche Junge und das arme Mädchen, die im Ausland in Sünde gelebt hatten und versuchten, ohne Trauschein glücklich zu werden, um dann wie alle Sünder letztlich zu scheitern.

Claire betrog Daniel nie mit Martin; so viel verstand sich von selbst. Und doch galt ihre wahre Treue Martin. Er war der Mann, der sie wirklich kannte. Sie würden immer miteinander vertraut bleiben, daran konnte auch die Heirat mit anderen Partnern nichts ändern.

Bei der Trauung hatten Claire und Daniel sich Treue geschworen. Und obgleich der Sex mit Daniel sie nie besonders berührte, empfand sie eine gewisse Geborgenheit, wenn sie mit ihm im Bett lag. Wenn er am Ende eines langen Arbeitstages heimkam, verströmte er einen wunderbaren Holzgeruch, und manchmal fand sich Claire in dem großen Bett in ihrem Haus in der Conley Lane wieder, wo er sich ganz vorsichtig auf sie legte, so als fürchte er, ihr mit seinem harten, muskulösen Körper wehzutun. Er hatte am ganzen Körper Sommersprossen, was ihr, als sie ihn das erste Mal nackt gesehen hatte, missfallen hatte, woran sie sich aber mit der Zeit gewöhnte. Er war ein ernsthafter lieber Mann, der sich stundenlang über Tisch- und Kreissägen unterhalten konnte, wenn man ihn ließ – was Claire nicht tat. Er liebte sie beinahe im Rhythmus einer seiner Sägen, seine Stöße mechanisch in ihrer Gleichmäßigkeit. Es machte ihr nichts aus – tatsächlich war es manchmal sogar ganz nett –, aber es bestand ein himmelweiter Unterschied zu den wilden leidenschaftlichen Liebesnächten mit Martin. Und doch fühlte sie sich im Bett mit Daniel in den langen Winternächten weniger einsam; sie unterhielten sich oft leise über das, was sie in diesem Tag alles getan hatten, über ihren Vater, der sich blendend mit Daniel verstand, oder über das Baby, das sie oft nachts zum Stillen in ihr Bett holten.

Claire liebte es, Alison zu stillen, sie liebte das Kratzen und Ziehen an ihrer Brustwarze, und es erfüllte sie mit unendlicher Zärtlichkeit, zuzusehen, wie das Baby gierig trank. Zwei Jahre nach der rothaarigen Alison brachte Claire einen Sohn, Jonathan, zur Welt, und weitere 14 Monate später kam ein drittes, nicht geplantes Baby, ein zweiter Sohn, den sie Edward nannten. Jetzt hatte Claire ihre eigene Familie, und das war doch das, was sie sich immer gewünscht hatte, oder? Diese vielen Menschen um sie herum, der Lärm und die Hektik einer Großfamilie. Die Kinder brauchten, auch als sie älter wurden, weiterhin Milch, nur dass sie sie nun aus den großen, mit Kondenswasser überzogenen Flaschen bekamen, die jeden Morgen zu nachtschlafender Zeit gebracht wurden. Vor allem die Jungen tranken Unmengen von Milch. Sie wuchsen schnell heran, beide sportlich und muskulös. Edward, das Nesthäkchen schien das gefühlvollste der drei Kinder zu sein. Einmal, als er vier Jahre alt war, hatte er sie gefragt: »Hat Liebe eine Farbe?«

»Wie meinst du das, Edward?«, hatte sie überrascht gefragt.

»Du weißt schon, wenn du an Liebe denkst, siehst du dann eine Farbe?«

Claire nickte. »Grün«, sagte sie, weil sie sich den Rasen um den Pavillon herum vorstellte, der immer tiefgrün und üppig war, wenn sie sich dort am 27. Mai mit Martin traf. Sie hatten keinen einzigen Jahrestag ausgelassen, nicht einmal in den Jahren, in denen sie die Kinder zur Welt gebracht hatte. Daniel gefielen die Treffen im Pavillon nach wie vor nicht, aber er versuchte nicht, ihnen ein Ende zu machen. »Ich kann sie dir nicht verbieten«, sagte er einmal. »Und wenn das aus irgendeinem Grund alles andere am Laufen hält, dann sollte ich mich wohl nicht beklagen.«

»Ich danke dir«, hatte Claire leise entgegnet. Daniel verstand es nicht – wie sollte er auch? –, aber er akzeptierte es trotzdem. Er sorgte dafür, dass er an diesem speziellen Tag am Abend zu tun hatte und nicht in der Nähe des Marktplatzes war, weil er sie auf keinen Fall mit diesem Mann zusammen sehen wollte, der ihr so viel bedeutete. Langsam gewöhnte Daniel sich an die unabwendbaren Treffen an diesem Tag im Jahr. Auch ganz Longwood Falls gewöhnte sich daran, Claire und Martin einmal im Jahr gemeinsam im Pavillon sitzen zu sehen – mitten in der Stadt, vor aller Augen. Das Getuschel nahm ein Ende. Als sie mit Edward schwanger gewesen war, war sie im achten Monat im Pavillon erschienen, und obgleich Martin gehört hatte, dass Claire ein weiteres Baby bekommen würde – sein alter Freund Hush schrieb ihm immer noch ab und zu –, schien er schockiert zu sein von ihrem Aussehen.

»Sieh sich das einer an«, sagte Martin immer wieder. »Gott, sieh sich das einer an.«

»Du machst mich ganz verlegen«, sagte Claire, die sich aber insgeheim über seine Reaktion freute. Sie war gerne schwanger, genoss es, wenn ihr Körper schwerer wurde und sich veränderte. Es war wie ein Geheimnis, das sie mit der ganzen Welt teilte – ein Widerspruch, der keinen rechten Sinn ergab, aber so empfand sie es nun mal. Ihre Brüste waren voller, ihre blasse Haut rosig, und ihr Haar wirkte irgendwie dicker. Ihr Bauch wölbte sich vor, und ihr Nabel hatte sich nach außen gestülpt, was sie ein wenig peinlich berührte. Vom Nabel abwärts zog sich ein senkrechter Strich goldenen Haares bis zu ihrem Schamhaar. Manchmal stand Claire vor dem Spiegel und betrachtete sich, staunend über das, was in ihr geschah.

»Darf ich anfassen?«, fragte Martin. Sie nickte, und als sie Seite an Seite im Pavillon Platz genommen hatten, legte er eine Hand auf ihren Bauch. »Oh«, sagte er, als seine Hand die gespannte Haut berührte, und sie wusste, dass er sich danach sehnte, sie zu küssen, Hände und Lippen über ihren Körper wandern zu lassen, das Gesicht in ihrem Haar und ihrem Zitrusduft zu vergraben, aber er ließ die Hand reglos auf ihrem Bauch liegen. Diese Hand hatte sie in der Vergangenheit so viele hundert Male berührt, hatte jeden Quadratzentimeter von ihr erforscht, die Finger gespreizt und vorwitzig, aber jetzt waren sie respektvoll und beinahe scheu, denn dies war nicht mehr sein Territorium, sondern das eines anderen. Er schloss die Augen und atmete tief durch, als müsse er sich wieder fassen. Unter der Haut befand sich das Baby eines anderen, bereits voll entwickelt, ein kleines Wesen, das halb Mutter, halb Vater war.

Martins Hand lag noch auf der Wölbung ihres Bauches, als das Baby gegen die Bauchdecke trat. Martin zuckte zurück, als hätte er sich an einer heißen Herdplatte verbrannt. »Es hat sich bewegt!«, sagte er lächelnd, aber in seinen Augen lag unsagbare Trauer. Sie flackerten flüchtig auf und zeigten dann tiefe Niedergeschlagenheit. Obgleich sie alles versucht hatten, war Frances nicht wieder schwanger geworden, eine ständige Quelle stillen Wehmuts für sie und Martin. Er hatte noch nie heranwachsendes Leben unter seiner Hand gespürt. Claire wusste, dass er sich oft ausgemalt hatte, wie es wäre, eines Tages die Hand auf ihren Bauch zu legen, so wie er es eben getan hatte, und das Baby in ihr strampeln zu fühlen. Nur dass das Baby in seinen Tagträumen seins gewesen war.

1965 stürzte Frances' fünfzehnjährige Tochter Louisa, die sich zu einer hervorragenden Reiterin entwickelt hatte, in Hampstead Heath vom Pferd und brach sich drei Rückenwirbel. Die Ärzte meinten, ihr Zustand sei sehr ernst und sie würde möglicherweise für immer von der Taille an gelähmt bleiben. Frances entschloss sich, für ein halbes Jahr aufs Land zu ziehen, damit Louisa in einer Rehabilitationsklinik therapiert werden konnte. Dort lernte sie ganz langsam wieder zu gehen. Es war für sie alle eine schwierige Zeit, und obwohl Martin jedes Wochenende rausfuhr und täglich mit ihr telefonierte, klagte Frances, dass Martin das Restaurant mehr bedeute als sie und ihre Tochter.

»Das ist nicht wahr«, widersprach er geduldig, aber er wusste, worauf sie hinauswollte. Er hätte das Restaurant für seine Familie aufgeben können – gar keine Frage –, aber es würde immer Macht über ihn haben. Wenn er in der riesigen, hell erleuchteten Großküche arbeitete, die er im Laufe der Jahre immer wieder umgebaut und erweitert hatte, bis sie hundertprozentig auf seine Bedürfnisse abgestimmt war, verfiel er beinahe in einen meditativen Zustand. Der Rest der Welt hörte auf zu existieren, und er dachte weder an die hungrigen Menschen an den elegant eingedeckten Tischen nebenan, die auf ihren gegrillten Fisch oder ihre Käseplatte warteten, noch daran, dass er eine Tochter hatte, die bei einem Unfall schwer verletzt worden war, oder eine wunderschöne Frau, die sich deshalb furchtbare Sorgen machte und manchmal untröstlich schien. In seiner Küche beherrschten ganz andere Dinge seine Gedanken; dort hackte er, schälte, rührte und schmeckte ab. Seine Hände bewegten sich so flink, wie Nicole es ihm all die Jahre zuvor in der Küche seines Elternhauses beigebracht hatte, und er arbeitete sich in Trance. Beim Kochen träumte er manchmal von Claire, sah sie als junges Mädchen vor sich, unbeschwert und sein. Manchmal verlor er sich in diesen Gedanken, tauchte völlig in sie ein, bis er beinahe glaubte, Claire wäre immer noch das optimistische Mädchen, das Hüte hasste und die Bildhauerei liebte, und er der arrogante und leidenschaftliche junge Mann, der sie liebte.

Spät abends, wenn das Restaurant geschlossen hatte, die Ober heimgegangen waren und die Lichter im kühlen, dunklen, laubenartigen Speisesaal erloschen waren, wo die Tische bereits für das Mittagessen am folgenden Tag eingedeckt waren und das schwere Silber und die Wassergläser schwach im Mondlicht schimmerten, das durch die großen Fenster hindurchfiel, verließ Martin das *Pavillon* durch die Vordertür und spazierte über das Kopfsteinpflaster der Dobson Mews in Richtung seines Hauses in Bloomsbury, das unnatürlich still war, jetzt da Frances und Louisa vorübergehend auf dem Land waren. Das Erste, was er dachte, wenn er das großzügige Wohnzimmer betrat mit seinen deckenhohen Bücherregalen, den eleganten weißen Sofas und den teuren Orientteppichen, war, wie sehr sich dieses Haus von der Wohnung über dem Restaurant unterschied, die Claires und sein Zuhause hatte sein sollen. Aber nach der Hochzeit war er bei Frances eingezogen. Frances war eine sanfte, kluge und verantwortungsvolle Frau, und er kam gut mit ihr aus. Sie spielten Duetts auf dem Klavier, lasen einander vor, gingen ins Theater und massierten sich manchmal am Ende eines langen Tages den verspannten Nacken. Sie waren beide schrecklich stolz auf Louisas Intelligenz und Anmut, und sie hatten einen großen Freundeskreis, Paare mit ähnlichen Interessen und Lebensinhalten.

Im Schlafzimmer setzte er sich langsam auf die Kante des großen Bettes und zog sich aus. Er ließ Schuhe und Hose achtlos zu Boden fallen, die Gürtelschnalle klirrte leise, als sie auf den Holzdielen aufschlug. Martin registrierte, dass sein Körper sich anders anfühlte als früher – irgendwie ein wenig langsamer und weniger kraftvoll. Sein einstmals rabenschwarzes Haar war von silbernen Fäden durchzogen, die ihm das für einen Küchenchef durchaus angemessene distinguierte Aussehen verliehen, aber das, was diese silbernen Fäden aussagten, war eindeutig. Ihm war nicht entgangen, dass Claire mit jedem Jahr gealtert war, aber jetzt wurde ihm bewusst, dass auch er älter wurde, dass sein Körper immer schwerfälliger und die silbernen Strähnen mehr werden würden, dass die Jahre unaufhaltsam verstreichen würden und sie doch nie mehr ihm gehören würde.

Lucas Swift erlag 1966 in seinem Haus in der Badger Street einem Schlaganfall. Seine Tochter Claire saß an seinem Bett und hielt seine Hand, als er für immer die Augen schloss. Er hatte einige Wochen zuvor bereits einen leichteren Schlaganfall erlitten und sich geweigert, sich ins Krankenhaus von Albany einweisen zu lassen. »NIEMALS« hatte er in krakeliger Schrift auf den Schreibblock gekritzelt, dessen er sich bediente, weil ihm das Sprechen jetzt sehr schwer fiel. Und so blieb er daheim, und Claire half ihm jeden Tag bei seinen Übungen, legte seine Finger um einen Gummiball, den er drücken sollte, um die Arm- und Handmuskulatur zu stärken, und versuchte, ihn jeden Tag für einige Zeit im Bett aufzusetzen. Aber ihm fehlte der Wille. Seine Frau Maureen war lange tot, und jetzt erkannte er seine Chance, ihr nachzufolgen, sodass er keinen Sinn darin sah, gegen die Krankheit anzukämpfen, die ihn halbseitig gelähmt hatte, sodass einer seiner Mundwinkel schlaff herabhing, die Finger der einen Hand ständig gekrümmt blieben und er geistig wieder auf der Entwicklungsstufe eines Kindes war. Er wollte bis zum Tod daheim bleiben.

Und wie sich herausstellte, sollte der nicht lange auf sich warten lassen. Schon wenige Wochen später erlitt er einen weiteren Schlaganfall, woraufhin Claire wieder einmal vorübergehend bei ihrem Vater einzog. Daniel kümmerte sich um die Kinder und kochte ihnen das Abendessen. Auch wenn er kein besonders guter Koch war, reichte es für einen annehmbaren Eintopf. Claire hielt die Hand ihres Vaters ganz fest, streichelte seinen Arm und erzählte ihm von früher. Als er starb, hatte sie die Gewissheit, das Versprechen, das sie ihrer Mutter auf dem Sterbebett gegeben hatte, eingelöst zu haben. Auch die Firma stand gut da, hatte sogar expandiert und Räume in einem nahe gelegenen Lagerhaus angemietet, in denen Werkzeug, Materialien und zusätzliche Büros untergebracht waren. *Jetzt*, dachte Claire mit leichter Ironie, *könnte ich Longwood Falls verlassen und zu Martin nach London ziehen.* Aber das Leben war manchmal wie ein kompliziertes Seilhüpf-Spiel, das sie als kleines Mädchen mit ihren Freundinnen auf dem unebenen Bürgersteig der

Badger Street gespielt hatte; wenn man nicht genau im richtigen Moment hüpfte, war es vorbei.

Als der stetig blinzelnde Bestatter von Barker's Funeral Home kam, küsste Claire ein letztes Mal die Hand ihres Vaters. »Ich liebe dich«, sagte sie leise, erhob sich und ging heim zu ihrem Ehemann und den Kindern, die auf sie warteten.

Am 26. Mai 1968 hielt Martin in London Ausschau nach einem Taxi, das ihn zum Flughafen bringen sollte. London hatte sich vollkommen verändert, seit er in den fünfziger Jahren dorthin gezogen war. Jetzt war es erfüllt von Teenagern, Musik, grellen Farben und verschiedenen Drogen, alles Dinge, für die er sich herzlich wenig interessierte – ganz im Gegensatz zu seiner Tochter Louisa. Sie war ein kluges junges Mädchen, das Miniröcke aus Papier trug, ihre Zeit mit dummen Jungen auf Motorrädern verbrachte, unablässig dieselben Rocksongs spielte und sich die Augen so stark mit Kajal schminkte, dass sie aussah wie ein kranker Waschbär. Aber er machte ihr keinen Vorwurf wegen ihrer Exzesse; er konnte verstehen, dass sie nach ihrer langwierigen Genesung von ihrem Reitunfall das Leben genießen wollte.

Nicht, dass Martin ein Spießer gewesen wäre; erst in der vergangenen Woche waren John Lennon und Paul McCartney zusammen mit einigen Größen der Musikbranche im *Pavillon* gewesen, und Martin hatte immer wieder ganz aufgeregt durch das Bullauge in der Küchentür in den Speisesaal gelinst. Zu seiner großen Freude aßen beide Beatles alles auf, und da er und Claire sich bald wieder sehen würden, sagte er sich *Das muss ich Claire erzählen.*

Obwohl Martin seine Frau und Tochter sehr gern hatte und seinen beruflichen Erfolg genoss – er war Gegenstand diverser Zeitungs- und Zeitschriftenartikel gewesen und in Kürze würde er sein erstes Kochbuch unter dem Titel *Rezepte aus dem Pavillon* veröffentlichen, – kam es ihm oft vor, als würde er das alles nur träumen. Es war, als befände sich sein schlafendes Ich in England, während sein aktives, waches Ego mit Claire durch irgendwelche schmalen Gassen in Italien wanderte.

Frances tolerierte Martins jährliche Reisen nach Longwood Falls, auch wenn sie ihr missfielen. Obwohl sie wusste, dass diese Besuche »harmlos« waren, fühlte sie von ihnen doch ihr Lebensglück bedroht, eine Furcht, die nicht ganz unberechtigt war. Martin liebte es, mit Claire zusammen zu sein; das alljährliche Wiedersehen war für ihn der Höhepunkt des Jahres, und nur dann, am 27. Mai bei ihr im Pavillon, fühlte er sich richtig lebendig. Wäre er auch dann noch so glücklich, wenn sie immer zusammen wären? Er wusste es nicht. Frances beklagte sich immer ein wenig, bevor er in die Staaten abreiste. Dann setzte sie sich vor ihre Frisierkommode in dem großzügigen Schlafzimmer, hob das schwere Haar im Nacken an (sie trug das Haar jetzt nicht mehr zu einem Zopf geflochten, sondern hatte sich vor einigen Jahren für einen damenhafteren Knoten entschieden), und fragte: »Ist sie viel schöner als ich? Ist es das?«

»Nein«, antwortet er, während er seinen Aktenkoffer und seine Reisetasche packte. »Das ist sie nicht. Ganz und gar nicht.«

»Dann ist sie schlauer als ich«, sagte Frances.

»Sie hat nicht einmal studiert«, entgegnete Martin. »Während du dein Philosophiestudium in Cambridge summa cum laude absolviert hast.«

Frances schnaubte trotzig. »Und was hab ich davon? Ich habe beim Einkaufen bei Harrods nicht viel Gelegenheit zum Philosophieren.«

»Aber du hast dich frei für dieses Leben entschieden«, gab er zu bedenken.

Ihre Blicke trafen sich im Spiegel. »Das stimmt«, sagte sie. »So wie du auch, Martin.«

»Dessen bin ich mir bewusst. Bin ich dir kein guter Ehemann? Haben wir nicht eine schöne Zeit zusammen?«

»Doch«, gab sie zu. »Das haben wir.« Und es stimmte; sie führten eine gute Ehe.

»Ich möchte nur einmal im Jahr für einen Tag in aller Stille fort fahren. Ich glaube nicht, dass das zu viel verlangt ist, und doch machst du jedes Mal wieder ein Drama daraus.«

»Entschuldige, Liebling.« Dann stand sie plötzlich auf, wandte sich ihm zu und küsste ihn auf den Mund. Ihre Küsse waren immer sehr intensiv, tief empfunden und leidenschaftlich. Martin konnte sie beide aus einem Augenwinkel im Spiegel der Frisierkommode sehen. Er hielt mit Packen inne und erwiderte den Kuss, da er immerhin ihr Ehemann war und sie wirklich liebte.

Am Tag darauf war er in Longwood Falls und schlenderte vom Bahnsteig in einen weiteren warmen Nachmittag. Die Welt hatte sich in den sechziger Jahren unglaublich verändert, aber der Wandel schien dieses kleine Fleckchen bislang verschont zu haben. Über dem Ort lag immer noch eine verschlafene, beschauliche Atmosphäre. Das Erste, was Martin durch den Kopf ging, als er den Marktplatz betrat, war: *Dies ist die Stadt, in der Claire lebt.*

Dieser Gedanke, viel stärker als jener, dass es die Stadt war, in der er selbst auch aufgewachsen war. Seine Kindheit war rasch verblasst, und die Erinnerungen an die weiße Villa mit den rutschigen Marmorböden war nur noch sehr vage.

Aber als er an diesem Tag den Weg zum Pavillon entlang ging – er war diesmal eine halbe Stunde zu früh, und Claire war noch nicht da –, holte ihn seine Kindheit plötzlich ein. Seine Eltern kamen ihm auf dem Weg entgegen. Es gab keine Möglichkeit, ihnen auszuweichen, und er fühlte, wie sein Herzschlag sich beschleunigte. Er hatte die Gedanken an seine Eltern im Laufe der Jahre verdrängt, auch wenn er immer noch manchmal von ihnen träumte. Ob sie wohl manchmal an ihn dachten oder sogar auch von ihm träumten? Sie hatten nie versucht, Kontakt zu ihm, ihrem einzigen Sohn, aufzunehmen, aber auch wenn sie es getan hätten, wusste er nicht, wie er reagiert hätte. Und jetzt hatte er die Eltern vor sich, die er 15 Jahre nicht mehr gesehen hatte, und die unerwartete Begegnung erschütterte ihn.

Als Erstes fiel ihm auf, dass seine Mutter dick geworden war; der Alkohol hatte ihre einst schlanke Gestalt ruiniert, ihre Züge waren schwammig wie bei jedem Alkoholiker. Ihre Augen schienen zu schwimmen, und ihr Schritt war unsicher, nicht weil sie betrunken gewesen wäre, sondern weil der Alkohol ihren Stoffwechsel völlig aus dem Lot gebracht hatte. Selbstverständlich trug sie einen Hut, diesmal von der Farbe Roter Beete, und er saß so flach auf ihrem Kopf, als sei er von einem anderen Planeten kommend dort gelandet.

Aber noch überraschender war die Veränderung seines Vaters, der offenbar seine offene Aggression verloren hatte. Er sah aus wie ein alternder schwächlicher Mann. Vermutlich war er immer noch boshaft, gnadenlos und voller Rachegelüste gegenüber vermeintlichen Feinden, aber der lodernde Zorn, der ihn damals angetrieben hatte, war aus seinem Gesicht gewichen. Sein Haar, das einmal so dick und dunkel gewesen war wie Martins, war schütter geworden. Es war nicht von silbernen Strähnen durchzogen, wie das seines Sohnes, sondern hatte eine wässrige graue Färbung angenommen, die Farbe des Alters. Seine Haut war fleckig, und er ging sehr langsam. Niemand würde sich von diesem alten Mann eingeschüchtert fühlen, und Martin verstand plötzlich nicht mehr, warum er sich in seiner Kindheit so sehr vor seinem Vater gefürchtet hatte.

Dann sahen sie ihn. Lucinda Rayfiel schnappte nach Luft, drückte den Arm ihres Mannes und rief: »Sieh doch.«

Zwei Meter vor ihm blieben sie stehen. Die Eltern musterten ihr Kind, und er hielt ihren Blicken stand. »Mutter«, sagte Martin und fügte dann mit einem Nicken hinzu: »Vater.«

»Oh Martin«, schluchzte seine Mutter, stürzte vor und umarmte ihn. »Was machst du denn hier?«, fragte sie überwältigt.

»Ich bin hier, um eine Freundin zu besuchen«, entgegnete er zurückhaltend.

»Ach? Eine gute Freundin?«, fragte seine Mutter.

»Ja. Eine sehr gute.«

»Sieh dich nur an«, fuhr Lucinda fort. »So erwachsen und distinguiert.« Er legte einen Arm um sie und tätschelte ihren Rücken, als tröste er ein Kind. Und wie ein Kind weinte sie an seiner Brust, als wäre ihr jetzt erst klar geworden, was sie in all den Jahren, in denen sie keinen

Kontakt gehabt hatten, vermisst hatte. Ash Rayfiel seinerseits wirkte verlegen, vergrub die Hände in den Taschen und wandte den Blick ab von dem peinlichen Gefühlsausbruch seiner Frau. Martin war einerseits gerührt, andererseits auch wieder nicht. Ihm war nicht nach Weinen zumute, aber er fühlte doch aufrichtiges Bedauern ob des Verlustes einer Mutter. Natürlich war sie für ihn schon verloren gewesen, lange bevor er nach Europa gegangen war. Claire ihrerseits war ein gute Mutter, wie er von seinem Freund Hush wusste, der Martin weiterhin auf dem Laufenden hielt. Hush, der inzwischen ebenfalls ein eigenes Kind hatte, das ein paar Jahre jünger war als Claires, hatte geschrieben, Claire sei eine liebevolle unermüdliche Mutter, die jedes Jahr für ihre Kinder aufwendige Halloween-Kostüme entwarf, jedem Schulkonzert beiwohnte, bei dem sie mitspielten, um stolz den nicht immer ganz sauberen Tönen ihrer Klarinette zu lauschen, und stets präsent war, um ihnen beim Auswendiglernen zu helfen oder bei wissenschaftlichen Projekten mit Limabohnen und Wattebällchen. Sie hatte immer ein offenes Ohr für sie, sie war für sie da. Wenn Martin und Claire zusammen Kinder bekommen hätten, wie sie es sich sehnlichst gewünscht hatten, wäre sie genauso für sie da gewesen.

Martins Mutter rückte von ihm ab, und er sah den entschuldigenden Ausdruck in ihren leicht verschwommenen Augen und den zu stark geschminkten und von geplatzten Äderchen durchzogenen Wangen. »Oh Martin«, sagte sie leise. »Ich wünschte, wir könnten noch einmal von vorn anfangen.«

»Ich auch.«

»Wir haben gehört, dass du sehr erfolgreich bist«, fuhr

Lucinda Rayfiel fort. »Wir haben Freunde in London; erinnerst du dich an die Babbingtons aus dem Club – Bill und Norma?«

Er nickte, wenngleich er keinen Schimmer hatte, wer diese Leute waren.

»Sie sind vor ein paar Jahren nach London gezogen, und sie schreiben uns oft und berichten, wie berühmt du dort bist«, fuhr sie fort. »Einmal haben sie uns sogar einen Artikel aus der Londoner *Times* über dich geschickt! Wir waren natürlich schrecklich stolz auf dich und wollten dir das auch sagen, aber dein Vater hielt es für das Beste, wenn wir …« Sie verstummte und senkte den Blick.

Erst jetzt blickte Ash Martin an, seine Augen so ausdruckslos wie eh und je, und sagte steif: »Ich hielt es für das Beste, dich in deiner Lebensweise in Frieden zu lassen. Mich nicht einzumischen. Du hast es nie leiden können, wenn man sich in dein Leben einmischt.«

»Das stimmt, das konnte ich nie leiden«, stimmte Martin zu, aber er wusste, dass nicht Rücksichtnahme seinen Vater davon abgehalten hatte, sich zu melden, sondern tiefe Abneigung, die an Hass grenzte. Man sah es seiner Haltung nicht an, da Ash Rayfiel nur noch ein alter, schwächelnder Mann in teuren Kleidern war, aber Martin wusste, dass der Hass irgendwo unter der scheinbar gelassenen Oberfläche schwelte.

»Kommst du mit nach Hause?«, fragte seine Mutter. »Alex wartet mit dem Wagen um die Ecke.«

»Was ist aus Henry geworden?«, fragte Martin, der sich noch gut an den freundlichen Chauffeur erinnerte, neben dem er so oft in dem silbernen Bentley gesessen hatte.

»Oh, Henry ist vor Jahren gestorben«, entgegnete seine Mutter. »Hirntumor. Es war sehr tragisch.«

»Das tut mir leid«, sagte Martin. Er wünschte, er hätte davon erfahren; er wäre zur Beerdigung gegangen und hätte Henrys Frau, die als Haushälterin in The Crest arbeitete, sein Beileid ausgesprochen. Henry war tot, ebenso wie die dicke Köchin, die geradezu besessen gewesen war von Käse, ganz zu schweigen von einer Tante und zwei Onkeln. »Ich kann nicht mitkommen, Mutter. Tut mir leid«, sagte Martin. »Ich bin hier, um eine Freundin zu besuchen, wie ich schon sagte. Aber vielleicht könnt ihr mich irgendwann in London besuchen. Ich weiß doch, wie gern ihr reist, Vater und du.«

»Danke, Martin. Wir reisen zwar dieser Tage nicht mehr so viel, aber vielleicht kommen wir irgendwann.« Er küsste sie zum Abschied, und sein Vater nickte knapp, dann setzten sie langsam ihren Spaziergang über den Platz fort. Er wusste, dass sie ihn nie in London besuchen würden, wahrscheinlich würde er sie nie wieder sehen.

Martin setzte sich in den Pavillon und brauchte eine Weile, um sich von dem Schock zu erholen. Es dauerte nicht lange, und Claire gesellte sich zu ihm. Sie hatte sich das helle Haar kürzer schneiden lassen, und ihre langen, schlanken Arme hoben sich anmutig von ihrer vanillegelben Bluse ab. Sie trug eine Kette aus bunten Perlen um den Hals: ein Geschenk von ihrer Tochter Alison, erklärte sie.

»Du duftest noch genauso wie früher«, sagte er, das Gesicht an ihrem Hals vergraben. Sie rückte ein wenig von ihm ab und lächelte. Ein Mann starrte über den Rasen hinweg zu ihnen herüber. Es kam gelegentlich vor, dass jemand Martin und Claire beobachtete, das Paar, das sich in platonischer Liebe zugetan war und seit Jahren einmal jährlich dort traf, aber nie störte sie jemand oder machte eine Bemerkung darüber. Claires Kinder schienen von Martin nichts zu wissen.

»Weißt du eigentlich, wie schwierig es ist, diese Zitrusseife zu finden?«, sagte Claire. »Ich muss jedes Mal die ganze Gegend danach absuchen. Spicer's Drugstore führt sie nicht mehr, sodass ich heute bis Albany fahren muss. Aber ich weiß ja, wie gern du den Duft magst.«

»Das stimmt. Danke, dass du deswegen extra bis Albany gefahren bist.« Claire erzählte ihm, was sich im vergangenen Jahr alles in ihrem Leben zugetragen hatte, wobei er einen Teil davon bereits aus Hushs Briefen wusste, was er sich jedoch nicht anmerken ließ. »Modellierst du eigentlich noch?«, wollte er wissen.

»Gelegentlich«, erwiderte sie ausweichend; sie wich immer aus, wenn er sie nach der Bildhauerei fragte. Vielleicht war es ihr peinlich, an dieses Talent erinnert zu werden, das sie brach liegen ließ. Er fürchtete, dass sie überhaupt nicht mehr modellierte, ihm das aber nicht gestehen wollte. Dennoch hakte er nicht weiter nach.

»Wie läuft es im *Pavillon*?«, fragte sie. »Ich meine in dem in London.«

Er setzte an, ihr Anekdoten aus dem Restaurantalltag sowie von dem Kochbuch zu erzählen, aber plötzlich erschien ihm das unerträglich. Das war nur Small Talk. Er sah sie so selten und jeweils nur für so kurze Zeit, dass es ihm undenkbar erschien, diese kostbare Zeit mit oberflächlichem Gerede zu vertun. »Claire«, sagte er unvermittelt, »lass uns nicht wie Fremde reden, die sich zufällig im Zug kennen lernen und höfliche Konversation machen. Bitte.«

Sie nickte. »Okay«, sagte sie.

Er musterte sie lang und eindringlich. »Erinnerst du

dich daran, wie wir das erste Mal zusammen im Lookout waren?«, fragte er.

Sie lächelte, scheu und ironisch zugleich. »An diesem Tag hast du mir die Unschuld geraubt.«

Martin schüttelte den Kopf. »Du bist heute noch unschuldig. Und überhaupt, wie könnte Liebe Sünde sein?«

Claire senkte den Blick und starrte auf den Boden des Pavillons. »Jener Tag hat mein Leben verändert«, sagte sie mit belegter Stimme.

Obwohl sie wieder in ihrer Geburtsstadt lebte, verheiratet war mit einem Mann aus der Gegend und die Firma ihres Vaters leitete – im Grunde also das beschauliche und vorhersehbare Leben vieler ihrer Bekannten führte –, wusste sie, dass ihr Leben sich an jenem Tag verändert hatte. Manchmal fürchtete er, dass sie denken könnte, es sei alles umsonst gewesen. »Dann bereust du nichts?«, fragte er. »Weder jenen Tag noch das, was hinterher geschehen ist?«

Claire bedachte ihn mit einem eigentümlichen Blick. »Martin«, sagte sie, »ich glaube einfach nicht, dass du tatsächlich denkst, ich könnte irgendetwas an unserer gemeinsamen Zeit bereuen.«

»Es macht mich glücklich, das zu hören«, sagte er und hielt ihre Hände, bis sie heim musste.

1975 bekam Claires Tochter Alison Martina Clusker, Ausnahmeläuferin im Querfeldein-Team der Longwood Falls High und außergewöhnlich talentierte Zeichnerin, ein Stipendium für eine New Yorker Kunsthochschule. Claire, der sich nie die Chance geboten hatte, selbst Kunst zu studieren, war begeistert. Jedes Mal, wenn sie Alison an der Staffelei stehen sah, die sie auf dem winzigen Dachboden ihres kleinen Einfamilienhauses aufgestellt hatten, berührten sie die vielen Möglichkeiten, die sich ihrer Tochter boten. Alison hatte bereits einen Freund, einen verschlossenen Jungen namens Jeff, der nach der Schule in Beckerman's Milchbar jobbte und Softeis verkaufte. Claire versuchte, Alison und Jeff in Ruhe zu lassen und erlaubte ihnen, bis spätabends allein im Wagen zu sitzen, wo sie weiß Gott was taten. Aber in letzter Zeit wirkte Alison unglücklich, brach ab und zu scheinbar grundlos beim Abendessen in Tränen aus und stürmte hinauf in ihr Zimmer.

»Die Pubertät«, sagte Daniel nur milde. »Sie tut mir richtig leid. Aber das machen sie alle durch, nicht wahr? Ist das nicht eine Art Initiation?«

»Ich denke ja«, sagte Claire, machte sich aber insgeheim Sorgen. Eines Abends, als Alison zum zweiten Mal innerhalb einer Woche in Tränen aufgelöst den Tisch verlassen hatte, klopfte Claire an ihre Tür und fragte, ob sie hereinkommen dürfe. Zuerst bekam sie keine Antwort, aber schließlich öffnete Alison doch, das Gesicht verschmiert und gerötet vom Weinen. »Was ist?«, fragte sie ihre Mutter unglücklich. Hinter ihr lag ein mit Postern geschmücktes Zimmer voller Kerzen, Taschenbücher, Pinsel, Makeup und Bergen von achtlos abgelegten Kleidern. Über der Rückenlehne eines Stuhls hing Claires altes apfelgrünes Chanel-Kostüm, das sie ihrer Tochter geschenkt hatte, nachdem es ihr ohnehin nicht mehr passte. Alison trug das Kostüm gern; sie bezeichnete es als »retro« und »cool« und trug dazu gewöhnlich schwedische Clogs sowie interessanten Schmuck, den sie im Kunstunterricht in der Schule aus Kupferdraht und Perlen selbst hergestellt hatte.

»Ich wollte mich nur davon überzeugen, dass es dir gut geht, Liebes«, sagte Claire. »Wenn du über etwas reden möchtest …«

»Mom«, fiel Alison ihr ins Wort. »Es ist nichts, worüber ich mit dir sprechen könnte. Ich meine, sieh dich und Dad doch an. Es ist doch offensichtlich, dass ihr nie etwas erlebt habt, das auch nur annähernd an das herankäme, was ich zurzeit durchmache.«

»Ach nein?«

»Nein«, stellte ihre Tochter fest. »Es geht um … Liebe. Um Gefühle, die so stark sind, dass man sich innerlich ganz durcheinander fühlt. Sei nicht böse, aber du würdest es nicht verstehen.«

Claire musste an sich halten, um nicht einzutreten, die Tür hinter sich zuzuschlagen, Alison aufzufordern, sich hinzusetzen, und ihr zu sagen: »Hör mal gut zu, ich weiß sehr genau, wovon du sprichst. Deine Mutter hat ein sündiges Leben voller Liebe und Leidenschaft gelebt, das dich zutiefst schockieren würde.« Ihre Tochter wäre baff gewesen. Wie sollte diese mittelalte Mutter von drei Kindern – diese durchschnittliche, gutmütige Kleinstadtfrau – solche Leidenschaft erlebt haben? Manchmal konnte Claire es selbst nicht fassen.

Aber Claire bedachte ihre Tochter nur mit einem mitfühlenden Blick und sagte: »Also, falls du es doch mit mir versuchen willst, bin ich für dich da.« Darauf ging sie, wohl wissend, dass Alison gleich mit Jeff telefonieren würde. Sie würde tuscheln, weinen und lachen und Dinge sagen, die niemand sonst je zu hören bekommen würde.

Als Martins Mutter 1987 an einer akuten Entzündung der Bauchspeicheldrüse starb, einer Folge ihres langjährigen übermäßigen Alkoholkonsums, rief Hush Martin an, und er kam zur Beerdigung. Steif saß er in der Kirche und lauschte den Worten des Pfarrers. Er hatte gedacht, dass es Getuschel geben würde ob seiner Rückkehr, aber dann ging ihm auf, dass die meisten der Leute, die alten Klatsch aufgewärmt hätten, vermutlich längst verstorben waren. Zwei Jahre später, als auch Ash Rayfiel in seinem Büro in der Fabrik an einer verstopften Schlagader starb, kehrte Martin nicht zurück. Ihm wurde berichtet, dass nur sehr wenige Leute zu seiner Beerdigung gekommen waren. Die Villa auf dem Hügel wurde verkauft, und das gesamte Rayfiel-Vermögen fiel an die Princeton-Universität, wo irgendein neues Gebäude zum Gedenken an den großzügigen Spender nach Ash Rayfiel benannt werden sollte. Martin war das egal; er hatte ohnehin mit keinem Erbe gerechnet. Er war inzwischen sehr wohlhabend; er war ganz allein zu Reichtum und Ansehen gelangt, und das in einem Beruf, der ihm wirklich Freude bereitete. Außerdem besaß er einen sehr großen Freundeskreis in London und ganz Europa. Einmal im Monat luden er und Frances ihre Freunde ins Restaurant ein, und sie aßen alle an einem großen runden Tisch, verputzten riesige Platten köstlicher Speisen, lachten bis spät in die Nacht und lehnten sich dann zufrieden in ihren Stühlen zurück, um auf die originelle Decke des Restaurants zu blicken.

Seine Frau und seine Tochter waren glücklich und ebenfalls erfolgreich. Frances unternahm ehrenamtlich Führungen im *British Museum*, und Louisa, die in Cambridge studiert hatte, war dort inzwischen Dozentin wie ihr verstorbener Vater James. Sie hatte die Papierröckchen und das Waschbär-Makeup längst abgelegt, kleidete sich aber immer noch modern, wenn auch deutlich eleganter.

Mit 55 Jahren war Martins Haar vollständig ergraut, und als er in diesem Jahr zu ihrem Treffen im Pavillon erschien, machte Claire große Augen. Ihm selbst war gar nicht bewusst gewesen, wie sehr er sich in dem einen Jahr äußerlich verändert hatte. »Sehe ich sehr alt aus?«, fragte er.

»Oh nein«, entgegnete sie. »Nur sehr distinguiert – aber das war ja schon immer so. Nur dass du jetzt in diese Hülle hineingewachsen bist.«

»Danke«, sagte er lächelnd. Er hielt ihre Hand und streichelte sanft ihren Arm, auf dem er Sommersprossen bemerkte, die ihm noch nie aufgefallen waren. Altersflecken, dachte er, aber sie störten ihn nicht; sie bedeuteten lediglich, dass Claire mit 55 Jahren eben alterte wie jeder andere auch. Dennoch erschien sie ihm immer noch wunderschön. Er liebte alles, was an ihr nicht perfekt war, liebte das *Echte*. »Weißt du«, sagte er leise, »nichts macht mich glücklicher als hierher zu kommen.«

»Mir geht es genauso«, sagte sie.

»Es ist schon komisch. Wir haben beide unser Leben, du mit deinen Kindern, Daniel und *Swift Maintenance*, und ich mit dem *Pavillon*, meiner Frau und der Philosophin Louisa, und doch ist es, wenn wir herkommen, so, als wäre alles andere unbedeutend.«

»Das stimmt«, pflichtete sie ihm bei. »Ich empfinde es ganz genauso.«

Sie saßen aneinander gelehnt da, die Hände ineinander verschränkt, ohne sich darum zu kümmern, wer sie sah. Ihre Liebe war längst nichts Neues mehr. Er nannte

Claire ein Rezept für kalte Tomatensuppe mit Dill, und sie hob seine Hand an die Lippen und küsste eine Fingerspitze nach der anderen.

Sie beide dachten, dass es ewig so weitergehen würde: Sie würden sich einmal im Jahr treffen, zusammensitzen, reden, sich bei der Hand halten und einander die Liebe spüren lassen, die sie immer noch einhüllte wie ein Duft, der nie verfliegen würde. Aber am 27. Mai 1998, mit 66 Jahren, war Claire ungewöhnlich ernst, als Martin langsam die Stufen des Pavillons hinaufstieg und sich zu ihr setzte.

»Was ist?«, fragte er ängstlich, aber im Herzen wusste er es bereits. Sie fürchtete sich davor, es ihm zu erzählen. Es war einfacher gewesen, es Daniel und den Kindern mitzuteilen. Die Cluskers waren eine Familie, die fest zusammenhielt; gemeinsam würden sie damit fertig werden. Aber Martin hatte in London niemanden, mit dem er darüber sprechen oder vor dem er offen weinen konnte.

»Martin«, begann sie, »hör mir zu.« Und sie begann, ihm zu erzählen, was geschehen war.

Es hatte zehn Wochen zuvor begonnen, als Claire und Daniel sich gerade bettfertig gemacht hatten. Er hatte auf der einen Bettseite gesessen und sich gerade das Schlafanzugoberteil angezogen, und Claire hatte auf ihrer Seite gesessen und sich das Gesicht eingecremt. Zwischen Claire und Daniel herrschte eine sehr vertraute Atmosphäre, die sich im Laufe der Jahre gesteigert hatte, und sie fühlte tiefe Ergebenheit für diesen scheuen, hart arbeitenden Mann, der auch mit 66 Jahren noch gelegentlich Handstandüberschlag machte wie in seiner Jugend. Er war ein zuverlässiger Ehemann gewesen und den drei

Kindern, die längst erwachsen waren und eigene Familien gegründet hatten, ein guter Vater. Der ernste Jonathan lebte mit Frau und Tochter in Nordkalifornien und entwickelte Computersoftware; der sensible Edward und seine Frau, beide Cellisten, hatten sich mit ihren beiden Söhnen in Boston niedergelassen, wo sie im städtischen Sinfonieorchester spielten. Und Alison Martina Clusker, die ihren Mädchennamen behalten hatte, hatte ihre High-School-Liebe Jeff geheiratet, und die beiden lebten mit ihren drei Kindern – zwei Mädchen und einem Jungen – in Vermont, wo sie als Künstlerin arbeitete und er an einer Schule unterrichtete. Claires und Daniels Leben war voller Enkel, die sie an Weihnachten und in den Sommerferien besuchten. Sie liebte diese Kinder über alles und hatte im vergangenen Winter jedem einzelnen von ihnen einen kunterbunten Schal gestrickt.

An besagtem Abend hatte Claire also einen Arm gehoben und begonnen, ihre Brust abzutasten, wie sie es jeden Monat tat, um sich davon zu überzeugen, dass dort nichts Ungewöhnliches zu fühlen war. Normalerweise verwandte sie nur einige Sekunden auf diese Vorsichtsmaßnahme, aber an diesem Abend machte sie etwas stutzig. Es war sehr klein, nicht größer als eine Perle; hatte sie es sich nur eingebildet? Sie tastete die linke Brust erneut ab, diesmal aufmerksamer.

»Daniel«, sagte sie schließlich leise. »Ich glaube, da ist etwas.«

Die Operation war nur teilweise erfolgreich; die Ärzte sagten, es hätten sich bereits Metastasen in den Lymphknoten der Achselhöhlen gebildet. Als sie aus dem Koma erwachte, brauchte sie nur einen Blick auf das Gesicht ihres Mannes zu werfen, um Bescheid zu wissen.

Sie hatte jetzt nur noch eine Brust, was sie sehr traurig machte. Daniel sagte, es spiele keine Rolle, das einzige, was zähle, wäre, dass sie wieder gesund würde, aber sie hatte das ungute Gefühl, dass es anders kommen würde.

Nach der Chemotherapie fühlte sie sich sehr schwach und magerte stark ab, und wenn sie morgens in den Spiegel sah, erkannte sie sich kaum wieder. Seltsamerweise sah sie so jung aus wie lange nicht mehr, mehr wie ein zerbrechliches junges Mädchen als wie eine alte kranke Frau von 66 Jahren. Der Krebs trieb immer noch in ihrem Körper sein Unwesen – die gleiche Krebsart, an der schon ihre Mutter 44 Jahre zuvor gestorben war. Sie erinnerte sich noch gut an das Leid ihrer Mutter. Sie dachte oft daran, wie Maureen Swifts Augen glasig geworden waren und sie den Kopf abgewandt hatte, damit Claire den Schmerz nicht sah.

Oh Mutter, dachte Claire, *hier bin ich, eine sechzigjährige Frau, jemand, den du nie kennen lernen wirst, und ich mache exakt das Gleiche durch wie du. Sag mir, was ich tun soll.* Aber natürlich konnte ihre Mutter nicht Zeit und Raum überbrücken, um ihr zu antworten. Claire musste ganz allein mit dieser Realität klarkommen. Die Chemotherapie war so zermürbend, und die Prognose war so schlecht, dass sie beschloss, sich nicht unnötig zu quälen. Sie weigerte sich, die Chemotherapie fortzusetzen.

Claire teilte Daniel ihren Entschluss mit, und er weinte und flehte sie an, es sich noch einmal zu überlegen. Sie hielt seinen Kopf, während er schluchzte, und versicherte ihm, dass es die richtige Entscheidung sei und er, auch wenn es nicht leicht sein würde, auch ohne sie zurechtkäme. Er hatte die Kinder und Enkel und unzählige Freunde. »Wir haben uns geliebt«, sagte sie.

»Ja, das haben wir. Und das tun wir noch.«

Es war ihr sehr schwer gefallen, mit ihrem Mann und den Kindern über ihre Erkrankung zu sprechen, aber sie hatte es getan. Aber es Martin mitzuteilen war etwas völlig anderes. Doch nun musste sie es tun. Sie erzählte ihm von der Operation, der Chemotherapie und ihrem Entschluss, diese abzubrechen. Er saß da und hörte zu, wobei sein Gesicht von Zeit zu Zeit zuckte. Als sie verstummte, dauerte es eine Weile, ehe er sprach. Dann holte Martin tief Luft und kniete vor ihr nieder.

»Ich möchte, dass du weißt, dass du immer noch meine große Liebe bist«, sagte er stockend. Sein Haar war inzwischen silbergrau, und während sie von ihrer Krankheit und ihrem Tod sprach, konnte sie an nichts anderes denken als daran, wie erstaunlich und traurig es war, dass auch er jetzt alt war – dieser Mann, dessen Haar früher lackschwarz gewesen war, dessen Gesicht und Körper so jung und voller Optimismus und Zuversicht gewesen waren. »Du bist immer noch die Liebe meines Lebens«, fuhr er fort, »und was du auch tust, ich werde bei dir sein. Und wenn du Angst hast ...« Martins Stimme brach. Er verbarg das Gesicht in den Händen, und sie sah, dass seine Schultern zuckten. Dann fasste er sich wieder und blickte auf. »Ich werde in jeder Sekunde bei dir sein.« Er drückte ihre Hand. »Denk nur an meine Hand in deiner«, fuhr er fort, »und an die Zeit, da wir noch zusammen waren. Nur du und ich und unsere grenzenlose Liebe. Denk an all die Hotelbetten in Europa, an die gemeinsamen Essen bei Kerzenschein, an unsere langen Spaziergänge. Denk daran, wie wir uns vor jedem Monument geküsst haben. Wir konnten nicht genug voneinander bekommen.«

»Das stimmt«, sagte sie und weinte jetzt auch.

»Es wird nicht enden«, sagte er. »Es wird nicht mit dem Tod enden. Wie sollte es? Ich werde immer an dich denken, meine Liebe. Und bevor ich auch gehe, werde ich dafür sorgen, dass man sich an das, was zwischen uns war – an unsere gemeinsame Zeit – erinnert. Damit etwas davon auf Erden zurückbleibt.«

Sie lehnten sich aneinander und schluchzten ungehemmt, küssten einander und fühlten, wie ihre Gesichter ganz nass wurden von Tränen. Wie Ertrinkende klammerten sie sich aneinander. »Ich liebe dich, Martin«, sagte sie. »Ich habe dich vom ersten Augenblick an geliebt, da wir uns hier begegnet sind.«

»Mit meinem zugeschwollenen Auge«, sagte er.

»Und ich in meinem pfirsichfarbenen Kleid.« Nach kurzer Pause fragte sie: »Was ist aus diesen beiden Menschen geworden?« Sie dachte zurück, ließ die Jahrzehnte Revue passieren, die sie vereint und getrennt gewesen waren.

»Sie haben sich nicht verändert«, entgegnete Martin nach einer Weile leise. »Sie sind immer noch hier.«

Die Kirche war bis auf den letzten Platz besetzt. Es kamen so viele Leute zu Claires Beerdigung im Juli, dass es für jene, die zuletzt eintrafen, nur noch Stehplätze gab. Martin hatte über Hush von ihrem Tod erfahren und war wie betäubt zum Begräbnis heimgeflogen. Er betrat die Kirche erst in letzter Minute und blieb ganz hinten stehen, damit ihr Mann sie nicht sah, obwohl dieser, auch wenn er ihn gesehen hätte, vermutlich gar nicht gewusst hätte, wer er war. Verschiedene Leute erhoben sich, gingen nach vorn und sagten ein paar Worte, erzählten eloquent von dieser einfachen und doch außergewöhnlichen Frau, die in Longwood Falls geboren, aufgewachsen und schließlich gestorben war. Er sah ihre Kinder – ihre beiden kräftigen, gut aussehenden Söhne und ihre hübsche Tochter Alison, die der jungen Claire so ähnlich sah, dass Martin zusammenzuckte.

Als Alison aufstand und zu sprechen begann, hielt Martin einen Moment die Luft an. Ihre Stimme klang genau wie Claires, auch wenn sie bebte und belegt war vor Kummer. Claires Tochter war bereits viel älter, als Claire es gewesen war zu der Zeit, da er sich in sie verliebt hatte.

»Meine Mutter«, begann Alison oben auf dem Podium, »war ein ganz gewöhnlicher Mensch. Gelegentlich machte sie eins dieser Fragespiele in einer Frauenzeitschrift mit: ›Wie aufmerksam sind Sie?‹ ›Wie mutig sind Sie?‹ Und ihre Punktzahl war stets … durchschnittlich. Das machte sie immer ein wenig verrückt.« In der Kirche war vereinzeltes leises Gelächter zu hören. Alison lächelte und wischte sich mit einem Taschentuch die Tränen aus den Augen. »Selbstverständlich«, fuhr sie fort, »wissen jene von uns, die meine Mutter gut gekannt haben, dass diese Bewertung nicht auf sie zutraf. Wer in diesem Raum ist schon durchschnittlich? Wer hat nicht irgendetwas an sich, das sonst niemand hat? Wer wäre nicht einzigartig?« Alison ließ den Blick über die versammelte Menschenmenge schweifen. »Wie alle hier war meine Mutter einzigartig. Sie hat diese unglaublichen Halloween-Kostüme für mich und meine Brüder entworfen und genäht. Einmal ist Eddie als Michelangelos

David von Haus zu Haus gegangen – mit einem großen Feigenblatt, nur für den Fall, dass dieser Punkt Fragen aufwirft.« Wieder Gelächter. »Ich vermute, sie war eine frustrierte Künstlerin«, fuhr Alison fort. »Aber auf uns Kinder hat sie nie einen frustrierten Eindruck gemacht. Sie war immer sehr beschäftigt, gestresst, dabei witzig und unglaublich geduldig. Mir kamen andere Mütter immer ein wenig gluckenhaft vor, aber Mom ließ uns immer eine gewisse Freiheit. Und dafür werde ich ihr immer dankbar sein.« Alison strömten jetzt Tränen über das Gesicht, aber sie wischte sie nicht fort. »Mom«, sagte sie, »es tut mir leid, dass ich in der Pubertät eine solche Nervensäge war. Und es tut mir leid, dass mir nicht immer klar war, wie viel du anderen zu geben hattest. Heute weiß ich, dass es nicht darauf ankommt, was ein Mensch im Leben macht – ob er unglaubliche Leistungen erbringt oder das perfekte Leben, das er sich immer erträumt hat, lebt. Es geht darum, wie man lebt: Ob man für andere offen ist oder nicht, ob man großzügig ist und anderen selbstlos hilft. Und wie ihr alle wisst, ist meine Mutter das gewesen. Ich bedaure aus tiefstem Herzen die vielen Jahre, in denen ich zu unwissend war, das zu begreifen.« Alison unterbrach sich, atmete tief durch und sammelte sich, ehe sie weitersprach. »Besonders dankbar bin ich für die letzten Jahre, in denen mir vor Augen geführt wurde, was meine Mutter alles zu geben hatte, und in denen ich ein wenig davon nahm. So wie alle hier ein wenig von dem, was sie zu geben hatte, genommen haben. Sie wollte es so, wollte es von ganzem Herzen. Und das ist es, was zählt. Es spielt keine Rolle, dass sie nicht weltberühmt war oder dass sie kein Genie war. Sie war nicht draußen in der großen weiten Welt, wo immer das sein mag, aber sie war hier, in dieser Welt – unserer Welt. Und wir alle können uns glücklich schätzen, dass sie bei uns war.«

Als Alison ihre Ansprache beendet hatte, setzte sie sich still wieder an die Seite ihres Vater und ihrer Brüder, die sie zärtlich umarmten. Martin kam es vor, als würden auf der Beerdigung Unmengen von Tränen vergossen; die Leuten hörten gar nicht mehr auf zu weinen. Dann wurde Claires Sarg mit Feldblumen überhäuft, und es wurden Hymnen angestimmt, die die ganze Trauergemeinde traurig und ergriffen sang.

Martin fürchtete, von seiner Trauer überwältigt ohnmächtig zu werden, er stützte sich gegen die Mauer der Kirche, lauschte der Musik und ließ seinen Tränen freien Lauf. Sie rannen über seine Wangen und tropften von seinem Kinn auf sein Hemd. ›Ich bin bei dir‹, sagte er stumm. ›Ich bin hier an deiner Seite. Und ich werde niemals irgendetwas vergessen – weder, wer wir waren noch was wir getan haben oder dass wir zwei Menschen waren, die einander ein ganzes Leben gelebt haben, so gut sie es vermochten.‹

Als der Gottesdienst vorüber war, stieß jemand die Doppeltüren auf und ließ den Tag herein. In diesem Moment erhob sich Daniel Clusker, und die Blicke der beiden Männer trafen sich. Nach einer Weile nickte Daniel ihm höflich zu, sagte jedoch nichts. Es gab keinen Zorn zwischen ihnen, keine Eifersucht, einfach nur wortlose Akzeptanz zwischen zwei Männern, die dieselbe Frau geliebt hatten. Nach ein paar Sekunden wandte Daniel sich ab, und jemand umarmte ihn. Überall in der Kirche erhoben sich die Leute und schlossen einander in die Arme. Niemand wollte gehen, niemand wollte die

Kühle der Kirche verlassen, in der sie an die wundervolle Frau erinnert wurden, die nicht mehr unter ihnen war. Aber Martin Rayfiel konnte nicht bleiben. Unbemerkt eilte er nach draußen ins Sonnenlicht, Claire an seiner Seite, ihre Hand in seiner.

Kapitel XI

Das letzte Band war zu Ende. Martin schien einen Seufzer auszustoßen, als er die letzten Worte aussprach, und dann kam nichts mehr, nur Stille. Abby schaltete den Recorder aus und schaute lange und gedankenverloren aus dem Fenster auf den Markplatz, wo bereits der neue Tage graute.

Sie war müde, furchtbar traurig und ganz versunken in die Geschichte, die sie gehört hatte. Dann fiel ihr Blick auf Martins Aktenkoffer, der immer noch mit hochgeklapptem Deckel auf ihrem Schreibtisch stand. In ihm waren noch andere Erinnerungsstücke: ein Rezept aus Martins Kochbuch, die Ankündigung einer Philosophievorlesung, die seine Tochter in Cambridge gehalten hatte, sowie abschließend ein zusammengefaltetes Stück Papier. Sie faltete es auseinander. Es handelte sich um ein amtliches Dokument, und ganz oben stand: ANTRAG AUF AUSSTELLUNG EINES US-PASSES FÜR CLAIRE SWIFT, 28. MAI 1952.

Das war also das Dokument, dass Hush Claire vor all diesen Jahren ohne Vorlage der Geburtsurkunde beglaubigt hatte. Abby wollte es schon oben auf den Stapel der Gegenstände legen, die sie im Laufe dieser langen Nacht aus dem Koffer genommen hatte, als ihr auffiel, dass es ganz unten gelegen hatte. All die anderen Mementos waren in mehr oder minder chronologischer Reihenfolge in die Aktentasche gelegt worden, von den Quittungen des Lookout Motels bis hin zu den Geburtsanzeigen von Claires Enkelkindern. Martin war so methodisch vorgegangen, dass Abby nicht an einen Zufall glaubte.

Abby nahm das Dokument noch einmal unter die Lupe. Sie las die Einzelheiten des Antrags, die persönlichen Angaben, die Claire hatte machen müssen, aber es schien alles ganz normal zu sein: Geburtsdatum, die Adresse in der Badger Street, die Namen der Eltern. Abby ging alles noch einmal durch, überzeugt, dass sie etwas übersehen haben musste; konzentriert las sie jedes einzelne Wort bis zum Siegel des Notars mit Spitznamen Hush, der ein so großes persönliches Risiko eingegangen war, um Claire zu einem Pass zu verhelfen, und das alles nur, weil er die Liebe über alles andere gestellt hatte. Abby begutachtete das Siegel und strich mit den Fingern über die Wachsränder.

Und dann sah sie es. Unter dem Siegel war eine Unterschrift, der volle Name des Mannes, den Martin immer nur als Hush bezeichnet hatte.

»Thomas Reston«, las Abby verblüfft und schlug sich eine Hand auf den Mund. Der Notar war niemand anders als Abbys Vater gewesen.

Vor all diesen Jahren war ihr eigener Vater so verliebt gewesen, dass er für ein anderes Pärchen seine Karriere aufs Spiel gesetzt hatte. Abby konnte es nicht fassen; sie hatte ihren Vater immer als neutral und emotionslos betrachtet, und auch wenn ihre Mutter immer wieder versucht hatte, sie vom Gegenteil zu überzeugen, war Abby skeptisch geblieben. »Hush« – Tom Reston – war unsterblich verliebt gewesen in eine Frau – Abbys Mutter. Sie hatten also keineswegs eine etwas langweilige, unspektakuläre Ehe geführt; sie hatten Leidenschaft gekannt, überwältigende Gefühle und Erfahrungen, von denen ihre Tochter keinen Schimmer hatte. Aber sie hatten sie gelebt, das wusste sie jetzt. Es stimmte, dass er ein in sich gekehrter Mensch gewesen war – eben »Hush«, still –, aber er war mehr gewesen als das. Er war eine komplexere Persönlichkeit gewesen, als Abby je erkannt hatte, und er hatte ihre Mutter, Helen – und auch Abby – auf eine sehr stille und sehr persönliche Art und Weise geliebt.

Kein Wunder, dass Martin sich ausgerechnet Abby anvertraut hatte; kein Wunder, dass er der Ansicht gewesen war, sie wäre der einzige Mensch, dem er diese Erinnerungsstücke und seine ganze Geschichte hinterlassen wolle. Es war, als hätten Abby und ihr Vater, ohne es zu wissen, einen gemeinsamen alten Freund geteilt.

Abby stand auf und begann, die Papiere, die sie in der Nacht nach und nach aus dem Koffer genommen hatte, zurückzulegen. Sie versuchte, sie möglichst in der ursprünglichen Anordnung zurückzulegen, wobei sie sogar Martin Rayfiels Entscheidung respektierte, den Passantrag ganz unten hineinzulegen. Aber als sie den ersten Stapel gerade in die Aktentasche räumen wollte, fiel ihr auf, dass sie einen letzten Gegenstand übersehen hatte. Es handelte sich um einen kleinen Umschlag, der an Martin adressiert war, in einer Handschrift, die wie Claires aussah, auch wenn sie krakelig war – offensichtlich hatte sie den Brief am Ende ihres Lebens geschrieben, als ihre Krankheit schon weit fortgeschritten war. Der Umschlag war geöffnet worden, und als sie hineinschaute, sah sie einen Schlüssel.

Abby nahm ihn heraus. Der Schlüssel hing an einer kurzen Kette aus Metallperlen, zusammen mit einem Schild, auf dem stand SWIFT MAINTENANCE, LAGERRAUM B. Sie wog den Schlüssel in der Hand, so wie einige Stunden zuvor das Päckchen Kassetten. *Frage nur, wenn du die Antwort wirklich wissen willst.*

Nach kurzer Überlegung steckte Abby den Schlüssel ein. *Warum nicht?* Jetzt wo sie schon so weit gekommen war, wollte sie bis zum Ende gehen.

Leicht zitternd – ob aus Erschöpfung oder innerer Aufgewühltheit vermochte sie nicht sicher zu sagen – legte Abby Martins zusammengetragene Erinnerungsstücke zurück in den Aktenkoffer, den sie danach sorgfältig verschloss. Dann knipste sie die Schreibtischlampe aus und stand auf. Sie ging den Flur hinunter, den gerahmte Titelseiten des *Ledger* zierten und hielt inne, als ihr etwas einfiel. Bevor sie den Marktplatz überquerte und die paar Straßen zu den Büros von *Swift Maintenance* zurücklegte, wollte sie erst noch etwas nachschlagen.

Sie ging in den Raum, der von allen nur als »Die Bibliothek« bezeichnet wurde und in dem sämtliche alte Ausgaben der Zeitung seit ihrer Gründung 1846 in grünem Ledereinband mit Goldlettern auf dem Rücken archiviert wurden. Abby stieg auf eine Rollleiter und zog den Band »Juli-Dezember 1998« heraus. Sie legte ihn auf den Tisch in der Mitte des Raumes, schlug ihn auf und blätterte ungeduldig um, bis sie gefunden hatte, was sie suchte:

Claire Clusker verstarb gestern im Alter von 66 Jahren nach langem, aber leider vergeblichem Kampf gegen den Krebs im Kreise ihrer Liebsten. Mrs. Clusker, Ehefrau von

Daniel Clusker, Mutter von drei Kindern – Alison, Jonathan und Edward – wurde in Longwood Falls geboren und ist auch hier aufgewachsen. Sie hinterlässt einen Mann, drei Kinder und sechs Enkel, sowie eine Schwester, Mrs. Margaret Benton, ebenfalls in Longwood Falls wohnhaft.

Mrs. Clusker. Abby schüttelte leicht den Kopf und las weiter:

Randall Devlin erlag am Freitag im Alter von 38 Jahren im Schenectady Regional Hospital den schweren Verletzungen, die er sich bei einem Autounfall zugezogen hat. Er hinterlässt seine Mutter, Ruth Devlin, aus Albany stämmig, und einen Bruder, Matthew Devlin, wohnhaft in Pensacola, Florida.

Abby blätterte weiter zur Ausgabe des darauf folgenden Tages. Dort stand:

Sandra Cushing verstarb am Samstag im Alter von 82 Jahren an einem Schlaganfall …

Darunter kamen »Harold Starrett« und am nächsten Tag »Norman Bradford«, »Jenny McLoughlin«, »Louis Michaels«. Nachdem sie noch die Todesanzeigen des folgenden Tages gelesen hatte, die von »Mark Kibbing«, »Edgar Lomax« und »John Santino« berichteten, schlug Abby den schweren Band zu.

Sie trat zurück und hob den Blick auf die Regale der Bibliothek, die bis zur Decke reichten. Hier waren Leben und Tod der Einwohner von Longwood Falls dokumentiert, fein säuberlich geordnet und in Leder gebunden.

Das alles war richtig und doch falsch.

Abby schloss die Tür der Bibliothek hinter sich, ging den menschenleeren Flur hinunter, trat durch die Eingangstür der Redaktion und hinaus in den anbrechenden Tag. Heute war der 28. Mai, und es kam ihr vor, als sei ein neues Jahr angebrochen. Auf dem Marktplatz herrschte absolute Stille; das Gras war tauschwer, und der Pavillon schimmerte im Licht der aufgehenden Sonne. Sie ging an ihm vorbei eine leicht abschüssige Straße hinunter, vorbei an den Häusern mit den noch heruntergelassenen Rollos, hinter denen die Menschen noch schliefen oder gerade aufstanden, um in den neuen Tag zu starten. Niemand wusste wirklich, was im Haus eines anderen vorging – oder in dessen Leben. Claire war all das gewesen, was in ihrem Nachruf stand, aber sie war noch viel mehr gewesen. Im Tode war Claire Swift als Mrs. Claire Clusker bekannt gewesen, Ehefrau, Mutter, Großmutter. Sicher war sie in all diesen Rollen bemerkenswert gewesen, doch das, was ihr Leben so einzigartig gemacht hatte, ihre Liebe zu Martin, wurde in dem Nachruf nicht erwähnt. Abby hatte ihrem Vater Unrecht getan; und ihr Vater war im vergangenen Sommer in seiner Eigenschaft als Herausgeber des *Ledger* Claire nicht gerecht geworden. Er hatte einen Nachruf verfasst, aber es hatte so viel mehr gegeben, wovon er gewusst hatte; vermutlich hatte er einfach nicht gewusst, was er mit seinem Wissen anfangen sollte. Während Abby zügig durch dieselben Straßen schritt, die Claire einst entlanggegangen war, vorbei an der Badger Street, der Conley Street und der Grundschule, der Milchbar, die immer noch Beckerman's hieß – als würde sie eine Besichtigungstour durch Claire Swifts Leben unternehmen, eine Tour, die für jeden, der in

Longwood Falls lebte, gleich ausfallen würde – fragte sie sich, wie man jemals die Komplexität und die Widersprüche im Leben eines anderen Menschen auch nur ansatzweise erfassen wollte.

Schließlich blieb sie vor dem Gebäude stehen, in dem die Räume von *Swift Maintenance* untergebracht waren. Sie hatte es in ihrem Leben schon unzählige Male gesehen, ohne es zu bemerken, so wie sie auch Claire nie bemerkt hatte, die in Abbys Jugend hier gelebt hatte und der sie vermutlich oft beim Einkaufen oder auf dem Platz begegnet war. Claires Kinder hatten dieselbe Schule besucht wie Abby, wenn auch ein paar Jahre früher, doch sie hatte sie nicht kennen gelernt. Sie sah, dass das Gebäude verschlossen war. Abby steckte den Schlüssel ins Schloss: Er passte. Quietschend schwang die schwere Stahltür auf, und Abby betrat den schwach erleuchteten schmucklosen Flur, erfüllt von Neugier und Furcht. Sie suchte nach einem Lichtschalter, konnte aber keinen finden. Also tastete sie sich an der Wand entlang bis zu einer Tür mit der Aufschrift LAGERRAUM A. Sie ging weiter, und die nächste Tür erwies sich als die richtige. Wieder steckte Abby den Schlüssel ins Schloss, und er ließ sich drehen. Sie öffnete die Tür, und Abby trat von fast völliger Dunkelheit in grelles Licht.

Der Lagerraum war sonnendurchflutet. Die Fenster reichten vom Boden bis zur Decke und ließen den Tag herein. Aber am verblüffendsten war für Abby nicht der Raum an sich, sondern sein Inhalt. Denn überall standen kleine, wunderschön gearbeitete Plastiken: Ein Lebenswerk, dachte Abby bei sich.

Langsam ging sie durch den Raum und betrachtete kleine Figuren, die sie aus Martins Beschreibungen vom

Band wieder erkannte: Martin als junger Mann, Claire als Kind mit einem Buch. Außerdem gab es Plastiken von Claires Eltern, Lucas und Maureen Swift, sowie eine von ihrer Schwester Margaret als Teenager. Dann stieß Abby auf andere, die sie nicht wieder erkannte, Arbeiten, die Claire nicht als junges Mädchen oder junge Frau modelliert haben konnte: eine Plastik von Claire als Frau mittleren Alters, und eine von ihrem Mann Daniel, der gerade etwas sägte, sowie diverse von ihren Kindern und Enkeln. Es gab auch eine Büste von einem betagten Martin, das Gesicht ein wenig eingefallen und faltig, aber immer noch unleugbar jenes des höflichen, gut aussehenden alten Mannes, der vor zwei Tagen mit dem Aktenkoffer bei Abby in der Redaktion gewesen war.

Claire hatte also in all den Jahren modelliert. Aber sie hatte Martin erst in dieses Geheimnis eingeweiht, als sie ihm kurz vor ihrem Tod den Schlüssel geschickt hatte, damit er das vorfand, was nun Abby vor sich sah. Claire hatte sich in all den Jahren im Stillen ihrem Hobby gewidmet, hatte die Augenblicke des Friedens genossen, die sie sich hier im Lagerraum B gestohlen hatte. Martins Arbeit war, das lag in der Natur der Sache, sehr öffentlich gewesen, vor aller Augen ausgebreitet; Claires hingegen war sehr privat geblieben, verborgen hinter einer schlichten Eisentür in einem alten Fabrikgebäude am Stadtrand.

Abby ging auf, dass sie jetzt über ausreichend Material verfügte, dass provozierend und provokant genug war, um in ihr Büro zurückzukehren und mit dem Schreiben zu beginnen. Sie würde Martins gesprochene Liebesgeschichte zu Papier bringen und einen Artikel verfassen mit Fotos, Dokumenten und Bildern von Claires Plastiken. Der Artikel würde ein Stück außergewöhnlicher Lokalgeschichte enthalten, er würde aber noch etwas ganz anderes bewirken. Er würde das wahre Leben zweier Menschen in dieser Stadt und in anderen Orten dokumentieren, etwas, was nur sehr selten gezeigt wurde, weil die Menschen ihr Privatleben in der Regel vor der Außenwelt abschotteten. Abby wusste, dass sie mit diesem Artikel Martin helfen würde, das Versprechen, das er Claire gegeben hatte, einzulösen: Der Artikel würde erreichen, dass man sich auch nach ihrem Tod noch an ihre Liebe erinnern würde. Und genau das musste Martin sich erhofft haben, als er sie aufgesucht hatte.

Abby dachte nach. Auch sie wünschte sich, dass man sich an sie und ihr Leben erinnern würde: Genau das Gleiche wünschte sich Abby auch für sich selbst. Wie Claire betrachtete sie sich selbst als eine gute und aufopferungsvolle Mutter. Ihr Vater wäre vermutlich sehr beeindruckt gewesen von ihrer Arbeit beim *Ledger*, auch wenn er sich hierzu nicht geäußert hätte. Nur der Bereich »Liebe« in ihrem Leben war noch offen. In New York gab es einen Mann, der versucht hatte, herauszufinden, wie es wäre, Abby zu lieben. Aber sie hatte ihm diesen Einblick verwehrt. Anders als Claire und Martin hatte Abby sich den Möglichkeiten, die sich ihr boten, verschlossen. Aber nur, wenn sie sich auf diese einließ, konnte aus einem Leben eine ganz besondere Geschichte werden.

Wenn sie alt war, wollte sie auf ihr eigenes Leben zurückblicken und sagen können: Ja, das habe ich getan. Und das auch. Und noch das. Sie wollte Beweise für das Erlebte haben: Fotos, Briefe, Dokumente, Fahrkarten, eine Sammlung von Eintrittskarten und anderen sentimentalen Erinnerungsstücken. Abby wusste, dass sie noch heute den netten, gut aussehenden Kinderarzt Nick

Kelleher zurückrufen würde; ihre Tochter Miranda wäre sicher begeistert, wenn sie sich näher kämen. Vielleicht würde sie ihn an seinen Vorschlag erinnern, sie an einem Wochenende zu besuchen. Die Entfernung zwischen New York und Longwood Falls war nicht annähernd so groß wie zwischen New York und London.

Abby dachte daran, wie Martin jedes Jahr über den Ozean geflogen war, nur um für ganz kurze Zeit mit Claire zusammen zu sein. Sie wollte Martin sagen, wie sehr sie bewunderte, was er und Claire getan hatten, was sie gemeinsam erreicht hatten und was es ihr persönlich bedeutete. Aber sie vermutete, dass sie keine Gelegenheit haben würde, es ihm persönlich zu sagen – ganz sicher war er bereits abgereist.

Wenn sie Martin Rayfiel richtig einschätzte – und sie glaubte, das sie ihn nach allem, was sie über ihn wusste, recht gut kannte –, würde er Longwood Falls inzwischen verlassen haben. Bestimmt war er nach London zurückgekehrt, zu seinem Restaurant, seiner Frau, seinen Freunden und Gästen. Mehr noch, sie bezweifelte, dass er jemals hierher zurückkehren würde. Er hatte Abby – Hushs Tochter – alles übergeben, was ihm und Claire gemeinsam gehört hatte, und jetzt lag es bei ihr, daraus das zu machen, was sie für das Beste hielt.

Sie blieb noch lange in dem Lagerraum, so lange, dass sie schließlich ganz in der Nähe Stimmen hörte – die Angestellten von *Swift Maintenance* kamen zur Arbeit, auch die ersten Mitarbeiter des *Ledger* würden nun eintreffen. In eben diesem Augenblick setzte die Empfangsdame Kim wahrscheinlich die erste Kanne Kaffee auf und summte irgendeinen aktuellen Song vor sich hin. Bestimmt trug sie wieder das rosafarbene Haarband. Und während der Kaffee durchlief, legte vermutlich jemand gerade neues Papier in den Kopierer ein.

Abby rührte sich immer noch nicht. Sie würde bald gehen müssen, aber sie wollte die Welt, die sie im Lagerraum B entdeckt hatte, noch nicht gleich verlassen. Und so gönnte sie sich noch einen Moment, um die wunderschönen Plastiken zu betrachten. In einer Ecke fand sie ein Stück, das kleiner war als die anderen, und Abby musste es hochnehmen, um erkennen zu können, was es war: der Pavillon. Es ließ sich unmöglich sagen, vor wie langer Zeit Claire ihn modelliert hatte, da der Pavillon in all den Jahren unverändert geblieben war. Es war eine hübsche Arbeit, und absolut naturgetreu, achteckig, mit filigranem Gitterwerk und spitz zulaufendem Dach. Abby betrachtete die Plastik in ihrer Hand, bis sie die beiden darin sehen konnte: Martin mit einer dunklen Haartolle, die ihm in die Stirn fiel, und Claire mit ihrer blassen Haut, ihrem Sommerkleid und dem Lächeln auf dem Gesicht. Sie saßen Seite an Seite, steckten die Köpfe zusammen und lachten.

Ein rundum gelungener Liebesroman mit historischem Hintergrund

Irene ist eines von acht Kindern einer englischen Arbeiterfamilie und sie träumt davon, Goldschmiedin zu werden. Sie hat als junges Mädchen Anfang des 19. Jahrhunderts jedoch wenig Chancen. Die Gutsbesitzerin Lady Catherine hingegen ist von ihrer Intelligenz und Begabung überzeugt und wird ihre Mentorin für die nächsten drei Jahre. Irene lernt auf dem Gutshof Randolph, den Neffen der Gutsbesitzerin, kennen und verliebt sich in ihn. Ihre Liebe wird aber nicht erwidert, denn Randolph heiratet Hals über Kopf die flatterhafte Camilla. Irene beginnt ihre Ausbildung in Russland, wo ihr der arrogante Ausbilder Micha sehr viel beibringt. Sie lernt Rasputin und Russland kennen und erlebt aus der Ferne den Ersten Weltkrieg. Im Laufe der Zeit verliebt sie sich in Micha, und dieses Mal wird ihre Liebe auch erwidert. Die beiden wollen heiraten …

ISBN 3-404-14695-6

BASTEI LÜBBE